文春学藝ライブラリー

# 小林秀雄の流儀

山本七平

JN170607

文藝春秋

〈目次〉

# 小林秀雄の流儀

本書は『小林秀雄の流儀』（二〇〇一年、新潮文庫）を底本としている。

# 一　小林秀雄の生活

訃《ふ》に接した直後、新潮社のISさんから電話があり、ちょっとおうかがいしたい、と言う。気楽にどうぞと言うと彼はすぐやって来た。そして、今日は雑誌「新潮」の使いで来たという。ISさんは「新潮45」（当時は、＋〔プラス〕がついていた）の編集部員である。「新潮」が小林秀雄記念号を出すことになった、是非お願いしたい、詳細は、いま葬儀の手伝いに行っている編集部のものが、更《あらた》めて参上しますから、と言うことであった。

「いいですよ」と二つ返事で引受けた。ISさんは帰っていった。だが、咄嗟《とっさ》のことで何やらまとまらなかった頭が、やや常識的に回転しはじめると、不意に妙な気持になった。「一体なんで私に執筆を依頼するのか、そんなはずはないではないか。確かに私も何やかやと書き、いつの間にかそれが相当数の本になっているが、そのどれをひっくりかえしても『小林秀雄論』などはない。今まで一度も触れたことはないし、もちろん引用したこともない。それどころか『小』『林』『秀』『雄』の四文字さえ、私の書いたものにはないはずだ、いやあったかな。いずれにせよこの程度で、ご本人に会ったこともない。さらに私は未《いま》だかつて一度も、小林秀雄の著作を通読したなどと言ったこともない。こういう人間が記念号に登場するなどとは全くおかしな話だ、ほかに適任者がいくらでもいるだろう。これは何かの間違いだな、きっと」と。だがそのとき妙な声が聞えた。「ではお前は一体なぜ『いいですよ』などと二つ返事で引受けたのだ」と。

いや、あれは余り不意だったので、つい、ああ言ったんだろう。「新潮」の編集部員が更めて来ると彼は言ったが、これはどうせ編集部の何かの間違いだから、きっと、取りやめということにしていただきたいと言うだろう。どう考えてもこれは少々変だからな、こう思うと妙に気が軽くなり、この一件は忘れることにした。ところが「新潮」編集部のＩＫさんが来た。そして更めて依頼されると私はまた言った。「いいですよ」。そしてＩＫさんが帰ったあと、また妙な気持になった。ああ思った以上、更めて正式に依頼されたら、鄭重《ていちょう》にお断りするのが当然であろう。そんなことは自分でわかっていたはずだ。では一体お前はなぜ、またしても「いいですよ」と言ったのだ。またいやな声がする。「お前はまさか、それをもう小林秀雄が絶対に読まないと思って、『いいですよ』と言ったのではあるまいな」と。

急に落着かなくなった。「ちょっと出掛けます」。私は社員にそう言って山本書店を出た。別にどこにも用事があるわけではない。ぶらぶら歩いて近くの喫茶店に座り込んだ。声がつづく、「お前はなんでそんな衝撃をうけている。見ず知らずの人、今まで本当に無関係な人なら、路傍の人の死の如《ごと》く全く心動かされずにいたはずだ。衝撃を受けていないとは言わせない。今まで原稿の依頼をうけて、そんな状態になったことが一度でもあったか」と。

そうかも知れぬ。いや、そうなって当然なのかも知れぬ。世の中には全くこまった対象があるものだ。「なに、小林秀雄。あ、若いときちょっと影響を受けたけどね」こんな口が利《き》ける対象なら何でもない。その人は若いときだって何の影響も受けていないからである。だがそうでなく、ある人間からその人の生き方の秘伝とも言うべきものを探り出し、否《いな》、探り出したと信じ、その秘伝によって生きてきたと思っている人間には、その存在は「あ、若いときちょっと影響を受けたけどね」といえる対象ではない。ではお前は小林秀雄を知っているのか、いや、知らない。知らないが、人はいろいろな本の読み方をする。書かれた本とは生れた子のようなもので、一人歩きをして読者のところに行ってしまう。その本から読者である私が何を探ろうと、私の勝手だ。それはそれでよい、だが生み出した人間はそれによって生きている。そしてこの生きているというのが、こういう読者にとっては相当にやっかいな問題だから、生きている限り、何も言いたくないのである。

人がもし、自分に関心のあることにしか目を向けず、言いたいことしか言わず、書きたいことだけを書いて現実に生活していけたら、それはもっとも贅沢《ぜいたく》な生活だ。そういう生活をした人間がいたら、それは、超一流の生活者であろう。もう四十年近い昔であろうか、私が小林秀雄の中に見たのはそれであった。そして私にとっての小林秀雄とは、耐えられぬほどの羨望《せんぼう》の的であった。それは別に小林秀雄と同じ方向に行き、その亜流になりたいということではない。方向はどの方向でもよい。自分に関心のあるものにしか関心をもたず、言いたいことしか言わず、書きたいことしか書かず、また出したい本しか出さないで、しかも破綻《はたん》なき生活者であること。ではそれはどう生きれば可能なのだ。一体どうすればその方法が把《つか》めるのか。それは、簡単にいえば、どのようにしたら小林秀雄の生活の秘伝が盗めるかということである。彼の跡をついて歩くか、さまざまな小林秀雄論を読むか、すべて無駄であろう。彼が書いたものは本となって一人歩きをしている。それを徹底的に読めばそれを生み出した人間がわかるはずだ。読者はどう本を読んでもよい。それが読者の特権なら、その特権を徹底的に行使すればよいのだ。私はそれを実行した。否、少なくとも実行したつもりであった。

　自分が変な読者であったとは甚だ言いづらいことだが、三十数年前に出た創元社版の小林秀雄全集を私はそういうふうに読んでいた。この本は箱の出来が悪く、なかなか本が出て来ない。私は箱のホチキスを全部はずして本を取り出し、開いた箱は捨ててしまった。何を読んだのか、その時点までの彼の作品は全部読んだのだろう。徹底的に読み返し読み返し、暗記するまで読んだはずだ。では今も覚えているか。全部忘れた。否、忘れようと努めた。それでいいのだろう。私が読めば『ドストエフスキイの生活』も『小林秀雄の生活』になってしまうのだから。二十二年ほど前、拙宅は漏電から火事になり、この全集も、その他の蔵書もすべて灰になった。そのとき少々、サバサバした気持になった。『本居宣長《もとをりのりなが》』を別にすれば、そのとき以後私は小林秀雄のものは一冊も読んでいない――この数日前までは。

新潮社から話があったとき受けた衝撃は何だったのだろう。おそらく忘れたことにしていたものが、実は忘れてなかったからである。別の表現を使えば「図星を指された」のだ。だが図星はそれだけですまなかった。私は、若いころ何が故《ゆえ》にあんなに小林秀雄の生活に関心をもったのだろう、と考えてみた。きっと、学生時代から、自分に関心のあることにしか関心をもたず、それによって平然と生活をつづけていたという点にあるのだろうと思った。だが今回、『本居宣長』を読み返して驚いた。「著書によって著者を読む」そういう読み方で本居宣長を読んでいるのが小林秀雄だと感じたからである。では、私が、あのような読み方で小林秀雄を読んだということもまた、小林秀雄の影響だったのであろうか。いまになると、それはもうわからない。いや、わからないことにしておこう。

簡単にいえば、否、決して簡単なことではないのだが、自分がしたいことしかしないで生活に破綻を来《きた》さない生き方、本居宣長であれ小林秀雄であれそういう生き方をして来たのだが、その秘伝はどこにあるのであろう。これはつまらないことか。決してつまらないことではない。すべての人間は自分が生きたいように生きたいはずだ。だがそれをすれば生活が破綻すると人びとは信じ、それが「常識」となっている。事実、この常識を破れば破綻するであろう。一体これはなぜなのか。では破綻しなかった本居宣長も小林秀雄も単なる常識人なのか。若いころ、小林秀雄に妙に関心をもった動機の一つが、彼が常識人か非常識人かわからないという点にあった。

何で読んだのか忘れてしまったが「親ゆずりの財産で文芸批評をやっていたのではない」という言葉が今も記憶に残っている。小林秀雄が世に出たのは大体昭和元年とみてよい。『様々なる意匠』が「改造」の懸賞論文の第二席となったのが昭和四年である。この年がどんな年であったか多くの人は忘れているが、それは当時少年であった私にもかすかに記憶に残る大変な年であった。ニューヨーク株式市場の大暴落から世界恐慌《きょうこう》へと発展した年、不景気、倒産から官吏一割減俸声明まであった年、その翌年が米価大暴落、不況のどん底だ。いわば「大学は出たけれど」であり、常識人ならまず就職し、生活の安定を得てから文芸時評なり何なりに進むはずである。それが断固たる生活者の常識というものだ。もちろん、異様な才があれば別かも知れぬ。だがそういう才の持主が、常識的な生活者であるということは、あり得ないと考えてよいであろう。だがこのことは、これぐらいでやめておこう。小林秀雄における非常識の具体例をあげよといわれれば、中原中也《ちゅうや》との三角関係をはじめ、いくらでもあるだろう。だがいくらあげても何の意味もあるまい。

というのは、「常識に溺《おぼ》れる」ということと「常識を活用する」ということとは全く別だからだ。溺れるなら、それが水であれ常識であれ、把握をする必要はない。そこへ飛び込んで溺れればよい。「これが世の常識だからそうする」のなら、溺れて自覚を失えばいいのだから、常識を把握する必要はない。だが、「それが世の常識なら、自分はそれを用いて生きたいように生きる」のなら、常識を把握しなければならない。「或《あ》る教師の手記」(『考へるヒント』)という文章がある。もう二十年かそれ以上前に書かれたものだが、読んでいると今日の問題を扱っているような気がする。と言ってもそれは、取り上げた主題のことではないが——まず次にその一部を引用させていただこう。

「毎週、各クラスから選抜された男女の生徒委員百余名が集つて、当番教師を中心として会議が開かれる。『教室であばれないやうに』。先《ま》づ、教師が口を切る、——『今週は、教室で、あばれないやうに、といふ問題だが、教室で、あばれては、何故いけないのか』、生徒の手が、直《す》ぐ上がつて、『教室は勉強するところだからです』と答へる。すると、別の教師が発言する。

『勉強するところだから、何故あばれてはいけないのか。君達は、あばれたいだらう』

『あばれたくても、あばれてはいけないのです。あばれたければ、校庭に出れば、よいと思ひます』

『校庭では、無論、あばれてもよい。しかし、教室では何故あばれてはいけないのか』

生徒は、ガヤガヤと私語し出す。常識ぢやないか、といふ一生徒の言葉を、耳にはさんで、教師が、つゞける。

『常識？　常識つて何んだね。そんなわかつたやうな、わからないやうな、いゝかげんなものは信じられないね』

『議長ッ』と一年の男生徒が立つ。『教室で、あばれると、窓ガラスや椅子《いす》をこはすからいけないのです』

『うん、なるほど。だが、何故、窓ガラスや机や椅子をこはしてはいけないのか。君達は、あばれたい。それなら、ちよつとあばれるとこはれるやうな安物のガラスを、何故入れて置くか、と考へないか』。教師は、指で窓のガラスをはじき、『こんなやくざなガラスを入れたのは誰か。やくざな政治家だ。政治が、なつてゐないのだ』

全生徒は沈黙する。以上。文字通り以上である。何故かといふと、生徒は、教室であばれる事を、決して止《や》めなかつたからだ。……」

これが書かれたのは二十年かそれ以上昔のことである。別に教育論を展開するつもりはないから、いわゆる「校内暴力」で「やくざな」ガラスも椅子も、机も、さらに便所の仕切りもことごとく壊されるようになったのは、この二十余年の教育の結果だなどと言う気はない。さらに生徒が、「やくざな政治家」が入れた「やくざな」教師をガラス同様、モップでぶっ叩《たた》こうとするのも当然の帰結だなどと言って何になろう。「したいことをする」、これは子供にとっては「あばれたいから、あばれる」である。ではなぜ教室であばれてはいけないか。生徒がいう「常識じゃないか」に対して教師はいう。

「常識？　常識って何んだね。そんなわかったような、わからないような、いいかげんなものは信じられないね」と。この問答は一体、何なんだろう。

　問題は「したいことをする」と「常識」との関係なのだ。「私は、」と小林秀雄はつづける。「こゝで文学論をするのではない。経験者にとつて、経験的事実を離れる事が、いかに難いかを言ふ。それは、どんなに注意しても、注意し足りない事だ、と言ふのだ。事、生活に関しては、経験者の頭数だけ、真相の数がある、そんな不毛な考へに、もし注意力を働かせてゐるなら、導かれる筈《はず》はない、そんな認識の遊戯に、注意力なぞ要らないであらう、と言ひたいのだ。生活経験の質、その濃淡、深浅、純不純を、私達は、お互に感じ取つてゐるものだ。敢《あ》へて言へば、その真偽、正不正まで、暗黙のうちに評価し合つてゐるものだ。それが生活するものの知慧《ちゑ》だ。常識は、其処《そこ》に根を下してゐる。だからこそ、常識は、社会生活の塩なのだ。無論、分析の適《かな》はぬものだ。週番制度会議の席上で、精神薄弱な教師が、常識といふやうな、わかつたやうな、わからぬやうな、曖昧《あいまい》なものは信じない、と言ふのも無理もない。彼には、生活に対する注意力が欠けてゐる。分析の適はぬものを、見詰める忍耐を失つてゐる。現代に蔓延《まんえん》してゐる悪疫《あくえき》である。常識といふ原石は、常に実在するのだが、自覚的な生活人がだんだん稀《ま》れになれば、原石が磨かれるのもだんだん稀れになる理《ことわり》であらう」

　ここに、小林秀雄という断乎《だんこ》たる超一流の生活者、関心あるものにしか関心をもたず、やりたいことしかやらず、書きたいことしか書かず、それでいて生涯、生活に破綻を来さなかつた人の、「秘伝」がある。

常識を探究しなくともよい。これに溺れず、これを把握して自覚的な生活で「常識といふ原石」を磨く。小林秀雄にとっての「自覚的な生活」は、一言でいえば思索であっただろう。ということは、常識を対象に思索するのでなく、思索することによって常識を磨くことである。思索の対象はもちろん限定されまい。文学、音楽、美術、なんでもよいし、もちろんドストエフスキーでもモォツアルトでもゴッホでも宣長でも鉄斎でもよい。では「常識」を磨きうる「思索のできる基本的条件」とは何であろうか。それはおそらく「一身両頭人間」にならないことだ。「一身両頭人間」とは、小林秀雄の「天といふ言葉」（『考へるヒント』）の中の、福沢諭吉を評した次の文章からの私の造語である。

「福沢といふ人は、思想の激変期に、物を尋常に考へるには、大才と勇気とを要する事を証してみせた人のやうなものだ。彼の思想の力或《あるい》は現実性は、面倒な意味でのその実証性或は論理性にあるより、むしろ普通の意味で、その率直性にあつた、と私は考へてゐる。当時の急激な過渡期に処するとは、彼に言はせれば『恰《あたか》も一身にして二生を経る』困難な経験をする事であつた。彼は、この事実を、極めて率直に容認した上で仕事をした思想家である。

ところが、この基本的な認識が、殆《ほとん》ど信じ難いほどむつかしいのは、急激な過渡期に際し、福沢の言ふ、恰も『一身にして両頭あるが如《ごと》』き知識人が必ず氾濫《はんらん》する事が証してゐる。まさか一身を両分するわけにはいくまいが、人格は、精神さへ空白になれば、幾つにでもたやすく分裂するだらう。福沢は、これを実に鋭く看破してゐた。看破する力は、彼の分裂を知らぬ自覚から発してゐたのだが、この自覚の姿は、彼のいはゆる『実学』の影に隠れたのである」

福沢諭吉と小林秀雄はもちろん同じではない。また戦前・戦後は徳川期・明治期と同じではない。だが一身両頭人間を生み出した点は似ているであろう。そしてまことにこまったことに、一身両頭人間は思索しているつもりになっている。右の明治頭が左の幕藩頭を批判しようと、同じように右の戦後頭が左の戦前頭を批判し反省を要求しようと、不毛のことだ。それは思索ではない。自分が一身であることにすら思いが至らぬ思索などというものはない。思索がなければ何も生み出さぬ。常識を磨くこともできぬ。戦後が何一つ生み出さなくても、子供がどのように非常識にあばれたまま大人になろうとも、それはあたりまえのことだ。それでは、生きたいように生きることはできない。できないとまた社会が悪いといってあばれる。社会はやがて彼を強制的に反省させるだろう。だが、それは、自己の生涯を一身両頭的にするだけのこと。それはすべてを失うことであっても、到底、常識を活用して思索に至る方向ではない。この「常識」と「思索」の関係を小林秀雄はデカルトに見ているだけでなく、彼自身の断固たる生き方にしていると私は感じた。否、読みとった。

「僕は政治的には無智《むち》な一国民として事変に処した。黙つて処した。それについて今は何の後悔もしてゐない。大事変が終つた時には、必ず若《も》しかくかくだつたら事変は起らなかつたらう、事変はこんな風にはならなかつたらうといふ議論が起る。必然といふものに対する人間の復讐《ふくしう》だ。はかない復讐だ。この大戦争は一部の人達の無智と野心とから起つたか、それさへなければ、起らなかつたか。どうも僕にはそんなお目出度《めでた》い歴史観は持てないよ。僕は歴史の必然性といふものをもつと恐しいものと考へてゐる。僕は無智だから反省なぞしない。利巧な奴《やつ》はたんと反省してみるがいゝぢやないか」

これは小林秀雄の戦後の第一声だそうだが、終戦直後のヒステリー状態の中でこういう発言をすれば、確かに、その時点では問題にされるであろう。いま、このとき小林秀雄が何を言おうとしたかを問わず、反応し非難し罵倒《ばとう》した人のことを考えれば、それがまさに「一身両頭人間」なのだ。右の頭は戦時中の常識につかっていた。そして左の頭は戦後的常識にどっぷりとつかっている、というよりむしろ溺れて感覚を失っている。その左頭が右頭に反省を求めたところで、それは思索ではない。ただ時代の変化が彼を別な常識に溺らせたというだけである。だが彼は自分が一身なのを忘れている。この手の反省は、全く思索なくできるのだが、本人がそれを「深刻なる思索」と思い込んでいるだけに、始末が悪い。だが他人はどうでもよい。「利巧な奴はたんと反省してみるがいゝ」のだが、思索をするつもりなら、この状態に陥ったらダメだということを心得べきであろう。不要かも知れないが一言つけ加えれば、小林秀雄は日華事変の最中にも同じことを言っていた、「国民は黙つて事変に処した。黙つて処したといふ事が、事変の特色である……」と。

　では思索をするにはどうしたらいいか。「一身一頭で、二生を経る」ことだ。これは世の中が変らなくても変りはない。小林秀雄は徹底した一身一頭人間だ。そして一身一頭人間になってはじめて対象を「見る」ことができる。思索とは「見る」ことだが、右の頭が左の頭を批評し、左の頭が右の頭を批評しても、それは何も見ていないということだ。だが本人はそう思わず、それを最も思索的な行為だと誤解する。その典型的なばからしい作業は自己批判だ。これを強制されてやればもう茶番劇だが、そうでなくとも、その自家中毒は救いがたい。

「宮本武蔵《むさし》の独行道のなかの一条に『我事に於《おい》て後悔せず』といふ言葉がある。菊池寛さんは、よほどこの言葉がお好きだつたらしく、人から揮毫《きがう》を請《こ》はれるとよくこれを書いてをられた。菊池さんは、いつも『我れ事』と書いてをられたが、私は『我が事』と読む方がよろしいのだらうと思つてゐる。それは兎《と》も角《かく》、これは勿論《もちろん》一つのパラドックスでありまして、自分はつねに慎重に正しく行動して来たから、世人の様に後悔などはせぬといふ様な浅薄な意味ではない。今日の言葉で申せば、自己批判だとか自己清算だとかいふものは、皆嘘《うそ》の皮であると、武蔵は言つてゐるのだ。そんな方法では、真に自己を知る事は出来ない、さういふ小賢《こざか》しい方法は、寧《むし》ろ自己偽瞞《ぎまん》に導かれる道だと言へよう、さういふ意味合ひがあると私は思ふ。昨日の事を後悔したければ、後悔するがよい、いづれ今日の事を後悔しなければならぬ明日がやつて来るだらう。その日その日が自己批判に暮れる様な道を何処《どこ》まで歩いても、批判する主体の姿に出会ふ事はない。別な道が屹度《きつと》あるのだ、自分といふ本体に出会ふ道があるのだ、後悔などといふお目出度い手段で、自分をごまかさぬと決心してみろ、さういふ確信を武蔵は語つてゐるのである」

　これはお説教ではない。彼がこうだったのだ。これが「僕は政治的には無智な一国民として事変に処した。黙つて処した。それについて今は何の後悔もしてゐない……僕は無智だから反省なぞしない。利巧な奴はたんと反省してみるがいゝぢやないか」という「放言」に現われている。この放言を小林秀雄は生涯維持していた。「……放言なぞ嘲笑《てうせう》されて然《しか》るべきもので、そんな事は何の事でもないが、当時の私の感情は、今日も変らず、これを口にすればやはり放言にならざるを得まい……」と。まさに「我が事に於て後悔せず」である。これが思索の前提である「一身一頭人間」であり、そうなってはじめて「別な道が屹度あるのだ、自分といふ本体に出会ふ道があるのだ」といえる。小林秀雄はおそらく『本居宣長』において、自分という本体に出会ったのであろう。これについては後述したい。

　では「別の道」とは何なのか。どのようにすればそれが発見できるのか。小林秀雄は、「福沢諭吉」の中で、この典型的な「一身にして二生を生きた」人間の表現を用いて「私立」としている。私立が出来ないのはなぜか。「『富貴は怨の府に非《あら》ず、貧賤《ひんせん》は不平の源に非』ず。これほど、不平家にとつて、難解な言葉はない。不平は、彼の生存の条件である。不平家とは、自分自身と折合ひの決して附かぬ人間を言ふ。この怨望といふ、最も平易な、それ故《ゆゑ》に最も一般的な不徳の上に、福沢の『私立』の困難は考へられてゐた。もし、さうでなかつたら、彼は『私立』を説いて、『独立の丹心』とか『私立の本心』とかいふ言葉が使ひたくなつた筈もなかつた。『士道』が『民主主義』に変つても、困難には変りはない。『士道』は『私立』の外を犯したが、『民主主義』は、『私立』の内を腐らせる。福沢は、この事に気附いてゐた日本最初の思想家である」と。だが福沢は民主主義の時代の人ではない。戦後に〝封建的〟と定義された戦前は、まだ、「士道」が「私立」の外を犯した時代であり、戦後の過敏ともいうべき「戦後民主主義擁護」の論説の背後には、「私立」の外を「士道」に犯されたという戦前の苦い体験への「利巧な奴」のたんとした「反省」がある。そしてこの反省に基づき、「私立」の外を犯しそうなものは、それが教育であれ、政策であれ、言論であれ、宗教というより神社参拝問題であれ、マスコミはこれに過敏に反応してきた。この点、人間はやはり体験の動物というより、ある体験への反省を教条化し固定化する「事に於て後悔する」動物だといえる。だが「民主主義」は外を犯さなくても、「私立」の内を腐らせる。この視点が一身両頭人間に皆無で当然だろう。そのため、自分自身と決して折合いがつかぬ、「私立」を失った不平家を大量生産する。その大量生産の場の学校は、それによって、当然そうなって然るべき状態になる。

小林秀雄の著作をいかに読んでも、そこに絶対に見えてこないのは「不平家の顔」だ。「怨望」が皆無の人間の顔である。福沢は「怨望は衆悪の母」と言った。なぜか。不徳を語る言葉はその強弱、方向によって一瞬にして「徳」にかわる。「六芸六弊」もこれと似た現象を示しているであろうが、いわば「驕傲《きょうごう》→勇敢」「粗野→率直」「固陋《ころう》→実着」というように変わる。ところが「怨望」は「不徳の一方に偏し、場所にも方向にも拘《かか》はらずして不善の不善なる者」だ。なぜか。「己れに備はる『人類天然の働を窮せしむる』に在る。『怨望』は、自ら顧み、自ら進んで取るといふ事がない。自発性をまるで失つて生きて行く人間の働きは、『働の陰なるもの』であつて、さういふ人間の心事は、内には私語となつて現れ、外には徒党となつて現れる他に現れやうがない。怨望家の不平は、満足される機がない。自発性を失つた心の空洞を満たすものは不平しかないし、不平を満足させるには自発性が要るからだ」

不平は、内には私語、外には徒党となって現われるほかはない。それはしばしば、徒党によって怨望の対象への批判という形になって現われる。それ以外に「心の空洞」を満すものがないから当然であろう。

「批評しようとする心の働きは、否定の働きで、在るがまゝのものをそのまゝ受納《うけい》れるのが厭《いや》で、これを壊しにかゝる傾向である。かやうな働きがなければ、無論向上といふものはないわけで、批評は創造の塩である筈だが、この傾向が進み過ぎると、一向塩が利《き》かなくなるといふをかしな事になります。批評に批評を重ね、解釈は解釈を生むといふ具合で、批評や解釈ばかりが、鼠算《ねずみざん》の様に増え、人々はそのなかでうろうろして、出口がまるで見付からぬ、といふ事になる。当人達にしてみれば、うろうろしてゐるどころの段ではない。烈《はげ》しく働いてゐる積りであらう。又、確かにこの働きはジャアナリズムの上に現れて、そこに文化の花が咲いてゐる様に見えもしよう。併《しか》し、実は、凡《およ》そ堪《こら》へ性のない精神が、烈しい消費に悩んでゐるに過ぎず、而《しか》も何かを生産してゐる様な振りを、大真面目《おほまじめ》でしてゐるに過ぎない。まことに巧みに巧んだ精神の消費形式の展覧である」

「堪へ性のない精神」には思索はできない。ましてそれが「怨望」と結びつけば、「人類天然の働を窮せしむる」だけである。縁を断つべきであろう。小林秀雄は例の「放言」の後で、嘲罵《ちょうば》には目もくれず耳もかさず、湯河原の旅館で「モオツァルト」を書きはじめたという。それが思索をする人間の生き方で、以上に記したような他との断絶なくして思索はできない。これらは、教師小林秀雄から一年生として私が学んだことだが、あるいは人は問うかも知れない。お前はこれまで、思索ができなくなる条件を示して来た。では、その条件を全部排除すれば人はみな小林秀雄のように思索できるのか、と。もちろん、そうではない。では、何が必要なのか。

「考へるとは、合理的に考へることだ」と小林秀雄は言った。何だそんなことか、と人は言うかも知れない。だがおそらくそういう人は、「合理的に考へ」たことのない人だ。世の中の原則とはすべて簡単なことだが、それは、この簡単な原則がすべての人に使えるということではない。大分前、ある彫刻家と雑談したことがあった。その人は山種美術館との関係で山崎種二氏を知っていた。彼は言った、「あの人はお金の達人です」と。面白い言葉だ、お金はだれでももっている。しかしそれはすべての人がお金の達人ということではない。私はその意味を聞こうとしたが、自らはお金の達人でないその人には巧みな説明はできず、ただ、大彫刻家が鑿《のみ》をもっているのを見るようだと言った。私はさらにしつこく訊《たず》ねた。

彼の説明を私なりに理解すると次のようになる。この相場師にとっても、普通の人間にとっても、原則は同じだということである。相場の原則とは、簡単にいえば「安いときに買って高いときに売る」ただそれだけである。さらにその値段は公表されているそのだから、だれでもこの原則は理解できる。いや、理解という言葉が不必要なほど簡単なことだ。だが、これが、達人にならないと絶対に活用できない。できないから素人《しろうと》は損に損を重ねてついに自分も崩壊する。この差はどこから出てくるか。「例へば碁打ちの上手が、何時間も、生き生きと考へる事が出来るのは、一つ或《あるい》は若干の着手を先《ま》づ発見してゐるからだ。発見してゐるから、これを実地について確かめる読みといふものが可能なのだ。人々は普通、これを逆に考へ勝ちだ。読みといふ分析から、着手といふ発見に到ると考へるが、そんな不自然な心の動き方はありはしない。ありさうな気がするだけです。それが、下手の考へ休むに似たり、といふ言葉の真意である」（常識について）と小林秀雄は記しているが、その彫刻家の言ったことも同じであった。大彫刻家が鑿をもって大理石の前に立つ。彼は「一つ或は若干の着手」を発見しているから、何時間も生き生きと考えることができる。そして彼は山崎種二氏も同じだと感じたがゆえに、「お金の達人」と呼んだわけである。思索、すなわち「何時間も何時間も生き生きと考える」とはこういう状態を言うのであり、いわば世人の考えていることとは逆なのである。これを知っているのが達人であり、そうなってはじめて、簡単な原則が活用できる。

　このことは何を意味するか。お金であれ、大理石であれ、碁盤であれ、自らがそれと一体化したような対象がない限り「思索」ははじまらないと言うことである。だが本当に一体化してしまえば思索ははじまらない。「見る事と生きる事との丁度中間に、いつも精神を保持する事、どちらの側に精神が屈服しても、批評といふものはない。これは理智《りち》の上の仕事といふより、寧ろ意志の仕事である」（イデオロギイの問題）。一つもしくは若干の着手を発見する。つぎに身を離す。そのとき人は一種の自己批評家になり、あらゆる方向からその「着手」を自ら批評するが、その批評の基準が、「実地について確かめる読み」なのだ。そしてこの「考へる」ことは「合理的に考へれば、それでよい」。それは、以上の順序が合理的なのであって、これを無視して、能率的に考えようということではない。思索に能率は必要としない。現代は能率的社会なので、人はこの点を誤る。そして小林秀雄は、長考する碁打ちのように、生涯、合理的に「生き生きと考へ」つづけていた。その意味では不世出の思索家といえるが、その理由はまず第一に、何よりも自己批評家だったことである。「批評といふものは、他人をとやかくいふのが上手な人間と世人は決めてかゝりたがるが、実際は、自分を批評するのが一番得意でなければ、批評商売もなかなかうまくゆかないのである」と。

だが、一体「見る事と生きる事との丁度中間に、いつも精神を保持する」とは具体的にどのような状態を言うのであろうか。この態度を小林秀雄は、文学にも美術にも政治にも歴史にも保持しているが、まず「美」からはじめよう。「言葉は眼の邪魔になるものです。例へば、諸君が野原を歩いてゐて一輪の美しい花の咲いてゐるのを見たとする。見ると、それは菫《すみれ》の花だとわかる。何だ、菫の花か、と思つた瞬間に、諸君はもう花の形も色も見るのを止《や》めるでせう。諸君は心の中でお喋《しやべ》りをしたのです。菫の花といふ言葉が、諸君の心のうちに這入《はい》つて来れば、諸君は、もう眼を閉ぢるのです。それほど、黙つて物を見るといふ事は難かしいことです。菫の花だと解《わか》るといふ事は、花の姿や色の美しい感じを言葉で置き換へて了《しま》ふことです。言葉の邪魔の這入らぬ花の美しい感じを、そのまゝ、持ち続け、花を黙つて見続けてゐれば、花は諸君に、嘗《かつ》て見た事もなかつた様な美しさを、それこそ限りなく明かすでせう。画家は、皆さういふ風に花を見てゐるのです。何年も何年も同じ花を見て描いてゐるのです」と。

「見る」とは感覚だが、「菫の花を見る」と「歴史を見る」は、一見全く別のことのように思われているが、原則は同じであり、「言葉に惑はされるといふ私達の性向は、殆《ほとん》ど信じられないほど深い」点でも変りはない。そしてその「惑い」の中にいる限り、人間は、思索をしているという錯覚を得ることはできても、思索をすることは出来なくなってしまう。

「封建思想とか封建社会とかいふ言葉が、史家の使用する便宜的呼称である事は、誰も承知してゐる。例へば、近世封建社会と言つたところで、鎖国といふ枠にはめられた、徳川期の独特な文化の生態を、決して尽くせるものではない、解り切つた話だとは、誰も言ふが、さて、承知してゐるのか、承知してゐる積りでゐるのか、容易には解らぬものだ。言葉に惑はされるといふ私達の性向は、殆ど信じられないほど深いものである。

私達は皆、物と物の名を混同しながら育つて来たのだ。物の名を呼べば、忽《たちま》ち物は姿を現すと信ずる子供の心は、そのまゝ怠惰な大人の心でもある。歴史家達が、歴史を解釈し、説明する為《ため》に使用する言葉の蔭《かげ》に、何かがある、その何かがあるといふ事と、彼等がどんな言葉を便宜上選ぶかといふ事とは全然関係のない事である。そんな簡単な事柄も、精神の或る緊張がなければ、私達は、直《す》ぐ失念して了ふのだ。歴史を説明する手順に筋が通れば通るほど、それが精《くは》しくなればなるほど、歴史自体が、さういふ手順なり手続きなりの合成物と映つて来る。歴史と歴史の説明の仕方とが、どうしやうもなく混同されて了ふ。さうなると、歴史といふものは合成物といふより、むしろ一種の有機体だ、と言つたところで、何を古くさい事を言ふか、といふ事になる。歴史といふ一種の有機体に応ずる一種の感覚が紛失して了ひ、それにはもう決して気付かうとしないからである」

そう、確かに人はそれに気づこうとしない。それは「一種の感覚」を失ったためだが、この「感覚」とはどのようなものなのか。それを知るには感覚を失ってなおそれを自覚しない状態を思い起してみてもよいし、ある種の感覚をもって過去を見ていた場合を思い起してもよいだろう。だれにでも両方の経験はあるはずなのだ。「歴史の見方が発達して来ますと、過去の時間を知的に再構成するといふ事に頭を奪はれ、言はば時間そのものを見失ふといつた様な事になり勝ちなのである。私達が、少年の日の楽しい思ひ出に耽《ふけ》る時、少年の日の希望は蘇《よみがへ》り、私達は未来を目指して生きるといふ、だが、彼が過去に賭《か》けてゐるものは、彼の余命といふ未来である。老人は思ひ出に生きるといふ、だが、彼が過去に賭けてゐるものは、彼の余命といふ未来である。かくの如《ごと》きが、時間といふものの不思議であります……西行流に言つてみれば、時間そのものの如き心において過去の風情《ふぜい》を色どる、さういふ事が行はれるのである。私達の思ひ出といふ心の動きのうちに、深く隠れてゐる、この様な演技が、歴史家達に、過去の人達を思ひ出す時に、応用できぬわけがありますまい」。これは『本居宣長』の方法を暗示する言葉だが、通常、人はこのように考えない。

過去に賭けているのは、余命少ない未来だ、このことは、現実に生きているすべての人間が、自覚しようと自覚しまいと持っている感覚、いわば内的感覚である。それが個人の歴史であり、生きている歴史なら、それはいわゆる「歴史」に応用できるはずであり、そのようにしてはじめて、歴史を学ぶということがあるはずだ。戦前、アンドレ・モーロアの『英国史』を論評した短文の末尾に、氏は次のように記している。「批評家たる事を止めて一足飛びに独断家になつて一言して置く。『英国史』は第三流の史書である。何故かといふと其処《そこ》には天才の刻印がないからだ。こゝで言ふ天才とは、例へば『神皇正統記』に明らかな様な歴史家の天才の意味だ。又それは、北畠親房《きたばたけちかふさ》にあつては、過去を正確に描いて未来を創《つく》り出した大歴史家としての条件が稀有《けう》な完璧《くわんぺき》を示してゐるといふ意味だ」と。確かにモーロアは「過去の時間を知的に構成」している、実に巧みに知的に構成していることを小林秀雄は認めている、だがそれは、未来に向って何も生み出しはしない、と。確かに言われる通り何も生み出さなかった。一方、北畠親房は、未来に於《お》いて確かに何かを生み出した。

話は横道にそれるが、私はここに、小林秀雄の言動がなぜ社会に衝撃を与えるかの謎《なぞ》があると思う。もっとも、人は、さまざまな形で社会に衝撃を与える。パリで女性を殺してその肉を食えば社会に衝撃を与えるであろうし、それを小説にしても社会に衝撃を与えるであろう。『悪魔の飽食』が衝撃なら、そのニセ写真も取材なき記述も衝撃だろう。従って衝撃を与えること自体別に積極的な意味はもたないし、衝撃を与えてやろうという意図に基づく構成・執筆などは、はじめから無意味なものだ。その衝撃は、いきなり街頭で見ず知らずの酔漢に横っつらを張られたような衝撃である。こういう衝撃はその人の精神に何の影響も与えないし、ましてや、新しい目が開かれるわけでもなく、人生の新しい方向づけがなされるわけでもない。衝撃の重要性は大きさではなく、その質である。もっとも質はしばしば大きさとなって現われるが、それがどのように大きくても、前記のような衝撃と全く異質のものであることは言うまでもない。

では、小林秀雄の、社会への衝撃の質は何なのか。何が、それぞれの時代に衝撃を与えたのか。それはおそらく、過去を語ることによって未来を創出しているという点だ。もちろんこの未来は、それを読む個人の未来でもあるし、その人びとで構成する社会の未来でもある。それを知るのが読者の「内的感覚」なのだ。この内的感覚を壊してしまう「歴史」は、それがモーロアの『英国史』のように巧みに構成されていても、それだけのものである。小林秀雄が何故《なにゆえ》に本居宣長に関心をもったのか。それはわからない。だが宣長は、歌と源氏物語と古事記にしか関心をもたなかった人間と言ってよい。この点では非政治的であり、北畠親房以上に全く非政治的である。彼には未来を創出しようなどという意識は無かったであろうし、古事記を「見る」彼には、そんなことを念頭に浮べる余裕があったはずはない。そんな雑念を浮べては「見る」ことができなくなってしまう。だが彼は、確実に未来を創出した。それは、自己の余生という未来の創出であり、同時に歴史的未来の創出であった。人の内的感覚はこれを受けとめる。そして受けとめ得たとき、時代は衝撃を受ける。と同時にこの内的感覚を喪失していたものは、喪失していたことに気づいて衝撃をうける。もっとも後者の受け方は屈折しているから、批評にならぬ批評を、激烈な調子で口走ることもある。

「私達の思ひ出といふ心の動きのうちに、深く隠れてゐる、この様な演技」いわば「時間そのものの如き心において過去の風情を色どる」という演技、「この様な演技が、歴史家達に、過去の人達を思ひ出す時に、応用できぬわけがありますまい」と。小林秀雄にはそれができた、従って「できぬわけがありますまい」だが、通常はこれが出来ない。「併《しか》し、今日の様な批評時代になりますと、人々は自分の思ひ出さへ、批評意識によつて、滅茶滅茶《めちやめちや》にしてゐるのであります。戦に破れた事が、うまく思ひ出せないのである。批判とか清算とかの名の下に、要するに過去は別様であり得たであらうといふ風に過去を扱つてゐるのです。凡庸な歴史家なみに掛け替へのなかつた過去を玩弄《ぐわんろう》するのである。戦争の日の自分は、今日の平和時の同じ自分だ。二度と生きてみる事は、決して出来ぬ命の持続がある筈《はず》である。無智《むち》は、知つてみれば幻であつたか。誤りは、正してみれば無意味であつたか。実に子供らしい考へである。軽薄な進歩主義を生む、かやうな考へは、私達がその日その日を取返しがつかず生きてゐるといふ事に関する、大事な或る内的感覚の欠如から来てゐるのであります」

戦後の社会は戦前の思想的結実として生れたものではない。「事実の強制力で出来たもの」である。「或る内的感覚」をもっている者には、そういう強制力で出現した社会に生きることは非常に苦しいはずだ。だが、これを「苦しい」と言ったのは、私の知る限りでは小林秀雄だけである。再軍備問題への意見を聞かれたときこのことを述べている、「敗戦といふ大事実の力がなければ、あゝいふ憲法は出来上つた筈はない。又、新しい事実が現れて、これを動揺させないとは、誰も保証出来ない。戦争放棄の宣言は、その中に日本人が置かれた事実の強制で出来たもので、日本の思想の創作ではなかつた。私は、敗戦の悲しみの中でそれを感じて苦しかつた」と。恐しいことは、そういう内的感覚さえ失って、「これを日本人の反省の表現と認めて共鳴し、戦犯問題にうつゝを抜かしてゐた」ことであった。人は自己の思想的成果以外は自らに誇ることはできない。そして誇ることができないものは、「事実の前でいかに弱いものであるか」を思い知らされざるを得ない。内的感覚のない人間は、「苦しかつた」と感じないから、思い知らされることは何もない。だが「事実の強制という名の占領軍」は、それが米軍であろうと国際情勢であろうと国内情勢であろうと、一つの〝法〟を制定して〝戦犯〟問題に「うつゝを抜かす」のだ。その〝法〟が成文化しているか否《いな》かは問題でない。現に自衛隊がいる。だが憲法のどこを探しても、自衛隊に関する条文は一条もない。その国の基本法に一条の規定もない武装集団が存在する国は、日本以外にはあるまい。事実の強制による制定は、新しい事実の強制によって別の制定を生む。それは思想的帰結ではない。思想の帰結でないものが存在するということは、思想の敗北でなくて何であろうか。それが苦しくないなら、それは、何の思想もないという証明にすぎないではないか。これは確かに、敗戦という事件が残した傷であろう。だが、小林秀雄は言う、「事件の遺《のこ》した傷は、雄弁によつて治癒するやうなものではない」と。確かにその通りだ。だが「傷が疼《うづ》くのを知つてゐるのは当人だけだ。併し政治の扱ふ対象は外から眺められる事件であつて、当事者の心の傷ではない。政治思想といふ集団思想は、決して、個人の心情に関はるものではない」のだ。

「文学者の仕事は、人の高所に立つ仕事ではない。詩人の作る象牙《ざうげ》の塔は見掛けだけのものである。彼らは普通人の心に明瞭《めいれう》な表現を与へるだけだ。私達は、戦争によつて、とても口には言へぬ、めいめいの生活の不幸を経験した。私達は、みな生ま身の俳優となつて戦争といふ一大劇を演じたのであつた。それは、後になつて清算すれば事が済む様な一政治的事件ではなかつたのである。ひたすら清算に走つた知識人達を、私は侮蔑《ぶべつ》しようとは思はない。時の勢ひには抗し難いものがある。併し、直覚的な想像力とは文学者の専売ではない。

日が経《た》つにつれて、日本の演じた悲劇の運命的性格、精神史的な顔が明らかになつて行くであらう。もしさういふ事が起らなければ、日本の文化にはもう命がないであらう」

一体この「悲劇の運命的性格、精神史的な顔」とは、どのような性格で、どのような顔なのであろうか。私はそれを、まず明恵上人《みようえしようにん》、北条泰時《ほうじようやすとき》、山崎闇斎《あんさい》、浅見絅斎《けいさい》、栗山《くりやま》潜鋒《せんぽう》、三宅観瀾《みやけかんらん》などに求めようとした。小林秀雄は、確かに明恵上人も闇斎も絅斎も取り上げてはいるが、彼の求めた顔と性格は、中江藤樹、熊沢蕃山《くまざわばんざん》、伊藤仁斎、荻生徂徠《おぎゆうそらい》、そして本居宣長であった。一体なぜこれらにそれを求めて、それが本居宣長で帰結したのか。おそらくそこには前述の「私立」があったであろう。徳川時代のはじまりもまた、思想的帰結ではじまったのではない、という前提もあったであろう。この時代も「事実の強制」ではじまったのではなかったのか。捕虜として日本に来て、多くの日本人の知識人と交わり、『看羊録』を書いた韓国人姜沆《きょうこう》は次のように記している。「賊魁《ぞくかい》（秀吉）尽《ことごと》く其の諸将に属して之《これ》に告げて曰《いわ》く、朝鮮の事、迄《つい》に未《いま》だ結末せざるは何ぞや。家康ら皆曰く、朝鮮は大国なり、東を衝《つ》けば則《すなわ》ち西を守り、左を撃てば則ち右に聚《あつ》まる、縦《たと》い十年を限りとなさしむるも、事を了する期無からん。賊魁泣いて曰く、公等我を以《もっ》て老いたりとなす。我の初志は、天下を以て難事なしとなせり。今老いたり、死亡幾《いくばく》もなけん。朝鮮と兵を休め和を議する如何《いかん》。其《そ》の下《しも》皆曰く、幸い甚だしと」。しかし秀吉が死んで家康が天下をとったら、諸侯の勢力を削ぐため朝鮮に再出兵するのではないか。当時はそんな噂《うわさ》もあったらしく姜沆はそれを心配する。だが彼の周囲には藤原惺窩《せいか》をはじめとする多くの友人や弟子がおり、その一人角倉《すみのくら》与一がいう。「家康広土衆民を擁し、両者の形勢に拠《よ》り、以て諸倭に号令す。心服する者少しと雖《いえど》も、強いて従う者亦《また》多し。姑《しば》らく犯すべからざる者となし以てこれを待つは、乃《すなわ》ち貴国の得計なり」と。このほかにも資料があるが、それは省略する。いずれにせよ朝鮮出兵の失敗というより端的にいえば、戦国時代の総決算である敗戦ともいうべきさまざまな「事実の強制」が新しい一つの体制を生み出しただけだ。そこには「運命的性格、精神史的な顔」が現われているわけではない。この状態の中で「日本の文化にはもう命がない」という状態にならないため、人は何をすべきなのか。そこでまず要請されるのは「私立」である。これは明治にも要請されたが、徳川時代のはじめにも要請された。もちろん戦後にも要請されたはずだが、その要請に応ずるものがあったかどうか疑わしい――『本居宣長』を除けば。

だが『本居宣長』については余り書きたくない。今回この稿を記すにあたって、『宣長』からはじめて、主として今まで読まなかったものを読み、ついでかつて読んだものを読みかえしたが、少なくとも『宣長』は、二十年ぐらいたってから読み返せば何か書けるかも知れないという感じである。従ってここで取り上げるとすれば、二十余年前に私が得ようとした冒頭の「秘伝」を、その記述の中であとづけるという作業にとどまることになろう。

宣長と上田秋成との論争を記したところに、次のような文章がある。「……秋成の論難に対する宣長の応答は、まことにはつきりしたものであつた。上田氏の説くところの何処は賛成、何処が反対だといふやうな事が問題ではない。実を言へば、論争といふものが、そもそも不可能なのである。何故かと言ふと、上田氏の一切の論難は、世の『常見』に基いてゐるが、自分が『古学の眼』を得たのは、その『常見』を捨て去る決心に基くからだ、といふのだ。宣長は、『常見の人』とか、『漢意《カラゴコロ》の常見』とかいふ言ひ方をしてゐるが、こゝで、彼が『常見』といふ言葉で、言ひたかつたところは、簡単に言つて了へば、今日の学者達のやうに、知性だけを頼んでゐては、決して古学の本質には到達する事はできない、といふ確信なのである」と。私にはこの「常見」と「常識」とが重なって見える。「常識」は明治以降の造語だから、当時は、無い。いわば、当時の「学的常識に基づく知性」と見てよいであろう。各時代には各時代の学的常識があるだろう。当時は「漢意の常見」が主流であったが、現在は「欧米意の常見」が主流なのかも知れない。もちろん「漢意」が「中国人のもつ中国思想」いわば中国人の常識と一体不可分の中国思想とはいえないように、「欧米意」もまた欧米人の欧米思想そのものとはいえまい。「漢意」であれ「欧米意」であれ、それぞれの背後には、その時代を生きていた日本人の常識があるはずだ。それを無意識に絶対化して、それに基づいて対象を見る。宣長にとってはそれは、本当に『古事記』の世界を見ることではない。

だが一方において、宣長は、「常見」の人である。彼はどちらから見ても当時の「常識人」であった。もし彼が著作をしなければ、松坂の良き医者であり、また自分が関心をもつものだけに生涯を打ち込んでも、それによる破綻《はたん》のない超一流の生活者であった。また「漢意の常見」も「仏意の常見」も、単に「知っている」という以上に知っていた。彼の実生活への処理は、「磨き抜かれた常識」すなわち「常見」によって、何の摩擦もなく行われていた。いわば、「常見」を把握してこれを対社会的にも対学問的にも活用できたが、絶対にそれに溺《おぼ》れず、そこからしかものごとが見えない人間ではなかった。彼は、常見的に生きつつ、常見を捨てて「古学の眼」を得、この「古学の眼」から「常見」を見てこれを把握し、活用することによって自らを維持し、それによって「古学の眼」で「古学の世界」に入っていったはずだ。こういう人は民主主義の時代に生きても、内から腐ることはあるまい。

そして面白いことに、これがまた小林秀雄が本居宣長を見る目なのである。宣長は「古学の世界」を「古学の眼」で見、小林秀雄は宣長の目で宣長を見る、ということは、宣長が獲得したと信じた「古学の眼」で見ている「上代人の世界」を、宣長を見つつ見ているということである。そしてそこに小林秀雄が見たものは、まさに日本文化そのものの、いわばその「運命的性格と精神史的な顔」である。少々長いが、それに関連する個所を、次に引用させていただく。

「上代の人々は、言葉には、人を動かす不思議な霊が宿つてゐる事を信じてゐたが、今日になつても、言葉の力を、どんな物的な力からも導き出す事が出来ずにゐる以上、これを過去の迷信として笑ひ去る事は出来ない。『言霊《ことだま》』といふ古語は、生活の中に織込まれた言葉だつたが、『言霊信仰』といふ現代語は、机上のものだ。古代の人々が、言葉に固有な働きをそのまゝ認めて、これを言霊と呼んだのは、尋常な生活の智慧《ちゑ》だつたので、特に信仰と呼ぶやうなものではなかつた。言つてみれば、それは、物を動かすのに道具が有効であるのを知つてゐたやうに、人の心を動かすのには、驚くほどの効果を現す言葉といふ道具の力を知つてゐたといふ事であつた。彼等は、生活人として、使用する道具のそれぞれの性質には精通してゐたに相違なく、道具を上手に使ふとは、又道具に上手に使はれる事だ、とよく承知してゐたであらう。従つて、舟で山を登らうとする人がなかつたやうに、呪文《じゆもん》で山を動かさうとする人もゐなかつた筈である。そのやうな狂愚を、秩序ある社会生活を営む智慧が、許すわけがなかつたらう。天も海も山も、言葉の力で、少しも動ずる事はないが、これを眺める人の心は、僅《わづ》かの言葉が作用しても動揺する。心動くものに、天も海も山も動くと見えるくらゐ当り前な事はない」

これが「当り前」であった世界に漢字が入ってくる。一体、どうなるのであろう。それは「古語の世界」に入ってみない限りわからない。では一体どうやって、この「古語の世界」、上代人の心のうちに入って行くのか。それは「言霊信仰が文字信仰になつた」などと言ったところで、理解できることではないから——。

「それにしても、話される言葉しか知らなかつた世界を出て、書かれた言葉を扱ふ世界に這入《はい》る、そこに起つた上代人の言語生活上の異変は、大変なものだつたであらう。これは、考へて行けば、切りのない問題であらうが、ともかく、頭にだけは入れて置かないと、訓読の話が続けられない。言つてみるなら、実際に話し相手が居なければ、尋常な言語経験など考へてもみられなかつた人が、話し相手なしに話す事を求められるとは、異変に違ひないので、これに堪《た》へる為《ため》には、話し相手を仮想して、これと話し合つてゐる積りになるより他に道はあるまい。読書に習熟するとは、耳を使はずに話を聞く事であり、文字を書くとは、声を出さずに語る事である。それなら、文字の扱ひに慣れるのは、黙して自問自答が出来るといふ道を、開いて行く事だと言へよう」

だが上代人の、この問題はこれで終らない。来た文字が漢字なのだ。

「漢字を迎へた日本人が、漢字に備つた強い表意性に、先《ま》づ動かされた事は考へられるが、表音性に関しては、極めて効率の悪い漢字を借りて、詞《ことば》の文《アヤ》を写さうといふ考へが、先づ自然に浮んだとは思へない。これには、不便を忍んでも、何とかして写したい、といふ意識的な要求が熟して来なければならない事だし、当然、これは、詞の文《アヤ》を命とする韻文といふものゝ性質についての、はつきりした自覚の成熟と見合ふだらう。歌ふだけでは不足で、歌の集《フミ》が編みたくなる、さういふ時期が到来すると、仮字《かな》による歌の表記の工夫は、一応の整備を見るのだが、それでも同じ集《フミ》の中で、まるでこれに抗するやうな姿で、『かならず詞を文《アヤ》なさずても有ルべきかぎりは』漢文の格《サマ》に書かれてゐる異様な有様は、古学者たるものが、しつかりと着目しなければならぬところだ、と宣長は言ひたいのである。

『大御国にもと文字はなかりしかば、上ッ代の古事《フルコト》どもも何も、直に人の口《クチ》に言ヒ伝へ、耳《キキ》に聴伝はり来ぬるを、やゝ後に、外国《トツクニ》より書籍《フミ》と云フ物渡リ参来《マキキ》て、其を此間《ココ》の言もて読ミならひ、その義理《ココロ》をもわきまへさとりてぞ、其ノ文字を用ひ、その書籍《フミ》の語《コトバ》を借《カリ》て、此間《ココ》の事をも書記《カキシル》すことにはなりぬる』。又しても、こんな引用を、『古事記伝』からしたくなるのも、誰もこの歴史事実を知識としては知つてゐるが、『書籍《フミ》と云フ物渡リ参来て』幾百年の間、何とかして漢字で日本語を表現しようとした上代日本人の努力、悪戦苦闘と言つていゝやうな経験を想《おも》ひ描かうとはしない、想ひ描かうにも、そんな力を、私達現代人は、殆《ほと》んど失つて了《しま》つてゐる事を思ふからだ。これを想ひ描くといふ事が、宣長にとつては、『古事記伝』を書くといふその事であつた。彼は、上代人のこの言語経験が、上代文化の本質を成し、その最も豊かな鮮明な産物が『古事記』であると見てゐた。その複雑な『文体《カキザマ》』を分析して、その『訓法《ヨミザマ》』を判定する仕事は、上代人の努力の内部に入込む道を行つて、上代文化に直かに推参するといふ事に他ならない、さう考へられてゐた」

このやうな宣長が、秋成の「常見的批判」に、何も応答しないに等しい態度をとつても不思議ではない。宣長は「上代人の努力の内部に入込」み「悪戦苦闘と言つていゝやうな経験」に直に推参しようとしたのだ。そこに「運命的性格と精神史的な顔」があつたはずだ。それは「日本の顔」と言ってもいい。「上代朝鮮人も亦、自国の文字も知らずに、格段の文化を背景に持つ漢語を受取つたが、その自国語への適用は、遂《つひ》に成功せず、棒読みに音読される漢語によつて、教養の中心部は制圧されて了つた」のだから——。では日本人はどうしたのか。

「漢字漢文の模倣は、自信を持つて、徹底的に行はれた。言つてみれば、模倣は発明の母といふまともな道が、実に、辛抱強く歩かれた。知識人達は、一般生活人達に親しい、自国の口頭言語の曖昧《あいまい》な力から、思ひ切りよく離脱して、視力と頭脳による漢字漢文の模倣といふ、自己に課した知的訓練とも言ふべき道を、遅疑なく、真つすぐに行つた。そして遂に、模倣の上で自在を得て、漢文の文体《カキザマ》にも熟達し、正式な文章と言へば、漢文の事と、誰もが思ふやうな事になる。其処までやつてみて、知識人の反省的意識に、初めて自国語の姿が、はつきり映じて来るといふ事が起つたのであつた。

知識人は、自国の口頭言語の伝統から、意識して一応離れてはみたのだが、伝統の方で、彼を離さなかつたといふわけである。日本語を書くのに、漢字を使つてみるといふ一種の実験が行はれた、と簡単にも言へない。何故《なぜ》なら、文字と言へば、漢字の他に考へられなかつた日本人にとつては、恐らくこれは、漢字によつてわが身が実験されるといふ事でもあつたからだ。従つて、実験を重ね、漢字の扱ひに熟練するといふその事が、漢字は日本語を書く為に作られた文字ではない、といふ意識を磨《と》ぐ事でもあつた。口誦《こうしよう》のうちに生きてゐた古語が、漢字で捕へられて、漢文の格《サマ》に書かれると、変質して死んで了ふといふ、苦しい意識が目覚める。どうしたらよいか。

この日本語に関する、日本人の最初の反省が『古事記』を書かせた。日本の歴史は、外国文明の模倣によつて始まつたのではない、模倣の意味を問ひ、その答へを見附けたところに始まつた、『古事記』はそれを証してゐる、言つてみれば、宣長は、さう見てゐた」

大分長く引用したが、それは、私にはこれが小林秀雄の自伝のように思えるからだ。日本は、明治に、そして戦後に、欧米の文明を輸入した。否《いな》、意志的に選択して輸入したというよりも、圧倒的な力で日本に迫って来て、それに対してなすすべもなかったと言ってよい。もちろんそれは、話し言葉しかない「言霊」の国に漢字・漢文が圧倒的な力で入って来たほどの衝撃ではなかったかも知れぬ。だが翻訳語乃至《ないし》は翻訳的概念なしに思考できなくなったことも事実なのだ。戦前、それへの反撥《はんぱつ》はあった。しかし反撥は意味をなさない。反論は輸入の概念を用いねばできないし、反撥が政治から軍事へと進めば、その方法は、欧米的な組織で行う以外ない。さらにその動機が外国への「怨望《ゑんばう》」で、行動に至る道が「堪《こら》へ性のない精神」なら、それは自滅以外何もなくて当然であろう。『古事記』への道がどうであったか知らぬが、「言霊を漢文で表わせるか」「漢文は言霊を殺すぞ」ではなく、「漢字漢文の模倣は、自信を持つて、徹底的に行はれた」はずである。

「文学は飜訳で読み、音楽はレコードで聞き、絵は複製で見る。誰も彼もが、さうして来たのだ、少くとも、凡《およ》そ近代芸術に関する僕等の最初の開眼は、さういふ経験に頼つてなされたのである。飜訳文化といふ軽蔑《けいべつ》的な言葉が屢々《しばしば》人の口に上る。尤《もつと》もな言ひ分であるが、尤もも過ぎれば嘘《うそ》になる。近代の日本文化が飜訳文化であるといふ事と、僕等の喜びも悲しみもその中にしかあり得なかつたし、現在も未だないといふ事とは違ふのである」（「ゴッホの手紙」序）。この言葉は、「日本の歴史は、外国文明の模倣によって始まつたのではない、模倣の意味を問ひ、その答へを見附けたところに始まつた」という言葉に通ずるであろう。そして「知識人は、自国の口頭言語の伝統から、意識して一応離れてはみたのだが、伝統の方で、彼を離さなかつた」ように、小林秀雄をも離さなかった。否、離すはずがない。「模倣の意味を問ひ、その答へを見附け」るのなら——戦前は、模倣の意味を問うたであろうか。戦後はまたアメリカ民主主義模倣の意味を問うて、その答を探しているのであろうか。

だが問いかけはやめよう。この問いかけと『本居宣長』との関係を論究するのもやめよう。それは二十年後でもいいはずだ。火災から二十余年、この二十余年ぶりに小林秀雄の著作を手にとった私の動機は少々不純なものであった。否、出版屋としては純粋というべきかも知れない。私が驚いたのは、『本居宣長』という書名の四千円（当時）の本が、十万部も売れたということだ。これは社会に衝撃を与えたということだが、その理由が何であるかを問うて見たかったのだ。というのは、宣長は戦後の社会の興味の対象ではあり得ない。否むしろ否定的存在だったこともあるはずだ。さらに大冊でしかも読みやすい内容ではなさそうで、そのうえ高価である。さらに悪いことに、いわゆる〝専門書〟ではない。これは出版社にとって最も危険な出版物のはずだ。ではなぜこれが衝撃を与え得たのか。それを探るべく読み、今回読みかえしてつくづく感じたことは、この本が、日本文化の基本的な問題を、「もしさういふ事が起らなければ、日本の文化にはもう命がない」という、まさにその問題を正面から取り上げているからだ。「模倣の意味を問ひ、その答へを見附け」ること。それはまさに、過去を語りながら未来を創出するということだからである。これについては前に述べたが、そうでなければ、社会に衝撃を与えることはあるまい。小林秀雄が生涯、社会に何らかの衝撃を与えつづけていたのは、『様々なる意匠』以来の、この視点であろう。

だが「常見」から意外な方向に進み、「私立」が後まわしになってしまった。これも、「常見」からはじめるべきか「私立」からはじめるべきか少々迷ったためだが、「私立」がなければ「常見」を活用することは不可能だから、やはりここが基本であろう。前述のように徳川時代もまた「思想的帰結」によって出来た体制ではなく「事実」の強制でできた体制であった。これは、「下剋上《げこくじやう》」という伝統を圧殺しそうになった。

小林秀雄は「試みに、『大言海』で、この言葉を引いてみると、『此語《コノ》、でもくらしいトモ解スベシ』」とあると記している。これは庶民が造り出した言葉であろうが、「実力が虚名を制する」という当然なことを当然とする言葉であった。「この言葉の、見たところ嘲笑《てうせう》的な色合の裏に、言はば、どんな尤もらしい言葉にも動じない、積極的な意味合が育つて来るには、長い時間を要した」のだが、要は「武士も町人も農民も、身分も家柄も頼めぬ裸一貫の生活力、生活の智慧から、めいめい出直さねばならな」かったということである。

これを文字通りに実演したのが秀吉だが、「『下剋上』といふ文明の大経験は、先づ行動の上で演じられたのだが、これが反省され自覚され、精神界の劇となつて現れるには、又時間を要した」わけである。それは当然であろう。

「『下剋上』の長い経験は、人々に、世間の『位』の力を借らず、たゞ吾《わ》が『身』を頼む生活術を教へたが、この教訓は、烈《はげ》しい競争行為の裡《うち》に吸収され、半ば意識されても、意識として発達する事は大変むつかしいものであつた。長い兵乱の末の平和の回復とは、個人の実力と社会的地位との均衡が、かつて誰一人考へも及ばなかつた社会の広範囲にわたつて、実現した事を意味したのであるが、この国民的な大経験も、外側に眼を向けた人々にとつては、その内側の意味合を考へてみる必要はないものだつた。成り行き上、平和が到来すれば、言ひ代へれば、名ばかりのものに成り下つてゐた因襲的諸制度が、新しく育成された実力といふ内容で一応充《みた》されて了へば、事は終つたと見えた。それが、そのまゝ家康といふ事態の大収拾家によつて行はれた政策である」

この「国民的大経験」も、それで終わってしまうのであろうか。戦後も、「成り行き上、平和が到来すれば」、実力という内容で一応、国際的にも国内的にも充たされてしまえば、国民的大経験はいち早く忘れ去って、それで終るのであろうか。それはわからない。しかし徳川時代はそうではなかった。秀吉の死後十年で、一人の男が生れた。それが中江藤樹であった。彼の基本は「天地の間に己一人生てありと思ふべし」（熊沢蕃山『集義和書』）であった。外的体験としては、下剋上はこれがあたりまえであった。それを「内側の意味合」としたのが彼である。その意味では「『下剋上』といふ言葉の『でもくらしい』といふ『大言海』の解も、彼ならよく理解したゞらう」は、確かにその通りというほかはない。

一体、「天地の間に己一人生てありと思ふべし」という言葉と、「天は人の上に人をつくらず」という言葉と、どう違うのであろう。後者はしばしば、人間の平等を説いた言葉だという。だが人間が天の下で本当に平等になったら、どういうことになるか。もしこの言葉を、平等に何かの分配をうけるという意味にとるなら、それは分配する者が上にいて、分配される者が下にいることになってしまう。それなら、「分配者は人の上に人をつくらず」であり、分配者は上で被分配者は下のはずだ。それでは「私立」はあるまい。天はそれをしないというなら、天の下に平等は、何ら上下関係なく、天の下「己一人生てありと思ふべし」ということになるであろう。

こうなれば、先生も弟子も「己一人生てあり」である。弟子は先生の権威にたよる必要はないし、先生のことを祖述する必要はない。「藤樹の一番弟子は蕃山であつたが、彼は、藤樹学とは異つた蕃山学を創《つく》り上げて了つた。異を立てようとしたからではない。受取つたものが万人に同じやうに理解される学説ではなく、自分流に信じなければ意味をなさない志だつたからである。同じ意味合ひで、仁斎の一番弟子は徂徠であつた。その間の消息について、蕃山はかういふ事を言つてゐる、『医者出家などのごとくに、師弟の様子はなく候。たゞ本よりの交はりにて、志の恩をよろこびおもふのみなり。我等道徳の議論をしてあそび候心友も、又かくのごとし。心友なるが故《ゆゑ》に、たがひに貴《き》賤《せん》を忘るる事に候。全く師と不ㇾ存、弟子にてもなく候』。封建制といわれる徳川時代のはじまりに、こういう言葉があるのは面白い。事実、蕃山は藤樹批判をやっている。この点では師でもなく弟子でもない。だが「志の恩をよろこびおもふのみなり」を忘れているわけではない。それはそれでよいはずだ。「己一人生てあり」の人間は、何かの亜流になるはずはない。宣長は真淵《まぶち》の弟子で、その遺志をついだように言われ、また確かにそう言えるのだが、しかし、異説を立てて真淵から破門されそうになったことは一再でない。それでいて宣長にとっては、生涯の師であり、真淵にとっては、その入門に祝宴をはった弟子であった。こういう徳川時代の学問の一伝統は、民主主義の下の戦後の大学の実情などを耳にすると、少々不思議にさえ思われる。「私立」はすでに、内から腐っているのかも知れない。

　その種の大学的学問が本質的には社会に何の影響も与えず、社会が、「事実の重み」に押されて動くだけになって少しも不思議ではないが、宣長のような人が、歴史の未来に大きな影響を与えたことは、ちょっと考えると不思議である。彼は当時の政治や社会について何の発言もしなかったし、国の行くべき道を示したのでもなかった。否、そんなことは自分に関係ないことだと考えていた。儒と呼ばれる聖人の道は、「天下ヲ治メ民ヲ安ンズルノ道」だが、自分には治むべき国も、安んずべき民もある身分ではないから関係ないことだと彼は述べている。また仏教と儒学には、深い知識はもっていたが、それにかかわろうとしなかった。そして小林秀雄の言うように「常に環境に随順した宣長の生涯には、何の波瀾《はらん》も見られない。奇行は勿論《もちろん》、逸話の類《たぐ》ひさへ求め難いと言つてい丶」のである。さらに「この誠実な思想家は、言はば、自分の身丈に、しつくり合つた思想しか、決して語らなかつた。その思想は、知的に構成されてはゐるが、又、生活感情に染められた文体でしか表現出来ぬものでもあつた」

では彼は、なぜ当時の社会にも後世にも、大きな影響を与えたのか。「或《あ》る時、宣長といふ独自な生れつきが、自分はかう思ふ、と先づ発言したために、周囲の人々がこれに説得されたり、これに反撥したりする、非常に生き生きとした思想の劇の幕が開いたのである。この名優によつて演じられたのは、わが国の思想史の上での極めて高度な事件であつた」と小林秀雄は記している。

「劇を演ずる」それは一つの虚構の世界の創出であろう。しかしその世界は劇を見る人間に大きな影響を与え、人間を変え、社会を変えてしまうこともある。しかし役者はひたすら自分の役に忠実なだけである。では一体、宣長はどのような劇を演じたのか。それは古事記の中で上代人の世界に入り、古語を語る、上代人を演じたのである。それを演じて上代人と語らない限り、『古事記伝』を著作することはできない。だが彼は上代人でなく、徳川時代の人間だから、いかに自分の役に忠実であっても、それは劇である。いわば彼は「常見」から古事記を注解したのでなく、上代人となって、徳川時代人に古事記を語ったのである。従って彼は、上代人が信じたと記されたことを信じ、そのまま語っただけであった。ということは、天照大神《あまてらすおおみかみ》が太陽であると記されていれば上代人が信じたように信じ、そのまま語ったというだけである。だが、これが秋成を憤慨させた。彼から見れば宣長は狂信家か、世をあざむく売僧《まいす》に等しい。彼は望遠鏡を持ち出して「月も日も、目鼻口もあつて、人躰《じんたい》にときなしたるは古伝也、ゾンガラスと云《い》ふ千里鏡で見たれば、日は炎々たり、月は沸々たり、そんな物ではござらしやらぬ」と論じ、さらにオランダの「地球之《の》図といふ物」まで持ち出してくる。だが宣長は一向に動じず、「愚也」「をかし」「いとをさなしく〵」「神代紀をよく見よ」と拒否してしまう。これは、宣長にとっては当然であり、もし「これは常見を基にして解釈し、これは上代人の信じたように信ずる」などといえば、自らの学問およびその方法の完全な否定になってしまう。これは宣長にとって当然のことだが、その思想の劇を見る者への影響は、その時代であれ後代であれ別であろう。だが宣長は、そのようなことは全く考えなかった。その劇は生涯つづく。幕切れは彼の遺言である。

では小林秀雄も同じであろうか。彼は「宣長さん」と語り、宣長さんの位置から共に読者に語っているのであろうか。もちろん二者は一体化はしていない。これは宣長と上代人の関係でも同じだが、少なくとも彼は昭和の「常見」から宣長を見たのでないことは確かだ。そういう宣長論ならいくらでもあるが、彼は現代の通念から過去を見ることを常に拒否して来た。拒否は当然だが、小林秀雄が「宣長さん」と語れば、それは劇であろう。だがその思想という劇を演じない限り、宣長は理解できない。宣長が上代人にやったことを小林秀雄は宣長に対して行っているというこの劇では、彼は当然に、明確に拒否しているものがあるはずだ。それは文献学者としての宣長と、狂信的な古代主義者としての宣長という分け方である。二人の宣長がいるというような分け方をすれば、もう「宣長さん」に会うことも口を利《き》くこともできず、劇も成立せず、思想の劇が与えうる力などはなくなってしまう。だが小林秀雄は、それが社会にまた後代に、どのような影響を与えるかと言ったことは、全く考えていないであろう。それは考えないのが当然だ。そんな計算は、宣長にもなかったし、小林秀雄にもなかった。計算などしては上代人にも会えないし、宣長さんに会うこともできない。そこで思想の劇が成立し、結果に於《お》いてそれが社会に衝撃を与えているだけである。それが将来どうなるかは、二十年後に予測を立てることができるかも知れない、と言いうるだけであろう。

だが、多少予測がつくといえば、四十数年前に発表された『ドストエフスキイの生活』が、どのような衝撃を人びとに与えつづけたかを考えれば、ある程度は予測がつく。それの衝撃は決して、社会を変えるとか、歴史の進路を変えるとか言ったものとは受けとられないであろう。もっとも、歴史の進路を変えうるかの如《ごと》き騒々しい作品は、それこそ何も変え得ないであろうが、それはどうでもよい。作品は人の心の何かを変え得れば、それでよいのだ。と言うことは、『ドストエフスキイの生活』によって、ものを見る見方が変れば、それは一番大きな影響を社会に与えたということである。そしてこれを読むと、小林秀雄はやはり、「ドストエフスキイさん」と話をしているのであって、決して現在の通念でドストエフスキーを見ているのではない。この点では、『本居宣長』と基本的には違いはない。そこに演じられているのもやはり思想の劇である。そして、何かものを書く人間がこの影響を受けざるを得ないなら、それは直接にまた間接にさまざまな影響を社会に与えていって当然であろう。だがその影響がどんなものであるか、それはだれにもわかるまい。宣長も平田篤胤《あつたね》という会ったことのない弟子ならぬ弟子が、社会に大きな影響力をもつであろうなどということは全く予期していなかったであろうから――。

本は勝手に一人歩きをすると前に記した。それをどう読もうと読者の勝手であるとも記した。思想も、思想の演ずる劇も同《いかん》じであろう。それは一人歩きをはじめる。それはもう、それを生み出した人間には如何ともしがたいことではないか。宣長に、お前に結果に於いて超国家主義を生み出し、それが日本を悲劇のどん底に落したと言っても何になるであろう。彼は「古学の眼」で「上代人」の中に入って行って、共に語ることによって、それを上代人の位置から徳川時代の人びとに語ろうとしただけではないのか。それがどうなって行くかは、小林秀雄のいう「歴史の必然」であろう。それは安直な反省などでどうもなることではあるまい。ましてそれが、言霊《ことだま》の話し言葉の国に漢字がきたという「歴史の必然」に基づいているならば――。

同じことがいえるであろう。明治から、そして戦後に圧倒的な欧米文明が来たのだ。ドストエフスキーもモォツアルトもゴッホも来たのだ。それと小林秀雄が語り、その世界に入ってしまった。もっとも伝統の方が彼を手放さなかったのだが、まるで上代人が漢字の世界に入っていったように、入って行ってしまった。その入り方がどれくらい完《かん》璧《ぺき》であったかは、「引用」が示している。小林秀雄を読んでつくづく驚くのは、その引用の完璧さである。

「あるとき、娘が、国語の試験問題を見せて、何んだかちつともわからない文章だといふ。読んでみると、なるほど悪文である。こんなもの、意味がどうもかうもあるもんか、わかりませんと書いておけばいゝのだ、と答へたら、娘は笑ひ出した。だつて、この問題は、お父さんの本からとつたんだつて先生がおつしやつた、といつた。へえ、さうかい、とあきれたが、ちかごろ、家で、われながら小言幸兵衛《かうべゑ》じみてきたと思つてゐる矢

先き、おやぢの面目《めんぼく》まるつぶれである。教育問題はむつかしい」(国語といふ大河)

　ここで小林秀雄が論じているのは教科書の問題だが、以上の文章は、引用とはいかにむずかしいことかも示している。私自身、聖書その他を引用することが多いが、ある文章の一節を文脈から切りはなし、それでいながら文脈の中で理解されているように引用することは実にむずかしい。書いた本人がそこを読めば、「こんなもの、意味がどうもかうもあるもんか、わかりませんと書いておけ」と言いたくなって少しも不思議でない状態になってしまう。さらにその前後に自分の文章があると、引用は宙に浮いたり、意味が逆になったりすることも、決して珍しくない。

「この稿を書いてゐる時、読売紙上で大宅《おほや》壮一氏が『近頃原稿料をかせぐ為《ため》に引用文沢山にしたドストエフスキイの註釈を数十頁にわたつて雑誌に発表してゐる滑稽《こつけい》な批評家がゐる』と書いてゐるのを読んだ。そんな批評家は近頃一人他にゐないから君は僕の事を言つてゐると認める。では機会があつたら僕のこれ迄《まで》に発表したドストエフスキイのノオトが何故《なにゆゑ》に滑稽であるか堂々と書いてくれ給《たま》へ。その時に僕は原稿料をかせぐ為に文章を一行も引き延ばさなかつた処《ところ》を君に明示しよう」

　もちろん大宅壮一のはヤジ馬的批評だから、別に応答する必要もなかったであろう。それなのに小林秀雄が「僕は原稿料をかせぐ為に文章を一行も引き延ばさなかつた処を君に明示しよう」と言っているのは面白い。一体、どうやって明示するつもりだったのであろう。これは引用が問題とされているのだから「一行も余分な引用はしていない」の意味であろう。そしておそらく「明示」は、もう一行余分に引用したらどうなってしまうかを、示すことであったろう。それをやれば確かに明示できる——文章にならなくなってしまうから。

「……宣長の述作から、私は宣長の思想の形体、或《あるい》は構造を抽《ひ》き出さうとは思はない。実際に存在したのは、自分はこのやうに考へるといふ、宣長の肉声だけである。出来るだけ、これに添つて書かうと思ふから、引用文も多くなると思ふ。」確かにこれも引用が多い。だがこれを読んで原稿料云々《うんぬん》は、いかな大宅壮一も言うまい。小林秀雄の場合、引用とは一種の対話であっても、解説のためではない。そしてこの対話が思想の劇になっていく。

思索は対話でしかできない。そして思想の劇の対話は、両者とも自己の思考の中にいるのだから、相手を登場さすには、相手を記憶していない限り出来ない。小林秀雄は「イポリイトの独白」を記憶で引用したと何かで読んだ。こういう話を聞くと使徒パウロを連想する。彼の書簡には旧約聖書からの多くの引用があるが、それがみな記憶による引用である。所々、小さな記憶違いがあるのでそれがわかるのだが、では一体なぜ彼は原文にあたらなかったのであろう。当時は写本で数も少なく、携帯に不便で、しかも巻物であったから検索が容易でなかったからだ、というのが通説である。

そういう理由もあるのかも知れない。しかし、果してそれだけであろうか。ソロモン・ツァイトリンは「記憶だけが財産である」と言った。確かにその通りで、人間がもっているものといえば、記憶しかない。それがどこに記されていようと、記憶すればそれは彼の財産である。パウロは、いわば自己の財産を記したのであって、いわゆる「引用」をしたのではないのだ。小林秀雄の「引用」も同じであろう。そしてその財産を得るために行なった方法は、徹底的に読むという、まことに原則通りのことをそのまま行なっていた。このことは、多くの人の思い出にある。だが、前述のように原則が活用できるのは達人だけなのである。そして達人だけが財産を得ることができる。お金という財産であれ、記憶という財産であれ――。だが、この財産はいずれも相続できるのだ、もっとも何をどのように相続するかは、相続者によるが。平田篤胤は本居宣長から相続したが、問題はその相続の仕方にあるだろう。しかし、宣長はこれをどうすることもできない、小林秀雄も同じであろう。

個人的感慨からはじめたこの文章は、評論らしく恰好《かっこう》をつけようとしても、結局は、個人的感慨にもどってしまう。二十余年間、小林秀雄を読まなかった。忘れたことになっていた。しかし、いま読みかえしてみると、昨日読んだことを読み返しているように生々しい。それは結局私が、記憶をしていたということであり、遺産を相続していたと言うことである。もっとも、どの部分をどう相続したか、その遺産を活用したか、悪用したか、蕩尽《とうじん》したかは別問題だが、記憶の相続だけは、だれにでもできるのだ。その意志があれば――。もっとも、こんなことを考えるのも、小林秀雄の影響かも知れない。彼ぐらい良き財産を相続し、これを生かして来た人間はいないのだから。

　だが、相続で終りにしよう。それで終りのはずだ。こういうことを書くべきだったのか、書かない方がよかったのか、今もよくわからない。「何だこれは、小林秀雄論になってないじゃないか」と言われてもそれはそれでよい。そんなものは、はじめから書く気はない。小林秀雄という人がいた。二十余年前、その人の生き方の「秘伝」を盗もうとした。いや盗んだと信じ、結局、その生き方を生きてきたと思えばもう十分である。と言っても、私の考えていること、書くことは、別に、小林秀雄と何の関係もない。また関係がなくてもよい。「天地の間に己一人生てありと思ふべし」である。蕃山のように、継承すべきものは「志」であって、方法や方向ではない。それが前記の「秘伝」だが、後述するように「内部感覚」と言ってもよい。この感覚《センス》は常識《カマン・センス》ではないが、決して常識の妨げとならず、否《いな》、むしろこの感覚との対応で常識を把握し活用できる。学んだのはこの両者の関係であった。さまざまな出版社が「小林秀雄との対談」の企画を私のところに持ち込んで来た。私はいつも生返事をしていた。なぜ、生返事をしたかを自らに問うまい。問うたところで意味はないことだ。小林秀雄は死んだ。会うことは永久にないし、この文章を読むこともない。それでよいのであろう。

「『御国にて上古、たゞ死ぬればよみの国へ行物とのみ思ひて、かなしむより外の心なく』と門人等に言ふ時、彼の念頭を離れなかつたのは、悲しみに徹するといふ一種の無心に秘められてゐる、汲《く》み尽し難い意味合だつたのである。死を嘆き悲しむ心の動揺は、やがて、感慨の形を取つて安定するであらう。この間の一種の沈黙を見守る事を、彼は想つてゐた。それが、門人等への言葉の裏に、隠れてゐる。死は『千引石』に隔てられて、再び還《かへ》つては来ない。だが、石を中に置いてなら、生と語らひ、その心を親身に通はせても来るものなのだ。上古の人々は、さういふ死の像《カタチ》を、死の恐ろしさの直中から救ひ上げた。死の測り知れぬ悲しみに浸りながら、誰の手も借りず、と言つて自力を頼むといふやうな事も更になく、おのづから見えて来るやうに、その揺がぬ像《カタチ》を創り出した。其処に含蓄された意味合は、汲み尽し難いが、見定められた彼の世の死の像《カタチ》は、此《こ》の世の生の意味を照し出すやうに見える」

小林秀雄の死も、このような死であったのであろう。それは、冒頭で記した「衝撃」が、感慨の形をとって安定すれば、彼の秘伝を盗もうとした私に、此の世の生の意味をも照らし出してくれるであろう。

# 二　小林秀雄の「分る」ということ

ある日。

「文学が分るのか、美術が分るのか、音楽が分るのか」

「いや私はその『分る』という言葉がわからないのだ。一体どういう状態を『分る』といい、どういう状態を『分らない』と言うのか」

「それは、一口ではいえない」

「言えない。言葉にできないということか、それならなぜ、文学が分るのか、美術が分るのか、音楽が分るのか、という言葉があるのだ。『分る』『分らない』が言葉にならない状態なら、その質問が言葉になること自体、おかしいではないか」

相手は変な顔をして私を見るが、言葉にならない。そしてしばらくして言う。

「本物を見りゃ、分るんだ。一口に言えないけど」

「では、それで、だれにでも分るのか」

「だれに、というわけにはいかない」

「それなら、おかしいではないか。本物を見て、分る人間もいれば、分らない人間もいるとするなら、その『分る』『分らない』は、言葉にできるはずだ」

「……」

またある日。

「えーっ、パリへ七回もお出《い》でになって、何も御存知ないんですって」

相手は大仰なジェスチュアと呆《あき》れたという顔で私を見た。

「いえ、行ったんじゃないんです。通過のため一泊しただけです。でもルーブルは行きましたよ。メシャ碑文を見に……」

相手は私の言葉を全部聞こうともせず、遮ぎるように言った。

「いかがでした」

「ルーブルがですか、いや、それも通過しただけです……」

「まあ……、それだけ」

「ええ、知っているのは大体、ホテルと飛行場の間の風景だけです」

相手は、異様な生物でも見るように私を見た。


妙なことを書いたが別に他意はない。私は偏屈でもなければ、屁《へ》理屈が好きなのでもなく、またパリを軽蔑《けいべつ》しているのでもない。ただ人間には「何々かぶれ」という現象があるのだ。戦前の東京、また戦争直後の焼跡・闇市《やみいち》の中から欧米、特にパリ、ロンドン、ニューヨークのような近代的大都会に行けば、いわゆる「西洋かぶれ」になって不思議ではあるまい。相手に圧倒される。すると頭の中はそれだけになって、何が話題になっても「パリでは……」「ニューヨークでは……」「あちらでは……」と言うことになってしまう。無理はないと思うのだが、余りに度び重なると鼻につく。それが「西洋かぶれ」ということであろうが、パリを通過しているころの私は、いわば「砂漠かぶれ」であった。いや「シナイかぶれ」と言った方がいいかも知れぬ。だが砂漠かぶれは話題にはならぬ。「あちらでは……」といって砂漠をもち出したところで、これは、対比できぬ対象をもち出すだけだから、所詮《しょせん》、話にならぬ。そうなると、気のない返答をしている以外に、手はない。

　昨日までシナイにいた。今日はパリのホテルにいる。到底「見物」などという気にはなれぬ。砂漠かぶれが落ちぬと、人間の造ったものはすべて蜃気楼《しんきろう》にしか見えず、何を見てもリアリティが感じられないのである。シナイ山の頂上から真下の聖カタリナ僧院を見る。城壁のような高い壁で囲まれた頑丈な石造りの建物群が、まるで紙細工のようにうすっぺらに見える。周囲の光景の余りの雄大さに、またその荒涼とした美しさに、人間の造作はすべて矮小《わいしょう》で卑賤《ひせん》で醜悪に見える。岩と砂と太陽だけの荒野《の》の美しさ、陽光とともに刻々と変る岩肌の色と光のシンフォニー、だれでも思わず息を呑む。

「教義的にはいろいろ言えるんでしょうが、私は砂漠へ行ったとき、偶像禁止は当然だと思いましたね」砂漠歩きが趣味の森本哲郎氏はこんなことを言った。確かにそれはいえる。シナイの麓《ふもと》に像を立て、「これが神で宇宙の創造者だ」などと言ったら、すぐに人が笑い出して、そう言った者を狂人と思うだろうし、もし瀆神《とくしん》と思えばモーセのように行動するであろう。どのように巨大につくろうと、それは砂漠の中では余りにチャチなのだ。こういう世界には、彫刻を持ち込んでも絵を持ち込んでも、がらくたか紙屑《かみくず》に見えてしまう。砂漠には造形美術はない。何度目のシナイ行きのときか忘れたが、一度、愚息をつれて行った。絵だ、音楽だ、映像だ、映画だと言っていたこの若者が言った。「こういうものを見てしまうと、もう、人間の造形などは見られなくなってしまうな」と。だれでもこの状態に一度は陥る。私は陥ってよい状態だと思い、それが「分る」のはじまりだと思う。そして、骨董《こっとう》マニアにも「つきもの」が落ちるときがあるように、砂漠という「つきもの」もいずれは落ちる。だがその間はパリなど見たくもないし、また落ちても昔に戻るわけではない。年に一度は砂漠に立たないと精神の安らぎが保たれない状態がつづく。これが「分る」道程かも知れぬ。

そういう状態でルーブルを通過したことが一度だけあった。それもその地下室に紀元前七世紀のモアブの王メシャの碑文があると聞いたからである。エルサレムのイスラエル博物館にプラスティーカがあるが、本物にも一度触れてみたいと思って行ったわけである。だがひとたびルーブルに入ると、どこへ行ったら地下室への階段があるのか見当がつかぬ。フランス語はからきし駄目なので、下手な英語で守衛らしき男に一生懸命「メシャ碑文」のことを説明するのだが、相手は私の英語がわからぬのか、メシャ碑文が何か別の名で呼ばれていてわからぬのか、一向にらちがあかない。あとで「そうか。クラモン＝ガンヌーの発見したモアブ＝ストーンと言えばよかったのか」と思いついたが、そのときはこれが思い浮ばぬ。「ええ、ままよ。ぶらぶら行けば日本人の団体客がいるだろう。そのガイドにきけば何とかなるさ」と思い、わけのわからぬままに館内をぶらつきはじめた。どこをどう歩いたか覚えておらぬ。団体客のガイドを探しながら歩を運んだのだから、結局、観光ルートを歩いていたのであろう。二、三のガイドをつかまえてきいてみたが「さあ、そういうものは観光ルートにはありませんので……」と言うことであった。

面倒だ、もう出よう、プラスティーカでがまんするさと思ったとき、先方に人だかりが見える。明らかに日本人の団体客だ。そこに近づいたとき、不意に横から、だれかにジーッと見られているような気がした。そしてそちらを振りむいたとき、私は思わず心の中で言った。「あ、お前はここにいたのか」後で考えると「お前」という言葉は少々変なのだが、そのときはごく自然に心の中に浮んでいた。その「お前」は、濃い薄明の中から上半身が浮び出て、こちらを向いている。口はほほえんでいるが、目は笑っていない。一方の目はまっすぐ私にそそがれ、もう一方の目は私にそそがれながら、その視線をやや左手の方へ動かそうとしている。その左手には十字架の杖《つえ》があり、右手をあげてそれを指さしている。それは何か十字架へ人を誘《いざな》って行くように見える。男か女かわからぬ。人間か妖怪《ようかい》か明らかでない。私は、何もかも忘れてその前に立っていた。

それはレオナルド・ダ・ヴィンチ最後の作、あの「洗礼者ヨハネ」であった。

私がこの絵をはじめて黒白の写真版で見たのは、いつのことか定かでない。いずれにせよそれは戦前で、多分、日独伊防共協定か文化協定かが締結された後であった。ムッソリーニの肝煎《きもいり》とかで東京で「レオナルド・ダ・ビンチ展」が開かれ、「万能の天才レオナルド」と言ったポスターの唱《うた》い文句につられて私も見に行った。何があったかよく覚えていないが、貨幣打刻機とやすりの自動製造機械は今も覚えている。その打刻機で、両面に銀紙を貼《は》った厚ボール紙で模造貨幣を打刻しており、私も記念にそれを買い、同時に本を二冊買った。内一冊は日伊文化協会編、もう一冊はローゼンバーグ著で、両方とも、レオナルド評伝といったものであった。どれくらいの評価を受けている著書か知らない。そして多分ローゼンバーグの方に、「洗礼者ヨハネ」の黒白写真が載っていた。

最初に見たとき、反射的に「洗礼者ヨハネ」という写真説明は誤りだと思った。そんなはずはない。らくだの毛衣をまとい、いなごと野蜜《のみつ》を食べ、荒野に立つ預言者、洗礼者ヨハネ。「蝮《まむし》の裔《すえ》よ」「斧《おの》はすでに木の根に置かる」と、集った群衆を叱咤《しった》し罵倒《ばとう》し糾弾して悔悛《かいしゅん》を求め、応ぜざる者に宣罪して破滅を予告する、そのヨハネが、男か女かわからぬ風貌《ふうぼう》で、ものやわらかな、しかし妖《あや》しいレオナルド独得の微笑を浮べているはずはないではないか。しかし、本文を読んでも、何度読みかえしても、それはレオナルドの洗礼者ヨハネなのだ。薄気味悪いのはその目である。口許《くちもと》を隠して目だけ見ると、それは笑っておらず、異様な鋭さでこちらを見ている。その上で再び口許を露《あら》わにすると、すべてが一種異様に見えて来て目が離せぬ。以後私は、毎晩のようにこの絵をちらりと見ては本を伏せた。それは決して芸術の鑑賞ではない。子供がこわごわ幽霊の絵を見るような見方だった。〝万能の天才〟がなぜこのような洗礼者ヨハネを描いたのか。探りたいと思って当時入手できる本を相当に読んだが、この絵に触れているものは殆《ほと》んどない。だが、幸か不幸か、いや少なくともこの点に関する限り「幸」だったのだろう。入営と戦場がすべてを断ち切ってくれた。戦後、復員して来ても、私はもう、洗礼者ヨハネのことは忘れていた。否《いな》、忘れていたつもりでいた。

それが目の前に等身大で立っているではないか。一瞬にしてあの日のことが蘇《よみがえ》ってきた。それが反射的に「あ、お前ここにいたのか」という言葉になったのであろう。私はこの絵がルーブルにあることを知らなかった。余りに不意なので、私はしばらく、死んだはずの人間に会ったように、体を固くしてそこに立っていた。そのとき何ということなしに小林秀雄のある文章が浮んできた。それが、ゴッホの麦畠《むぎばたけ》の絵から、目が、こちらを見ているといった、あの文章なら、まことに論理的で筋が通り、物語になるのだが、実は『当麻《たえま》』の、風呂敷《ふろしき》包みからのぞいて見える二、三匹の仔猫《こねこ》の屍骸《しがい》のことであった。

一瞬、思い出した文章はもちろん正確でない。だがいま読み返してみると、そこに描かれている情景はほぼ正確に頭に浮べていたように思う。次に引用しよう。

「当麻寺に詣《まう》でた念仏僧が、折からこの寺に法事に訪れた老尼《らうに》から、昔、中将姫がこの山に籠《こも》り、念仏三昧《ざんまい》のうちに、正身の弥陀《みだ》の来迎《らいがう》を拝したといふ寺の縁起を聞く、老尼は物語るうちに、嘗《かつ》て中将姫の手引きをした化尼《けに》と変じて消え、中将姫の精魂が現れて舞ふ。……音と形との単純な執拗《しつえう》な流れに、僕は次第に説得され征服されて行く様に思へた。最初のうちは、念仏僧の一人は、麻雀がうまさうな顔付きをしてゐるなどと思つてゐたのだが。

老尼が、くすんだ菫色《すみれいろ》の被風《ひふ》を着て、杖をつき、橋懸りに現れた。真つ白な御高祖頭巾《おこそづきん》の合ひ間から、灰色の眼鼻を少しばかり覗《のぞ》かせてゐるのだが、それが、何かが化けた様な妙な印象を与へ、僕は其処《そこ》から眼を外《そ》らす事が出来なかつた。僅《わづ》かに能面の眼鼻が覗いてゐるといふ風には見えず、例へば仔猫の屍骸めいたものが二つ三つ重なり合ひ、風呂敷包みの間から、覗いて見えるといふ風な感じを起させた。何故そんな聯想《れんさう》が浮んだのかわからなかつた。僕が、漠然と予感したとほり、婆《ばあ》さんは、何にもこれと言つて格別な事もせず、言ひもしなかつた。含み声でよく解《わか》らぬが、念仏をとなへてゐるのが一番ましなんだぞ、といふ様な事を言ふらしかつた。要するに、自分の顔が、念仏僧にも観客にもとつくりと見せ度《た》いらしかつた。

勿論《もちろん》、仔猫の屍骸なぞと馬鹿々々《ばかばか》しい事だ、と言つてあんな顔を何んだと言へばいゝのか。間狂言になり、場内はざわめいてゐた。どうして、みんなあんな奇怪な顔に見入つてゐたのだらう。念の入つたひねくれた工夫。併《しか》し、あの強い何んとも言へぬ印象を疑ふわけにはいかぬ、化かされてゐたとは思へぬ。何故、眼が離せなかつたのだらう。この場内には、ずゐ分顔が集つてゐるが、眼が離せない様な面白い顔が、一つもなささうではないか。どれもこれも何んといふ不安定な退屈な表情だらう。さう考へてゐる自分にしたところが、今どんな馬鹿々々しい顔を人前に曝《さら》してゐるか、僕の知つた事でないとすれば、自分の顔に責任が持てる様な者はまづ一人もゐないといふ事になる。而《しか》も、お互に相手の表情なぞ読み合つては得々としてゐる。滑稽《こつけい》な果敢《はかな》無い話である。幾時《いつ》ごろから、僕等は、そんな面倒な情無い状態に堕落したのだらう。さう古い事ではあるまい。現に眼の前の舞台は、着物を着る以上お面も被《かぶ》つた方がよいといふ、さういふ人生がつい先だつてまで厳存してゐた事を語つてゐる。

　仮面を脱げ、素面を見よ、そんな事ばかり喚《わめ》き乍《なが》ら、何処に行くのかも知らず、近代文明といふものは駈《か》け出したらしい。……」

　仔猫の屍骸ではないが、私にはまず、この性別も定かでない洗礼者ヨハネが異常に不気味に見えた。そしてその顔は奇怪よりもむしろ女のように妖艶《ようえん》でそれが気味悪いのだが、どうしても目が離せずに見入ってしまう。というより先方に魅入られたようになってしまう。考えてみればそれは、始めて目にしたその昔からだった。何としても「下らん、こんなヨハネが居てたまるものか」で忘れ去ってしまうわけにいかぬ。確かにその「強い何んとも言へぬ印象を疑ふわけにはいかぬ、化かされてゐたとは思へぬ」のだ。

それとも化かされていたのか。それなら実に長い間、化かしつづけていたわけだが——。そうではあるまい。ではこれは仮面なのであろうか。仮面をひきはがしたら何かが出てくるのか。洗礼者ヨハネの実像か。おそらくそうではあるまい。では何なのか、否その前に、その実像とは何なのか。あらゆる仮面をはぎとれば、洗礼者ヨハネの実像が出てくるのか。

「仮面を脱げ、素面を見よ」そんなことを喚きながら、私も、何処に行くかも知らずに走り出していたらしい。確かにそれが近代文明というものなのであろう。何でも「科学的分析」なのだ。レオナルドの絵などは「洗礼者ヨハネの素面」を探究するには障害になるだけだ。いや、聖書すら問題なのだ。その中の記述を分析して、伝承のイエス、宣教のイエスという仮面をはぎ、史的イエスという素面の実像を探究する。聖書をズタズタに分解し、分析し、これが原初のイエスの言葉、これが原初の描写、これは挿入、これは後代の付加、さらに編集者の記述すなわち編集句、そうやって分けた上で、同時代の資料をまたズタズタにして評価し、両者を綜合《そうごう》して実像に迫ろうとする。やっているうちに、そのこと自体に意義を感じて、何の目的で何をしているのやらわからなくなる。それをし、そういう本を出版している者から見れば、この洗礼者ヨハネは、仔猫の屍骸めいた仮面をかぶった化物か、そうでなければ妄想のデッチあげだ。だが、そうなら、お前はなぜこれに魅入られる。なぜ立ちどまる。なぜすぐメシャ碑文に行かぬ。それも旧約聖書の分析用具だろうが――。

そう思いつつ、動けない。分析用具を駆使して、「素面を見よ」とばかりに駆け出して、それで何かに会えるのだろうか。いま、あるがままのものを、あるがままのものとしてそれに接する。それが本当ではないか。否、そう言っているのは私ではない。分析が行きつく所まで行くと、必ず起って来る言葉なのだ。「若《も》し古典といふ具体的な形に、現在確かにめぐり合つてゐるといふ驚きや喜びがなければ、歴史とは、決して在りもしないのに、目方は増えて行く不可解な品物であらう。それとも、豚にも歴史は在ると言ふべきであらう。封建的道徳を否定するものが、民主的自由といふ褒美《ほうび》を貰《もら》ふ。併し、褒美をくれるのは歴史といふ悪魔かも知れないのである」（蘇我《そが》馬子の墓）。歴史という悪魔は、あらゆる権威を否定した、徹底的に自由な科学的分析という、あの膨大に目方が増えたものに、何か褒美をくれたのだろうか。何もなかったのかも知れぬ。それならレオナルドのヨハネは、レオナルドのヨハネとして、それでよいのではないか。「具体的な形に、現在確かにめぐり合つてゐる」のだから。

少し落着く。だが、それなら、あの目はだれの目なのか。洗礼者ヨハネの目なのか。そのときになって私は小林秀雄のゴッホ体験をやっと思い出した。あれも「目」だったはずだ。レオナルドのヨハネには確かに目が描かれていてそれがこちらを見ている。だがゴッホのあれは麦畠ではなかったのか。麦畠から目が出て来たのか。出て来ることもあるのだろう。だがそれは一体、だれの目なのだ。ゴッホの目なのか。ではそこに描かれているゴッホ、いわば自画像ならぬ自画像は、どんな顔なのか。そのときはうろ覚えだったのだが、引用をすればそれは次のような文章である。

「先年、上野で読売新聞社主催の泰西名画展覧会が開かれ、それを見に行つた時の事であつた。折からの遠足日和《びより》で、どの部屋も生徒さん達が充満してゐて、喧噪《けんさう》と埃《ほこり》とで、とても見る事が適《かな》はぬ。仕方なく、原色版の複製画を陳列した閑散な広間をぶらついてゐたところ、ゴッホの画の前に来て、愕然《がくぜん》としたのである。それは、麦畑から沢山の烏《からす》が飛び立つてゐる画で、彼が自殺する直前に描いた有名な画の見事な複製であつた。尤《もつと》もそんな事は、後で調べた知識であつて、その時は、たゞ一種異様な画面が突如として現れ、僕は、たうとうその前にしやがみ込んで了《しま》つた。

熟れ切つた麦は、金か硫黄の線条の様に地面いつぱいに突き刺さり、それが傷口の様に稲妻形に裂けて、青磁色の草の緑に縁どられた小道の泥が、イングリッシュ・レッドといふのか知らん、牛肉色に剝《む》き出てゐる。空は紺青《こんじやう》だが、嵐《あらし》を孕《はら》んで、落ちたら最後助からぬ強風に高鳴る海原の様だ。全管絃楽《くわんげんがく》が鳴るかと思へば、突然、休止符が来て、烏の群れが音もなく舞つてをり、旧約聖書の登場人物めいた影が、今、麦の穂の向うに消えた——僕が一枚の絵を鑑賞してゐたといふ事は、余り確かではない。寧《むし》ろ、僕に、或《あ》る一つの巨《おほ》きな眼に見据ゑ《ゑ》られ、動けずにゐた様に思はれる。

人のすく頃を見はからひ、二階に上つて絵を見て廻つたが、あの絵の持主は誰だらう、手に入れる事が、出来るだらうか、とそんな事ばかり気にかゝり、まるで上の空であつた。其後《そのご》、知人の画商達に会ふ毎《ごと》に、くどくどその話をしてゐたところ、宇野千代さんが、誰から聞いたのか、知らぬ間にそれを手に入れ、或る日、陳列室で見たまゝの絵が、薦包《こもづつみ》で、家までとゞけられた。僕は嬉《うれ》しかつたが、恐らくあの時、既に僕の心に取付いて了つたらしいもう一つの欲望、あの巨きな眼は一体何なのか、何んとかして確かめてみたいものだといふ厄介な欲望は、どう片付けていゝか解らなかつた。丁度、長い仕事に手を付け出してゐた折から、違つた主題に心を奪はれるのは、まことに具合の悪い事であつたが、それは気の持ち様でどうにでもなる。どうにもならぬのは、書く為《ため》の様々な条件に思ひ及ぶと、ゴッホについて書くといふ様な事は、僕には殆ど瓢箪《へうたん》から駒《こま》を出したいと希《ねが》ふのに似て来るといふ事であつた。一方、感動は心に止まつて消えようとせず、而もその実在を信ずる為には、書くといふ一種の労働がどうしても必要の様に思はれてならない。書けない感動などといふものは、皆嘘《うそ》である。たゞ逆上したに過ぎない、そんな風に思ひ込んで了つて、どうにもならない」

私もルーブルで思わず足をとめられ、しばし動けなくなった。しかしあの洗礼者ヨハネに感じたことは、確かに感動とは異質のものであった。では何なのか。

「美は人を沈黙させるとはよく言はれる事だが、この事を徹底して考へてゐる人は、意外に少いものである。優れた芸術作品は、必ず言ふに言はれぬ或るものを表現してゐて、これに対しては学問上の言語も、実生活上の言葉も為《な》す処《ところ》を知らず、僕等は止《や》むなく口を噤《つぐ》むのであるが、一方、この沈黙は空虚ではなく感動に充《み》ちてゐるから、何かを語らうとする衝動を抑へ難く、而も、口を開けば嘘になるといふ意識を眠らせてはならぬ。さういふ沈黙を創《つく》り出すには大手腕を要し、さういふ沈黙に堪《た》へるには作品に対する痛切な愛情を必要とする。美といふものは、現実にある一つの抗し難い力であつて、妙な言ひ方をする様だが、普通一般に考へられてゐるよりも実は遥《はる》かに美しくもなく愉快でもないものである」（モオツァルト）

確かにこの洗礼者ヨハネは、私には「美しくもなく愉快でもない」否、むしろ不愉快である。それはそれでよい。私は確かに何かの目で見られた。そして足を止めて立った。それはそこに感動に似たものがあったからであろう。だが私の心の中では、学問上の言葉も実生活上の言葉も沈黙しなかった。むしろ饒舌《じょうぜつ》になった。なぜであろう。レオナルドが最後に到達した作品が愚作で駄作だったのであろうか。そうではあるまい。「洗礼者ヨハネ」という名が、見る人間を誤らせたのだ。「罪と罰」が映画になって日本に来たとき、小林秀雄はこれを見に行った。確かこれは、ピエール・ブランシャールがラスコーリニコフ、アリ・ボールが判事ポリフィリイだったはずだ。当時の映画評では最高の評価だったように記憶する。ところが画面にいきなりドストエフスキーの肖像が出る。

これが「僕という映画鑑賞者・愛好者」を誤らせ、「涙が出て来て、立って出てしまいそうになった」といったことを小林秀雄は何かに書いていた。もっとも以上は、四十年以上昔のこと、私の記憶に多少の誤りはあるかも知れぬ。肖像を見た途端、小林秀雄の思いは「文学」になってしまった。そのため、その後の画面はよく覚えていない、何やらラスコーリニコフらしい男と、ポリフィリイらしい男が、動いたり喋《しゃべ》ったりしていただけだった。こうなるともはや感動はない。映画が本当に傑作だったのか駄作だったのか私は知らない。しかし、肖像がなければ、小林秀雄は、少なくともその映画の世界には入って行ったであろう。何しろ稀代の名優といわれた人たちの演技なのだから——。
「音楽を聞くとは、その暗示力に酔ふ事でありますまい。誰でも酔ふ事から始めるものだ。やがて、それなら酒に酔ふ方が早道だと悟るのです。音楽はたゞ聞えて来るものではない、聞かうと努めるものだ。と言ふのは、作者の表現せんとする意志に近付いて行く喜びなのです。どういふ風に近付いて行くか。これは耳を澄ますより外はない、耳の修練であつて、頭ではどうにもならぬ事であります。現代人は、散文の氾濫《はんらん》のなかにあつて、頭脳的錯覚にかけては、皆達人になつてをります」（表現について）
「作者の表現せんとする意志に近付いて行く喜び」それは画でも、またおそらく映画でも、同じであろう。頭脳的錯覚がそれを遮断する。すると、こんなヨハネ、こんなヨハネがあるものか！　という若い時からの散文的逆上が蘇えって来て、それだけになってしまう。するともうそのことしか目に入らない。これは一種の〝逆上〟であろうが、この逆上の実在を信ずる為に、書くという労働をすることなど、まっぴらだ。だが、一瞬、あの目に魅入られたという、異様な感情の動きには似た点があるであろう。人間が何かを見るということは、魅入られることだ。それが『当麻』の仔猫の屍骸であれ、レオナルドのヨハネであれ、ゴッホの麦畠であれ――ただ魅入られて起る何かが違うのであろう。魅入られない以上、感動も逆上もあるまい。そして魅入られたことを「かぶれ」とか「つきもの」とか言うのかも知れぬ。

その意味ではこれにつづく前回引用の文章「飜訳文化といふ軽蔑《けいべつ》的な言葉が屢々《しばしば》人の口に上る。尤もな言ひ分であるが、尤もも過ぎれば嘘になる。……」は事実であろう。ふと気がつくと団体客は去っていた。その一団が蝟集《いしゅう》していたところに、小さな絵があった。離れたところから見てもそれとわかる「モナ・リザ」である。なるほど、「モナ・リザ」なら観光コースに入っていて、「洗礼者ヨハネ」は入っていなくて不思議ではないと、あの団体が気付かぬ間に去ったことを納得した。「文学は飜訳で読み、音楽はレコードで聞き、絵は複製で見る」否、少なくとも現代では、音楽と絵に関する限りは、必ずしもそうはいえぬ。演奏会はしばしば日本で開かれ、また、毎日のようにおそらく何百という人が、複製でない「モナ・リザ」を見ているはずだ。だが、複製を見ることと、本物を見ることに、どれだけの差があるのであろう。「本物を見りゃわかるんだ」などということはいえない。あの額縁の中に、精巧な複製を入れておいてもそれで十分なのではないか。だれ一人その前に「しやがみ込んで了つた」わけではないし、「巨きな眼に見据ゑられ、動けずにゐた」わけでもない。複製であろうと、本物であろうと、魅入られなければ、何も見ているわけではない。その目はカメラのレンズと同じであり、そこで得られたものは「ルーブルで本物を見たわ」という土産話の材料だけである。

　われに帰って、思わぬ寄道をしたと苦笑しつつ私はそのままそこを去った。ガイドをつかまえて、は、少々虫のよすぎる計画だったのであろう。私は入口と思われる方にもどり、やっと地下への階段の位置を確かめてそこへ行った。その間、私は、うろ覚えの文章の中にあった「巨きな眼」とはだれの目であろうと思いつづけていた。いや、だれの目だなどと考える必要はない。それはゴッホの目なのだ。それ以外にはあり得ない。まさか、ゴッホの絵からセザンヌが見る者を見据えはしまい。すると、あの、洗礼者ヨハネの目はだれの目なのだ。レオナルド以外ではあるまい。では一体あの絵は何なのか、仮面をつけたレオナルドの自画像なのか。そうであろう。「モナ・リザ」も「洞窟《どうくつ》の聖母」も「聖アンナ」も、みな仮面をつけたレオナルドの自画像かも知れぬ。だが「仮面を脱げ、素面を見よ」などという必要はどこにもあるまい。仮面をつけて舞っているのなら、それはそれでよいのだ。ゴッホの自画像が目の前に浮ぶ。あの、ごく普通の服装をしたあれだ。あの目も正視しかねる目だ。ではゴッホの風景画も仮面をかぶった自画像なのか。そうかも知れぬ。小林秀雄を見た「巨きな眼」はあの目なのかも知れぬ。だが、それらはいずれも「素面のゴッホ」ではないはずだ。彼の思想ともいうべき、否《いな》、むしろ「精神」と言った方が良いものを、かぶっている仮面の顔だ。自画像とて同じことであろう。ではその仮面は何なのか。

　地下へ行く階段に出た。意外に暗い。下りて行くとアフリカの出身らしい女の守衛が電気をつけてくれた。それでもうす暗い。だがその中で真黒な玄武岩のメシャ碑文がすぐ目に入った。かつてヨルダンの砂漠に立っていた部厚い等身大の石碑は、すぐに私を砂漠へ連れて行ってくれた。何もかも嘘のように消えてしまう。それはそれでよいのだ。すべての人が、ゴッホに感動せねばならぬわけではあるまい。また、すべての人が砂漠に感動せねばならぬわけでもあるまい。

　それはそれでよい。だが、たった一つ、してはならぬことがある。それは、感動していないのに、感動したような振りをすることだ。それを文章にすれば、どのような感嘆詞や形容詞を並べようと、本人があくびを噛《か》み殺していたことは、すぐにわかるものだ。大分前のことだが、中国歌劇団か何かが来て『東方紅』か何かをやった。その評は、まことに日中友好にふさわしい讃嘆《さんたん》の言葉が連らねてあったが、読んでいるとこちらもあくびが出る。読者は決して馬鹿《ばか》ではない。「一と頃、文芸の社会的評価といふ問題が喧《やか》ましく論じられた事があつたが、論議自体が甚だ非社会的なものであるとは、頭がよすぎたせゐか、論戦者だけが忘れてゐた。さういふものだ。頭脳を過信する人達も亦匿名《またとくめい》的自己批評が出来ない。匿名批評家の対象は、作品といふよりも寧ろその読者だ。月評家が作品と首つ引きで、どんなに社会的とか客観的とかいふ言葉に頼つて思案してみたところが、一般読者の社会的嗅覚《きうかく》といふ実在には達し得ない。専門批評家の本の読み方に比べれば、一般読者は読むといふより嗅《か》いでゐる様なものだが、批評の規準を生活感情の唯中《ただなか》に持つてゐるのが強い。めいめいの生活のめいめいの幸不幸に即して、傍若無人に嗅ぎ分ける。愛読するか黙殺するか、どちらかだ。面白い詰らんですべてを片付けて、作者の企図がどうのかうのといふ批評家の同情的空想には何んの同情もない」（現代文学の診断）。まさにその通りなのだ。おそらく政治的配慮に基づく社会的評価という点で、さらにそれを創った江青女史の「企図がどうのかうのといふ批評家の同情的空想」が、自らの無感動と退屈を克服させて、ああいうものを書かせたのだと思うが、一体「作者の企図がどうのかうの」と言ったところで、何か意味があるのだろうか。「モオツァルトは、何を狙《ねら》つたのだらうか。恐らく、何も狙ひはしなかつた。現代の芸術家、のみならず多くの思想家さへ毒してゐる目的とか企図とかいふものを、彼は知らなかつた。芸術や思想の世界では、目的や企図は、科学の世界に於《お》ける仮定の様に有益なものでも有効なものでもない。それは当人の目を眩《くら》ます。或る事を成就《じやうじゆ》したいといふ野心や虚栄、いや真率な希望さへ、実際に成就した実際の仕事について、人を盲目にするものである。大切なのは目的地ではない、現に歩いてゐるその歩き方である。現代のジャアナリストは、殆《ほとん》ど毎月の様に、目的地を新たにするが、歩き方は決して代へない。そして実際に成就した論文は先月の論文とはたしかに違つてゐると盲信してゐる」（モオツァルト）

だが、そういうものは、それでいいだろう。それについて考えるのは時間の消費にすぎまい。モォツアルトは「何も狙ひはしなかつた」、ゴッホも「何も狙ひはしなかつた」では一体、小林秀雄は――。彼もまた何も狙いはしなかった。そしてこのことに関する限り、大天才も、小林秀雄も、私のような駄文家も同じはずだ。何かを企図して書いているのではない、書くということを企図しているのだ、それだけであり、またそれだけのはずである。ゴッホは何かを企図して描いたのであろうか。否、生涯、描くということを企図していた。ただそれだけだ。ではなぜそれを企図したのだ。理由は簡単である。精神的な意味でも、肉体的な意味でも、もっと具体的にいえば、発狂せずに、生活できるようになるために、それを企図しただけであろう。もし彼になぜにそれを企図したのかと問えば「生きて行くために」と答えたであろう。これはすべての人間にとって同じはずだ。人が何かを企図するのは、すべて、生きて行くためであろう。それ以外にないはずだが、生きて行くという意味は、しばしば浅薄に受けとられる。

そんなことを言うが、それならお前はなぜこの文章を砂漠からはじめたのだ。何かを狙ったのだろう。そういわれても答えようがない。あのとき偶然に小林秀雄が頭に浮んだという、ただそれだけのことだ。そんなことを予《あらかじ》め「企図」しておくなど、はじめから不可能である。それが砂漠からの帰り道であった。ただそれだけのこと、砂漠、砂漠で一向にかまわないではないか。

砂漠に感動して小林秀雄の『ゴッホの手紙』が読めるのか。読める。小林秀雄の面白い点は、本職「批評家」のはずなのに、否むしろ本職なるがゆえに、実に鋭敏に生活者の嗅覚を感じとり、自分もその嗅覚をもっていることだ。もちろん、自分がその嗅覚をもたぬ鼻づまりならば、他人の嗅覚に敏感になることはできまい。『ゴッホの手紙』を読むのに、何もゴッホの画集を傍らにおいて、一枚一枚めくりながら読む必要はない。いや、複写より本物をと言って、本を小わきに美術館をめぐる必要などはさらさらにない。砂漠で読んでもよいのだ。砂漠にもベドウィンという生活者がいる。そして実に鋭い嗅覚で人を見分ける。小林秀雄が「巨きな眼」で見られた人、ドストエフスキー・ゴッホ・モォツアルト・本居宣長《もとおりのりなが》、みな生活者である。たとえ生活できなくとも、自らを生活者と規定し、何とか生活者であろうとした人だ。ゴッホの場合は、それが痛ましい。「友もなく先輩もなく、幾年もの間、何から何まで、ゴッホはたつた一人でやつて来た。彼の画論は、結局、彼がドラクロアの評伝の中で見付けて感動し、屢々手紙に引いてゐる文句『ドラクロアは、獲物《えもの》を食ふ獅子《しし》の様に描いた』といふ言葉の独特な註釈だつた。思ふ様に描けぬ孤独な苦しみを、慰めたものも、やはりこの大家の『やつと画がわかつて来た時には、もう歯抜けの老人であつた』といふ言葉であつた。アントワープに着いた彼は、長い間、身体を酷使して来たお蔭《かげ》で、歯が殆ど抜けて了《しま》つたと書いてゐる。そして都会の雑沓《ざつたふ》の中には、百姓といふ静かな獲物は、もはやゐなかつた。過労で衰弱したゴッホを診察した医者が言ふ、御商売は鍛冶《かぢ》屋さんかね。『医者が、僕を普通の労働者と見てくれたのが、僕にはどんなに嬉しかつたか。それこそ、僕が自ら変身したいと努めて来た処だ。青年時代は、僕も知識過剰の風態だつた。ところが今は、船頭の親方か、鍛冶屋に見える。節くれ立つた身体になるのは易《やさ》しい事ぢやないよ』（No. 442 書簡集番号—以下同じ）。ドレンテ、ヌエーネンの生活で、ゴッホが完全に体得したものは、絵を描くといふ文字通りの労働であつた。それだけでも、易しい事ではない。だがもう一つの事がある。労働は、自分の心の嵐《あらし》に対する挑戦でもあつた。烈《はげ》しく、非常に烈しく働いてゐなければ、頭は何を考へだすか解《わか》らない、神経は何に苛立《いらだ》つか解らない。これこそ本当に易しい事ではない。予感はあつた様である。『僕の様に身体の事を構はずにゐれば、無論人並みに丈夫とは言へないよ。だが僕の様な画家の数はずゐ分多い、真《ま》面目《じめ》に数へて見給《たま》へ、非常な数だ。うまく死を捉《とら》へなくてはね。でないともつとひどい事になるだらう、発狂するか、白痴になるか』（No. 448）」。宗教者ともいえる彼の末《まつ》期《ご》の祈りはおそらく「どうやら発狂もせず、白痴にもならず、今まで生かして下さつたことを、神よ、感謝します」であっただろう。

妙なものだ。凡人は天才のまねをしたがるが、天才は凡人になりたがるものらしい。戦後のある一時期、左翼的なある種の著者は自らを執筆「労働者」と言っていた。その言葉は抽象化しうるが、その人に「では、御商売は鍛冶屋さんかね、いや、船頭の親方さんかね」ときけば、憤然とはしても、それが「僕にはどんなに嬉しかつたか」とは言うまい。ずっと前に何かで「ニジンスキーは道路を歩いている時の方が苦しそうに見えた」という言葉を読んだ。そういうものなのであろう。私は、道路を歩くことは苦しくない。しかし、舞台で踊れなどといわれれば逃げ出す。天才はこれが逆になっている人たちである。従って、労働の選択権はない。

人は労働のために生きるのではない。生きるために労働があるのだ。ゴッホには「芸術のために生きる」などという言葉は理解できなかっただろう。彼は芸術のために生きたのではない。生きるために芸術があったのだ。その意味では確かに労働者であった。だがこれはモォツアルトでもドストエフスキーでも同じであっただろう。労働を奪われれば人は生きて行けない。その点では、この三人を殺すのはいとも簡単だったはずである。ゴッホには描けないようにし、モォツアルトには作曲できないようにし、ドストエフスキーには書けないようにすればよい。そうすれば「うまく死を捉へなくてはね。でないともつとひどい事になるだらう、発狂するか、白痴になるか」になってしまう。

われわれ凡人は、自らの労働を自ら選択できるという特権をもっている。大変な特権だ。大学を選ぶ、職業を選ぶ、さらに第一の目標に失敗したら第二の目標に向える。何という特権であろう。だが、天才にはこの特権はない。その意味では生得の権利とやらを剝奪《はくだつ》されている人間である。いわば強制労働収容所に入れられた人間のようなものだ。天才、genius、元来は「守護天使」の意味で、人間には一人一人に守護天使がいるというのがカトリックの教義だが、おそらく、彼の自覚的な意志とは無関係に、強烈な意志をもつ天使がそこにいて彼を捕えているのである。天才は狂人ではない。狂気にも似た異様な意志をもつのは、この天使《ジニアス》の方なのだ。その傍若無人の天使は、その人間から選択の自由を奪ってしまい、本人の意志を無視してある方向に顔を向けさせてしまう。その意味では、天才はむしろ奴隷《どれい》だ。「音楽を習はうと無駄骨を折つたヌエーネン時代の自分に還《かへ》つた。(ゴッホの友人ケルセマーケルの思ひ出によれば、ゴッホにピアノを教へた教師は、音と色とのアナロジイばかり気にしてゐるこの弟子を狂人と認めて破門した。)今はもう、僕等の色彩とワグネルの音楽との関聯《くわんれん》は充分に感じてゐる」ゴッホにピアノを教える。音は色に見えてしまうだろう。モォツアルトに絵を教える。色彩はすべて音になってしまうだろう。彼はワグネルの音楽に色彩を感じている。モォツアルトに絵を見せれば音が聴えるだけであろう。というのは、旅先で、屍臭《ししゅう》を発する母親の屍体の傍らにいても、聞えてくるのはおそらく音だったからである。

「（母の死をめぐっての）これらの凡庸で退屈な長文の手紙を引用するわけにはいかなかったのであるが、書簡集につき、全文を注意深く読んだ人は、そこにモオツァルトの音楽に独特な、あの唐突に見えていかにも自然な転調を聞く想《おも》ひがするであらう。音楽家の魂が紙背から現れてくるのを感ずるだらう。死んだ許《ばか》りの母親の死体の傍で、深夜、たゞ一人、虚偽の報告と余計なおしやべりを長々と書いてゐるモオツァルトを、僕は努めて想像してみようとする。そこに坐《すわ》つてゐるのは、大人振つた子供でもなければ、子供染《じ》みた大人でもない。さういふ観察は、もはや、彼が閉《こ》ぢ籠つた夢のなかには這入《はい》つて行けない。父親に嘘《うそ》をつかうといふ気《き》紛《まぐ》れな思ひ付きが、あたかも音楽の主題の様に彼の心中で鮮やかに鳴つてゐるのである。当然、それは彼の音楽の手法に従つて転調するのであるが、彼のペンは、音符の代りに、ヴォルテエルだとか氷菓子だとかと書かねばならず、従つてその効果については、彼は何事も知らない。郵便屋は、確かに手紙を父親の許《もと》まで届けたが、彼の不思議な愛情の徴《しる》しが、一緒に届けられたかどうかは、甚だ疑はしい。恐らくそんなものは誰の手にも届くまい。空に上り、鳥にでもなるより他はなかつたかも知れぬ。たゞ、モオツァルト自身は、届いた事を堅く信じてゐた事だけが確かである」（モオツァルト）

もしその手紙の背後の音楽を聞くことができれば「届いた」といえるだろう。だがそれが聞えているのはおそらくモォツアルトだけなのである。このことは、他人への表現も表示も、すべて、文字に書こうと、おしゃべりにしようと、絵に画こうと、実は音楽だということである。彼は結局、音しかない。

「『僕は確信してゐるが、ミレーとかドービニイとかコローとかいふ人達に、白を使はずに雪景色を描いてくれと言つたら、彼等は屹度《きつと》描くだらう、而《しか》も画面の雪は、まさしく白く見えるだらう』(No. 405)

　これが、早くからゴッホの信じた色彩の観念である」確かにその通りであろう。だがそれが凡人にも、つまり私にも白く見えるのだろうか。おそらく見えないであろう。ゴーガンの描いたピンクの犬は私にはピンクにしか見えない。ではなぜ、見えないのか。「巨《おほ》きな眼」で小林秀雄を見据えた『烏《からす》のゐる麦畠《むぎばたけ》』あれはおそらく、すべてが色彩になっているのだ。風の音も、それに揺れる穂が立てるざわめきも、頬をなでる風も、においも、気温も。いわば五感で感じうるすべてが、彼では色になってしまう。感ずるすべてが色にならねば、それは絵ではあるまい。人は、ある風景の前に立っても、視覚だけがすべてではない。ただその視覚を通じて、五感に感じられるすべてが感じられるのが絵なのだ。

「ドラクロアから、ある物に固有な色彩といふものはない、と一と言聞けば充分だ。世界には限りなく豊富な色調が見える。だがこの得態の知れぬ魅力を、限りなく追ふとはどういふ事か。ドラクロアには、彼の個性に固有な色調があるとはどういふ事か。『絵画に於ける色彩とは、人生に於ける熱狂の様なものだ。こいつの番をする事は、並大抵の事ではない』(No. 443)」。だが並大抵のことでないのは、外部にある色彩ではないのだ。「問題は、外部から知覚に達する色彩ではない、これに画家の精神が暗黙のうちに附与する内的な意味合ひである。色彩は誰にでも知覚されるが、色彩による表現は、画家だけに属する。表現するとは、自然に対抗して、ゴッホの言葉では、créer, agir(創《つく》り、行ふ)事だ。彼は、遂《つひ》にかう言ひ切るに至る。『自分自身の色調の調和から、自分のパレットの色から出発せよ。自然の色から出発するな』(No. 429)」

すべてが色に還元される、すべてが音に還元される。何を見ようと、何を聞こうと、何を感じようとそうなり、それが内的な色調、内的な音調となって、ふつふつと湧《わ》き出てくる。「こいつの番をすることは、並大抵の事ではない」確かにそうだろう。そんな状態は、空想するだけで頭が変になる状態である。ゴッホにとって、またモォツアルトにとって、湧き出て来るものを放出する作業、描く、作曲する、演奏するは少しも苦痛でなく、むしろ解放の喜びと安堵《あんど》であったろう。

「――構想は、宛《あたか》も奔流の様に、実に鮮やかに心のなかに姿を現します。然《しか》し、それが何処から来るのか、どうして現れるのか私には判《わか》らないし、私とてもこれに一指も触れることは出来ません」(モオツァルト)

「兎《と》に角《かく》、気は揉《も》まないで下さい、仕事は巧《うま》くいつてゐる。あれをやりたい、これをやりたい、麦畠が描きたい、やれ何が描きたい、そんな事を君に話す時には、僕がどんなに眼を覚まして奮発するか、とても口では言へない。監守人の肖像を仕上げた、君に送る分をもう一枚描いた。僕の自画像と較《くら》べると、なかなか奇妙な対照だよ。……彼の細君も、坐つてくれゝば、描かうと思つてゐる。顔色の悪い、不幸な女で、何んの取得もない、諦《あきら》め切つた様な様子をしてゐる、あんまり無意味な姿をしてゐるので、あの埃《ほこり》をかぶつた雑草の葉が描きたいといふ様な強い欲望を起させる。彼等の小さな家の裏で、オリーヴの木を描いてゐる時、僕は時々彼女と話をしたが、彼女は、僕が病気だとはどうしても信じられないと言つたよ。君だつて、僕が働いてゐるところを見れば、同じ事を言ふに違ひない。頭は明瞭《めいれう》だし、手先きは正確だし、……」

確かにその通りだろう。描いているときのゴッホは、到底、サン・レミイの療養院の患者だなどとは見えまい。だが、湧き起って来るものを抑えねばならぬいわゆる実生活では、狂人のように見えても、否《いな》、狂人と等しきものであっても不思議ではあるまい。「実生活」、奇妙な言葉だ。本当にそういうものがあるのか。もしあるなら少なくともゴッホにとってもモォツアルトにとっても、実生活は「実生活」ではない。

「……ゴッホとの二年間のパリの共同生活は弟にしてみれば、それまで払つたどんな犠牲より辛《つら》かつた様である。妹へのテオの手紙の一節――『僕の家庭生活は殆ど堪《た》へ難いものだ。もう誰も僕を訪ねて来る者はない、こゝへ来ればおしまひには喧嘩《けんくわ》になると決つてゐるからだ。喧嘩だけではない、ヴィンセントはだらしがないから、客を通さうにも部屋がもう目も当てられない有様なのだ。何処かへ行つて、独りで生活して貰《もら》ひたいと思ふ、彼自身も時々さう言ふ。ところがだ、若《も》し僕の方から彼に出て行つて欲しいと言ふとする、するとそれがまさに彼には出て行かない理由になるのだ、つまり僕は彼に対して無能だといふ事になるらしい。……彼の中にはまるで二人の人間が棲《す》んでゐる様だ、驚くほど才能ある優しい、精緻《せいち》な心を持つた人間と利己的な頑固な人間と。二人は交《かは》る交る顔を見せる、一人の話を聞くと次にもう一人の話を聞かねばならぬ、二人はいつも喧嘩してゐる。彼は彼自身の敵なのだ、気の毒な事だ。……』」

だがおそらくゴッホにとって、部屋が、客も通せないような乱雑な状態になっても、きちんと整頓《せいとん》していても、どちらでもよかったのだろう。そこに椅子《いす》があれば、彼は「椅子」を見た。そこに寝台があれば「寝台」を見た。ぼろ靴がころがっていれば「ぼろ靴」を見た。それは形と色に還元され、彼の内的な色調となって湧きあがってくる。それを抑え込んで、客が通せるように部屋を整頓する、整頓は一つの観念だ、そんな想いは彼に起りようがない。「……この裸の寝台や椅子は、どんな観念のかけらも暗示してはゐない、と言つた方がいゝかも知れない。画面から直接に来るものは、何かを暗示するといふ様な曖昧《あいまい》な力ではない。それは疑ひ様のない椅子といふ実在の力なのであつて、ゴッホは今こそ椅子は椅子でなければならぬと言へた筈《はず》だ。……椅子は、画家の凝視に堪へられず、日常生活の裡《うち》で与へられたあらゆるその属性を脱し、その純粋な色と形と構造とを露《あら》はにし、画面の中で新しい生を享《う》けてゐる様だ」

椅子が「日常生活の裡で与へられたあらゆるその属性を脱し」てしまう人間に、客が通せるよう部屋を整頓することを期待しても、それは無理というものだ。こういう人間と生活をする。周囲は苦痛であって当然だ。「実生活」この奇妙な言葉の中には、人間が複雑な社会の中で生活していくための、もろもろの観念が、網の目のように走っている。野良《のら》犬はそれを無視するであろう。だがそれは犬にとっても人にとっても苦痛ではない。犬は、人がそのためにどれだけ苦痛を感じているかなどということは、少しも感じないし、一方人間は、犬を追い出せばよい。だが相手が人間ではそうはいかない。人間という観念は、実生活における人間の扱い方を規定し、常識人はそれに従わねばならぬ。「『両親が僕の事を本能的に（意識的にとは言はぬよ）どう考へてゐるかを、僕は感じてゐる。僕を家に入れてみて、丁度大きな野良犬を入れたのと同じ恐怖を、両親は感じてゐるのだ。犬は濡《ぬ》れた足で部屋に駆《か》け込む。ちと礼儀といふものを知らな過ぎるんだな。邪魔にはなるし、無暗に吠《ほ》え立てるし、要するに汚ならしい畜生なのだ。よろしい。だが、この畜生には人間の経歴がある。犬には違ひないが、人間の魂、それもひどく鋭敏なやつを持つてゐる。お蔭で、人々にどう見られてゐるかが感じられる。普通の犬に出来る芸当ぢやない』(No. 346)」。結局、天才と普通人は「住み分け」をしなければならなくなる。それ以外に方法はない。だが住み分けたところで、それでほっとするのは普通人の方であって、ゴッホの方ではない。

音もにおいも触覚も気温も沈黙も、すべて色調に還元されてしまう。それだけですめばまだよいのだが、「人間の経歴」がある以上、人間は思想から逃れることはできない。やっかいなのは、この点なのだが、もう一度《烏のゐる麦畠》を読んでみよう。「熟れ切つた麦は、金か硫黄の線条の様に地面いつぱいに突き刺さり、それが傷口の様に稲妻形に裂けて、青磁色の草の緑に縁どられた小道の泥が、イングリッシュ・レッドといふのか知らん、牛肉色に剝《む》き出てゐる。空は紺青だが、嵐を孕《はら》んで、落ちたら最後助からぬ強風に高鳴る海原の様だ。全管絃楽《くわんげんがく》が鳴るかと思へば、突然、休止符が来て、烏の群れが音もなく舞つてをり、旧約聖書の登場人物めいた影が、今、麦の穂の向うに消えた」――絵を見る。確かにこうなのだ。絵を見れば小林秀雄の言葉が甦《よみが》えってくる。だが、消えたものは見えない。一体「旧約聖書の登場人物めいた影」、それはどこに見え、どこから消えたのか。いや、一体なぜここに「旧約聖書の登場人物めいた影」が出て来なければならぬのだ。それは色調への還元と何か関係があるのか。否、その前にこの「登場人物」とは一体、だれなのだ。

私がこういうとみなが笑う。「山本さんもまじめだね。あれは小林秀雄一流のやり方さ、一種のハッタリだよ。何しろ消えてしまったのだから、見たの、見なかったのと言っても証拠はないわな。不意に旧約聖書の登場人物めいた影が出て消える。しかし、うまいなあ」――だが、そうなのだろうか。人は自分が理解したいようにしか理解しない。理解不能なら読み飛ばすか、抹殺するかである。だが、ゴッホは神学生であった。一見奇矯に見える言葉や行動の背後に旧約聖書に登場する人物がいて、何の不思議があろう。そして神学生のときゴッホは、神の言葉を述べようとして、逆に、自分が信じた唯一《ゆいいつ》の職業から追放されたのだ。彼もまた、エレミヤのように、神に欺《あざむ》かれつづけた一人ではなかったのか。

では小林秀雄は何によって、姿が消えた「旧約聖書の登場人物めいた影」をそこに感じたのか。ゴッホからか、それともドストエフスキーからか。これは別に探究すべき問題だが、エレミヤは、彼自ら記した詩によれば、常に「燃える火の／わが骨のうちに閉じこめられているよう」な状態だった。湧きあがってくるのが言葉であれ、色調であれ、「それを押さえるのに疲れはてて、耐えることができません」という状態になる。だがそれは表に出れば、「野良犬」のようになるか、部屋は目もあてられないような状態になる。それでは、いずれにせよエレミヤのように「物笑い」と「嘲り《あざけ》」の対象でしかあり得ない。彼は、まず、「説教師の体面を無視したもの」と解され、追放される。「実生活」「常識」「世の通念」の、傍若無人な対応である。

「『君自身も一緒にゐたのだからよく承知してゐる筈だ。智慧《ちゑ》と最善の意図の下に、物事がどんな風に企図され、議論され、考慮され、語り尽されたかを。而《しか》も何んといふ惨《みじ》めな結果になつたか、仕事全体が何んといふ滑稽《こつけい》な、徹底した馬鹿々々《ばかばか》しさを暴露したか。思ひ出すと未《いま》だ身震ひが出るよ。あんな悪い時期は嘗《かつ》てなかつた。……あんな経験はひど過ぎるよ、傷手《いたで》も、悲しみも、苦しみも、ちと大き過ぎる』」

「『僕等の魂の中には大きな火があるのだらうが、誰も暖まりにやつて来る者はない、通りすがりの人は、煙突から煙が少々出てゐるのを見るだけで行つて了《しま》ふ』(No. 133)」

「『僕等を幽閉し、監禁し、埋葬さへしようとするものが何んであるかを、僕等は、必ずしも言ふ事が出来ない、併《しか》しだ、にも係はらずだ、僕等は、はつきり感じてゐる、何かしら或《あ》る柵《さく》だとか扉だとか壁だとかが存在する、と。こんな事は皆空想か、幻想か。僕はさうは思はぬ。僕等は訝《いぶか》る、あゝ、これは長い事なのか、永遠にさうなのか、と。君は、何がこの監禁から人を解放するか知つてゐるか。それは深い真面目《まじめ》な愛なのだ』(No. 133)」

「深い真面目な愛」それは無償の愛、与えることはあっても、決して何も要求しない愛。ここで彼は、預言者ホセアのような行動をはじめる。それはまるで、〝淪落《りんらく》の女〟と結婚して私生児をわが子とすることが、神の愛を象徴する絶対的な愛の行為として、すべての救済に通ずるかのようである。ホセア書の中から、ゴッホの行為を連想させるところを引用してみよう。

「主（神）が最初ホセアによって語られた時、主はホセアに言われた、『行って、淫行《いんこう》の妻と、淫行によって生れた子らを受けいれよ。この国は主にそむいて、はなはだしい淫行をなしているからである』そこで彼は行ってデブライムの娘ゴメルをめとった。彼女はみごもって（淫行の）男の子を産んだ」次々に子供が生れる。最初の男の子はエズレルすなわち流血の地、次が女の子でロルハマ（あわれまず）、次が男の子でロアンミ（わが民にあらず）。この奇妙な話でホセア書ははじまる。

「……私はその子らをあわれまない、
彼らは淫行の子らだからである。
彼らの母は淫行をなし、
彼らをはらんだ彼女は、恥ずべきことを行った。
彼女は言った、
『私はわが恋人たちについて行こう。
彼ら（恋人たち）はパンと水と羊の毛と麻と油と飲み物とを与えてくれる者』
………
彼女はその恋人たちのあとを慕って行く、
しかし彼らに追いつくことはできない。

彼らを尋ねる、しかし見いだすことはできない。
そこで彼女は言う、
『わたしは行って、さきの夫に帰ろう。
あの時は今より私はよかったから』と。
………」

彼女はついに遊女になる。すると神の声がホセアに臨む。「『お前は再び行って、イスラエルの人々が他の神々に転じて、干ぶどうの菓子を愛するにもかかわらず、主がこれを愛せられるように、姦夫《かんぷ》を愛せられる女、姦淫を行う女を愛せよ』と。そこで私は銀十五シケルと大麦一ホメル半とをもって彼女を買いとった……」

一体ホセアは、愛による救済の象徴的行為として、またその行為によって神の絶対的愛を表わし、民を救済に導くべく、現実にこれを行なったのであろうか。おそらく、「行動預言」としてこれを行なったのであろう。だが、それについての議論や論究はどうでもいい。ただ神学生ゴッホが、「旧約概論」さえ学ばなかったとは思えない。そして彼の敏感な心に、ホセアが強い影響を与えて何の不思議があろう。また小林秀雄が、ドストエフスキーの作品の中のホセア的人物、ホセア的行為に気づかなかったはずはあるまい。そして、新約に、ということはそこに記されているイエス像の形成に、最も大きく作用しているのが、いわばイエスに投影しているのがエレミヤとホセアと第二イザヤである――もっともこの三人だけではないが。小林秀雄は、ドストエフスキーなどを通じて得たそのイメージを、一瞬、《鳥のゐる麦畠》の中に垣間見《かいまみ》たのであろうか。

いずれにせよこれらのイメージはおそらく余りに強くゴッホに印象づけられていたので、ホセアのような「深い真面目な愛」で愛そうとする。まず牧師の娘で従姉《いとこ》、子をもった寡婦《かふ》。だが伯父の断固たる拒否に会う。ついで、いわゆる〝淪落の女〟。「《悲しみ》のモデルになつたジイン或《あるい》はクリスティーヌと呼ばれた女は、彼の言葉によれば『暗い過去を持つた』『牧師の所謂《いはゆる》淪落の女』で、ハーグに来て間もない頃、これも彼の言葉だが、『冷い無慈悲な舗道の上に忽然《こつぜん》と現れた』のである。この痘瘡《とうさう》だらけの中年女は、母親と子供を抱へ、妊娠してゐた。彼は、分娩《ぶんべん》の手術の為《ため》に病院の世話をし、やがて、赤ん坊を連れた女と同棲《どうせい》した。凡《すべ》ては、弟からの僅《わづ》かな仕送りだけに頼つた赤貧の中でなされた。『かういふ邂逅《かいこう》には、何かしら幽霊に出会つたと言つた風なものがある。少くとも思ひ出すごとに、黒い背景から現れるecce homoに似た、一つの蒼《あを》ざめた顔、悲しげな顔が見え、他のすべては消える』(No. 262)」

「エッケ・ホモ」言うまでもなく「この人を見よ」というこの言葉は、これから処刑されるイエスを指して総督ピラトが言った言葉だ。

「『嘗て僕は、六週間いや二ケ月も、火傷《やけど》した貧しい惨めな炭坑夫を看病した事がある。貧しい老人と一と冬、食を分ち合つた事もある。その他何をしたか、神様は御存じだ。

今度はジインだ。馬鹿な事をしたとも、間違つた事をしたとも、今以《もつ》て考へてはゐない。……若し僕が間違つてゐるなら、こんなに忠実に僕を助けてくれる君も亦《また》間違つてゐる筈だ』(No. 219)。シャルル・モオリスの『ポール・ゴーガン』によれば、パリでゴーガンに会つた時、ゴッホはやはりこのボリナージュ時代の思ひ出を話して聞かせたさうだ。ゴッホは、ボリナージュを去るに当り、自分の看護で一命を取り止めた坑夫に会ひに行つたが、額に傷痕を残して回復した男の顔に、蘇《よみがへ》つたキリストの幻を見た、さうゴッホは言つて、黙つてパレットを取り上げた。ゴーガンも黙つて、ゴッホの肖像を描き始めた。僕もやはりそこに一人のキリストの幻を見た、とゴーガンは言つてゐる。ゴーガンの様な人の言ふ処《ところ》に、恐らく誇張はないであらう。彼の清澄《せいちよう》な眼に見えた通り、まさにさういふ事であつたのである。例へば、ある評家の様に、ゴッホを『慈善の狂人』と呼んでみた処で始らぬ事だ。それに、慈善といふ観念に纏《まつ》はる優越感といふ様なものを、彼の何処に捜せばよいか。……」

慈善ならば、おそらく何の問題もあるまい。慈善家は社会の常識も世の通念も知らないはずはない。しかしホセアは慈善のためにデブライムの娘ゴメルを娶《めと》ったわけではない。イエスは慈善のために十字架に架かったわけではない。それは絶対的愛による救済の象徴的行為であり、一言でいえば、行動預言である。だが預言者は生活者としては世に容《い》れられない。彼を待っているのは何らかの意味の十字架である。しかし、その湧《わ》き起ってきて、「燃える火の／わが骨のうちに閉じこめられ」ているものは、それが言葉であれ、色調であれ、音調であれ、世に衝撃を与え、人を変え、文化を変え、歴史を変えることができる。《烏《からす》のゐる麦畠《むぎばたけ》》に、「旧約聖書の登場人物めいた影が、今、麦の穂の向うに消え」て少しも不思議ではない。

だが人はそれを誤解する。そして誤解するのは日本人だけではない。ゴッホの絵は〝一種の〟宗教画なのだ。

「ローランに言はせると、ミレーの絵は、宗教性といふものに関して鈍感になつて了つたフランスの選良達には、誤解されるより他はなかつた。……有名な《木を接《つ》ぐ男》が描かれた時、テオドル・ルーソーは、かう言つたさうである。『ミレーは自分に頼る者たちのために働いてゐる。丁度、花や実をつけ過ぎる木の様に、身体を弱らせてゐる。子供たちを生かして置く為に、自分を使ひ果してゐる。野生の頑丈な幹に開花した嫩枝《わかえだ》を接ぎ、ヴィルギリウスの様に考へてゐる――ダフニスよ、梨《なし》の木を接げ。汝《なんぢ》の孫たち、その実を食ふべし』、これが、ミレーの敬虔《けいけん》なペシミズムである。どんなにゴッホは、かういふペシミズムを求めてゐたらう。愛する妻を持ち、九人の子供の父親となり、彼等の為に梨の木を接ぎ、彼等の為に自分の身を使ひ果す、ゴッホがどんなにさういふものを望んでゐたか、僕はそれを疑ふ事が出来ない。このルーソーの言葉をミレー伝に読むゴッホの心を、僕は想像してみる。彼が牧師になりたかつたのは、説教がしたかつたからではない、たゞ他人の為に取るに足らぬわが身を使ひ果したかつたからだ。彼は、ジインと一緒に、最も求める処の少い貧しい家庭生活を営みたいと希《ねが》つたのであつて、自分を英雄だなぞと夢にも思つた事はない。併し悉《ことごと》く失敗した。自分に梨の木も接げぬとは、如何《いか》なる天理《トナリテ》によるのか。さういふ悲しみが、彼の手紙の荒々しい調子のなかに混じ、一種異様な音調をなしてゐるのである」

結局すべては常識人の常識通りに進行するのだ。「実社会」という分析不可能なものがそれを進行させていく。それは常識人の予測通りであろう――ただ一つを除いては。「『僕は彼女を決して悪くは考へぬ、善い事を嘗て見た事のない女が、どうして善い女になれようか』(No. 317)。さういふ女との悪闘は、一年半程も続いたが、遂《つひ》に別れねばならぬ時が来る。……」「『親愛なる弟よ――僕がどんなに他事を忘れて、ひたすらあの女を救はうと、わが身を捧《ささ》げて来たか、その僕の感情を、君が正確に知ることが出来るなら――僕の憂鬱《いううつ》な人生観、何もそれが為に、僕は人生に無関心になつたわけではない、それどころか、悲しみを忘れ、悲しみに無関心でゐるより、悲しみを感じてゐるのをよしとする、さういふ僕の人生観が、君に正確に感じられるなら――幻の中にではなく、悲しみの崇拝の中に、いかに僕の心が平静を得てゐるかを、君が正確に感じとるならば、その時には、弟よ、僕の魂の奥底は、君の眼にさへ、君の想像以上に異質なもの、人生を離脱したものと映るだらう。今後は恐らく、あの女に就いて、もう多くを語るまいと思ふが、彼女のことは、何かにつけて考へつゞけるだらう』(No. 320)」

これらのことは、ゴッホの絵と無関係であろうか。この場合の「関係・無関係」とは、ドラクロアが、あるいはミレーが、ゴッホにどういう影響を与えたであろう、と言った種類のことではない。ゴッホが対象を見る目とジインを見る目と、同じだと考えてよいのであろうか、ということである。そして「神のごとき愛」をもって対象を見る。それは、一切が捨象されて、その本質が見えると言うことである。「『要するに、いろいろな観念を取込んで一つの言葉で現したがつてゐるのさ。例へば、新しい肖像画について、この画には性格があるなどといふ。僕流に考へたところでは、なるほどさう言つてもいゝとは思ふ。だが、性格といふ言葉に限らず、言葉はみんな曖昧《あいまい》なものだ、僕流に言つてみても、他人はどうとるか知れたものぢやない。坑夫には性格がなくてはならぬと言ふ。僕が定義しようとすれば、寧《むし》ろかう言ふね、――百姓は百姓でなければならぬ、坑夫は掘らねばならぬ、と』(No. 418)」

同じように椅子《いす》は椅子であらねばならぬし、寝台は寝台であらねばならぬ。その前には、流行とか流派とか風潮とか傾向とか、そんなものはどうでもよいし、他人の批評も無関係である。「……裸の寝台や椅子は、どんな観念のかけらも暗示してはゐない、と言つた方がいゝかも知れない。画面から直接に来るものに、何かを暗示するといふ様な曖昧な力ではない。それは疑ひ様のない椅子といふ実在の力なのであつて、ゴッホは今こそ椅子は椅子でなければならぬと言へた筈《はず》だ。百姓は百姓でなければならぬ、といふ嘗ての彼の標語の背後には、半ば伝説化されたミレーがゐた。当時の百姓絵の上に漂つてゐた、文学的雰囲気はもはやないのである。椅子は、画家の凝視に堪《た》へられず、日常生活の裡《うち》で与へられたあらゆるその属性を脱し、その純粋な色と形と構造とを露《あら》はにし、画面の中で新しい生を享《う》けてゐる様だ」(ゴッホの手紙)

そうか。小林秀雄が言ったのはつまりこういうことだったのか。そんな思いがしたのはアムステルダムのゴッホ美術館で、『古靴』を見たときだった。この小品は名作でないのかも知れぬ。というのはそれまでに見たさまざまのゴッホの画集で、私はこの絵を見た覚えがないし、これについて書かれた文章も記憶にない。比較的初期の作品なのであろうか、初期の作として有名な『馬鈴薯《ばれいしょ》を食ふ人々』の前に掲げられ、色調も黒々とした茶を主体としている。履き古され、やがて捨てられるであろうそのぼろ靴、これがもしどこかその辺に転がっていたら、目ざわりになるだけ、「実社会」の常識に基づければ、目に触れぬように、一時も早く片付けてしまわねばならぬものだ。だがその古靴は、「画家の凝視に堪へられず、日常生活の裡で与へられたあらゆるその属性を脱し、その純粋な色と形と構造とを露はにし、画面の中で新しい生を享けてゐる様」であった。はじめて見たので、その印象が余計に強烈で、はっきりと小林秀雄の言葉がその中に見えたかも知れぬ。

「美術が分るのか」「音楽が分るのか」「文学が分るのか」。この問いはいわば、「見るのか、見ないのか」「聞くのか、聞かないのか」「読むのか、読まないのか」という問いに等しいであろう。椅子を見たことがあるのか、寝台を見たことがあるのか、靴を見たことがあるのか。使ったことはあるだろう。だが、一つの椅子さえ本当に見つめた人は、そうはいないのだ。いわば「疑ひ様のない椅子といふ実在」を見ること。それは、凡人には殆《ほとん》ど不可能に近い。ゴッホはそれを見る。それは色と形と構造となり、自らの内なる色調となって画布に現われる。それならば、われわれはそれを見ればよい。その対象が何であれ、それを見ること以上の「見る」ことはあり得ない。そして本当に「見れ」ば、その作品は天啓の如《ごと》くに迫って来るであろう。その前に予備知識などはいらない。否《いな》、むしろ邪魔になる場合が多いであろう。私が、洗礼者ヨハネについて何の予備知識もなければ、「レオナルドの描く洗礼者ヨハネという実在」を、逆に、知ることができたかも知れぬ。これは、椅子でも寝台でも古靴でも同じであろう。

「誰でもさうですが先《ま》づ僕等は、天才の作品を素直に尊敬し、或は作品に率直に感動する事から始めます。やがて、好奇心が進んで、その作品を書いた人間、その生活、その社会環境、つまり作品の成立条件を極めたいと考へる。そしてこの仕事は一応は容易なのであつて、最初の作品の接した際の驚きは、作品を成立させたと覚しい様々な条件の整然たる或《あ》る組合せのうちに消え去り、天才の正体とは、かくの如きものであつたかと一種の安堵《あんど》を覚えます。謎《なぞ》は解けたと思ひます。だが、さういふ時に僕等は一番危険に近付いてゐるのだと思ふ。謎が正確に解けた以上、解けたものを逆に結び合はせれば謎が出来ると信じ込む危険であります。天才とは、かくかくの限定された諸要素に分解された。最初の驚きは去つた。だが驚きが去つた事は一向気に掛けぬ。何故《なぜ》なら分解された諸要素を逆に組合せれば、いつでも驚きぐらゐは生ずると思ひ込んでゐるからです。それよりも先づ、最初の驚きといふ様なものは、主観的な漠然とした理解に過ぎないと思へばこそ、進んで確実な理解に到達しようとしたのであり、天才を成立させる限定された諸要素の発見は、天才に関する理解を確実なものとしたといふ自負に惑はされてゐるからです。

併《しか》しかういふ自負が崩れるには、余り手間は掛からぬ。かういふ自負が生ずるのは、何も天才に関する理解を確実なものにしようとする仕事が間違つてゐる処から来るのではなく、さういふ仕事の不徹底から生ずるのである。作品の成立諸条件の確からしい数々を摑《つか》んだと思つたら、更に精《くは》しく分析を進めてみるがよい。確からしいものが不確かになつて来るものです。（中略）

天才の創造の条件を外部から限定しようといふ仕事を諦《あきら》めざるを得なくなつて、僕は再び作品といふ出発点に引還《ひきかへ》して来ます。全く無駄骨折つた感じがするものですが、この感じも決して無駄ではないのだ。この感じは、作品といふものは、一種の生き物であり、この生き物のメカニスムと僕等が推定するものは、どの様なものでも平気で食べて消化してゐる事を僕に教へます。僕が手が付かぬ儘《まま》に残して来た作品成立の諸条件の混乱した姿、その必然と考へた部分も、偶然と考へた部分も悉くが、其処《そこ》に吸収されて、動かせぬ調和を得てゐる事を教へます。謎は解けずに残つたわけですが、謎のあげる光は強さを増し、美しさを増す。

科学上の事実の探究でも、これと同じ様な事が恐らく起るでせう。先づ最初には、在るが儘の自然に対する素朴な驚きがあるでせう。その驚きを沈静させようとして、科学者は仕事を進めるわけだ。驚きを自然のメカニスムの理解で置き代へる仕事を進めるわけです。仕事を押し進めるに従つて自然のメカニスムはいよいよ複雑になつて行く、だんだん精しく観察を進めた果ては殆ど生き物の様な精妙さ微妙さを現して来る、さういふ時に科学者は、感嘆の念を禁じ得まい。その時彼は最初の素朴な驚きに立ち還つてゐるとも言へます。最初の驚きを新たにしてゐるのだ。種は初めに播《ま》かれてゐたのです。……」（芸術上の天才について）

大分長く引用させていただいたが、小林秀雄にとって、「文学が分る」「美術が分る」「音楽が分る」とは、以上のようなことであろう。そしておそらくこれが「分る」ということなのだ。「分る」とは道程にすぎず、従って卒業はない。「ゴッホ、ああもう卒業したよ」「モォツアルト、あ、一時は凝ったけど、あれも卒業したな」とは「……天才の正体とは、かくの如きものであつたかと一種の安堵を覚えます。謎は解けたと思ひます。だが、さういふ時に僕等は一番危険に近付いてゐるのだと思ふ」という、その危険に落ち込んだということなのであろう。小林秀雄は、たとえ『ゴッホの手紙』を書こうと、『モオツァルト』を書こうと、そこで安堵はしていない。そして、常に、その作品に接したとき、初めて聞いたときのように、はじめて見たときのように、感動していたという。「感動は心に止まつて消えようとせず、而《しか》もその実在を信ずる為には、書くといふ一種の労働がどうしても必要の様に思はれてならない」というのは、一瞬にして去る逆上でなく感動であることを確認するとともに、常にそこへ帰れるようにその感動を残しておき、同時にそこを出発点として、前記の、永久につづく繰返しともいうべき「道程」への出発としたのであろう。それがおそらく、「分る」という道程であり、「分る」とは道程だけなのだ。

「……実際のところは、絵が解《わか》るとか解らないとかいふ言葉が、現代の心理学的表現なのである。見る者も絵が解つたり解らなかつたりしてゐるばかりではなく、画家も解つたり解らなかつたりする様な絵を努めて描いてゐる。言はばお互に、絵はたゞ見るものだといふ事の忘れ合ひをしてゐる様なものだ。絵を見るとは一種の練習である。練習するかしないかが問題だ。私も現代人であるから敢《あ》へて言ふが、絵を見るとは、解つても解らなくても一向平気な一種の退屈に堪へる練習である。練習して勝負に勝つのでもな

ければ、快楽を得るのでもない。理解する事とは全く別種な認識を得る練習だ」(偶像崇拝)

確かにそうであろう。練習があり、「理解する事とは別種の認識」に到達した感動があり、また練習があるのであろうが、それはすべての人が小林秀雄のような感動に達し、そこを出発点とするという状態に達することではあるまい。別な状態、別の道程であって少しもかまわないはずである。

奇妙な個人的体験からはじまったこの文章は、平凡な個人的体験で終る。

もう十年以上昔のことである。ある日、本を届けてほしいという電話があった。私の仕事は出版屋だから、本を届けろといわれれば届ける。これはごく普通のことだが、その人は、私自身が届けろという。おかしなことを言う人だと思ったが、時間に余裕があったので自ら持参してその人の家へ行った。あとで聞くとこの人すなわちTさんは有名な蒐集家《しゅうしゅうか》なのだそうである。応接間に通されてしばらく雑談をしているうちに、なぜ私を呼び出したのかその理由の一部がわかった。彼は自分の〝秘宝〟を私の前に並べ、説明しつつ自慢したかったわけである。

私は陶磁器については全く無知だから、南宋官窯《なんそうかんよう》青磁「粉青貫耳穿帯壺」とか、同じく「香炉」、北宋竜泉窯「香炉」、南宋建窯「油滴天目茶碗」、同じく吉州窯「玳玻梅花天目茶碗」、北宋磁州窯「天目釉瓶」などという天下の名品をずらずら並べられても文字通り「猫に小判」、さっぱりその価値がわからない。説明兼自慢を聞けば何やらすばらしい世界的な名品揃《ぞろ》いらしいのだが、そして確かにすばらしいのだが、そう言ったところで茶碗は茶碗、壺《つぼ》は壺にすぎず、どう眺めてもそれ以上のものでないし、またそれ以上のものであるはずがないのである。私は少々退屈だったので無責任な相づちと生返事を繰り返していたが、相手は私の態度には無頓着《むとんちゃく》でその説明にはますます熱が入り、自慢しつつしだいに興奮して行く。「絵を見るとは、解つても解らなくても一向平気な一種の退屈に堪へる練習である」なら、私はまさにその練習をさせられていたわけである。

お説拝聴もやっと終ったらしいので、そろそろ失礼しようとしたところ、少々相談したいことがあるという。ここで本当の要件に入り、私はやっと、相手がなぜ私自身に来てくれと言ったのかを了解した。いわば秘宝自慢が第一の理由、自分の秘宝の解説付写真集を自費出版したいというのが第二の理由であった。私は自費出版は引受けないことにしているというと、では相談相手になってくれという。というのは、何とかいう蒐集家がどこかで自費出版をしたら大変にぼられたので、そういうことがないように、自分で印刷所、製本所等に発注したい、だがそれもよくわからぬので、見積り書その他を検討してほしいという。「金持とはケチなもんだと聞いたが本当だな」と思ったが、それくらいのことならお手伝いしましょうと言うことになった。

ところがそれは案外大変な仕事となった。というのは写真製版屋、印刷屋等を連れて行くたび「退屈に堪へる練習」の繰返しなのである。しまいに私は、相手の話が全部頭に入ってしまって、「ははあ、この次はきっとこう言うな、これがはじまればもうじき終りだな」とわかるようになった。だが、どう見ても壺は壺であり茶碗は茶碗にすぎないのである。だがその中で少々気になるものがあった。南宋官窯青磁の壺である。それは不思議な青であった。青磁は確かに町の瀬戸物屋にも売っている。だがその青は、泥絵具と青空のように違う。どうして違うのかと私がまことに幼稚な質問をすると、Tさんは憤然として私を睨《にら》みつけ「とんでもねえ、ゴスもんと同じでたまるか！」と言い、ついで自分の見幕に照れて急に静かになり、説明をはじめた。私はTさんのこういった飾らないところが好きであった。

その説明によると、町の青磁は「呉須《ごす》」という顔料（？）で色づけしたものだが、南宋官窯の青磁はそうではない。これは透明のガラス状の釉薬《ゆうやく》なのだが、それが小さい気泡が重なるような形になっている。そこで空気は透明なのだが空は青く見えるように青く見える。それゆえこの色を「雨過天青」いわば雨が去った後の青空の色と言うのだそうである。なるほど、それでか。私は納得した。確かに青いのだが、表層の下にあるクラッカーが、表面の亀裂《きれつ》のように見え、さわればそれに指先がかかるような錯覚を抱くほど透明なのである。それは確かにTさんのいう「ゴスもん」とは全く違うものであった。だが私に残った印象はそれだけであった。

ある日のこと、何の用事か忘れたが、上野の美術館の前を通ったとき「元宋陶磁展」という看板が目に入ったので、ちょっと立寄って見る気になった。後で考えればこれも「退屈に堪へる練習」の結果であり、以前の私なら到底立寄る気にはなれなかったであろうし、第一、看板が目に入らなかったであろう。それがどこの主催で何があったのかはっきり覚えていない。ただ「あ、これはTさんが説明したあれだな」とか「そうそう自慢するだけあってこれよりTさんのものの方が立派だな」などと思いつつ、ぶらぶら歩いたことと断片的な光景が頭に残っているだけである。だが、一つだけ、今なお脳裏に焼きついているものがある。

何やら小さな部屋だった。特別陳列室だったのかも知れぬ。その正面のガラスの箱の中に青磁の壺があった。私は吸い寄せられるようにその方に近づいた。南宋官窯という文字とイギリスの何とか卿《きょう》特別出品という文字が目に入ったが、あとは何も見えない。ガラスの箱の中にあるのは、まぎれもない巨大な宝石である。否、少なくとも私にはそう見えた。巨大なサファイアか何かから壺を切り出せばこうなるのかもしれぬ。いやそれさえこれに及ばぬかも知れぬ。そんな感じであった。私は、しゃがみこみはしなかったが、息を呑《の》んでその前に茫然《ぼうぜん》と立っていた。このとき私ははじめて「宋官窯の青磁」

を「見た」、すなわち魅入られたのであった。こういう時には何やら妙なことを不意に思い出すものだ。昔、ミハイル・イリンの何かを読んだとき、中世の西欧では磁器ができなかったので、貴婦人が中国の磁器の破片で首飾りを作ったという記述があった。「へえー、瀬戸物のかけらを首飾りとはね。案外、野蛮だったんだな」、そんな印象をもったのだが、このとき、この破片なら首飾りにして当然だ、これは宝石だ、宝石以上のものだと思った。何時間その前に立っていたかわからぬ。それは私にとってもはや、単なる「壺」ではなかった。小林秀雄のいうように「美といふものは、現実にある一つの抗し難い力であつて、妙な言ひ方をする様だが、普通一般に考へられてゐるよりも実は遥《はる》かに美しくもなく愉快でもない」あるものであった。そうかも知れぬ。私を動けなくする「抗し難い力」をもつとはいえ、それが単なる一個の壺にすぎないこともまた事実なのだ。だが「一個の壺にすぎない」という言葉の意味が、それ以前とは逆になってしまう。それまで「茶碗は茶碗、壺は壺にすぎず、どう眺めてもそれ以上のものであるはずがない」と思っていたのは、「日常生活の裡《うち》で与へられたあらゆるその属性」以上の何物でもあるはずがない、ということである。ところがここでは、壺はその属性を脱し「純粋な色と形と構造とを露はにし」た一個の壺なのだ。「見る」とはそこに到達できたことを表わす言葉なのであろう。

しばらくしてまたTさんの所へ行った。例によって「退屈に堪《た》へる練習」がはじまった。しかし私はただ彼の宋官窯の青磁の壺だけを見ていた。確かにすばらしい。しかしあれと違う。これは「宝石だ、いや宝石以上のものだ」という、あの、迫って来る感動がないのである。私はそれを見つつ、ついうっかり「どうもおかしい」と言った。Tさんの顔色が変り、爆発した怒りは罵声《ばせい》となり、ついに絶交状態となったが、そのとき私は、少々あっけにとられていたので、彼がなぜそんなに怒ったのかわからなかった。私が「どうもおかしい」と言ったのは、感動が湧《わ》いて来ない私自身がおかしいと、ひとりごとを言ったのである。だが後に「おかしい」というのはこの道の言葉では「贋物」の意味だと知ってやっと彼の怒りを理解した。そしてそれを聞いたとき、なぜ贋物を「おかしい」と言うのかもわかった。私は自分に鑑識眼があると思わぬから「自分がおかしい」と思ったわけだが、「おかしい」と感ずるのはその品物がおかしいためかも知れぬ。いわば自己の鑑識眼を絶対化すればおかしいのは私でなく、その壺のはず、Tさんはそう解して激怒した。そう思うと「おかしい」は「贋物」へのまことに的確な表現である。

だがこれもやはり「退屈に堪へる練習」の結果であろう。そしてそれは確かに「理解する事とは全く別種な認識を得る練習」であろう。そんなことをふと考えたのは、それから四、五年たって、取材のため韓国へ行った時である。宿泊している東急ホテル（だつたと思う）の一階の陶器店に入ったとき、一番上の棚の片すみの小さな青磁の壺だけが目に入り、私は吸いよせられるようにそれに近づくと、指さして店主らしき女性に言った、「あれを下さい」。なぜこう言ったのかわからぬ。私の真意はむしろ「見せて下さい」だったのだが、口から出た言葉は「下さい」であった。「まあ、お客様はお目が高い」。女店主はやや大仰なジェスチュアで言った。「どうしておわかりになりました。あれはたった一つ残っております李朝《りちょう》の青磁でございます」と。

どうしてわかったかと言われても、それは私にもわからない。女店主が下ろしてくれた壺を見ながら「いえ、ただ、あの、何となく……」といった意味不明の言葉を並べると、相手は私が謙譲の美徳を発揮していると誤解し「いえ、お客様は、まっすぐあの壺の方へお出《い》でになって、すぐ下さいと言われましたでしょ。あとは全部、現代の作品ですが、今では李朝と見分けがつかないぐらいの作品もございますのに。李朝のものをたくさんお持ちでございますの」「いえ……」「韓国は何回目で」「いや、はじめてです」。私は本当のことを言っているのだが相手は信用してくれない。何とか話題を転じようと「李朝のものは国外に持ち出せないと聞きましたが」というと「これはここにちょっときずがございますので、この通り持出許可証があります」といって女店主は壺の底を見せた。確かに許可証が貼《は》ってあった。私はそれを買った。だがそれは、古陶器から現代の瀬戸物も含めて、私が買ったはじめての品物であった。だがそんなことを言っても相手は私を信用してくれないだろう。何しろ私を、李朝の青磁や白磁の蒐集家だと思い込んでいたらしかったから——。

青磁の壺を前において、友人に、私のこの奇妙な小林秀雄追体験のような話をしてとき彼は「全く別種の認識を得る、いわば新しい別の認識によって別の世界が開かれる、確かにそういうことなんだろうけど、そりゃ一体どういう意味があるんだ、たとえ壺に新しい世界を見たからと言って……」と言った。「いや、そんなことを言ったら、生きていることに何の意味があるんだ、ということになるだろう」と私は答えた。

「全く別種の認識を得ることは、新しい世界が新たに開かれるようなものだ」といった

「そりゃ少々詭弁《きべん》だな」「なぜ？　幼児のころを思い出してみればよい。畳の上を匍《は》いして、飴玉《あめだま》だと思ってボタンを口に入れて吐き出す。このときも新しい認識に達して新しい世界が開かれているはずだし、『退屈に堪へる練習』でやっと立ちあがって見れば、そこにも新しい、立って見た世界への別種の認識があり、新しい世界がそれで開かれる。われわれはそうやって生長し、自分の世界を広げて来たはずだ。それが生きている意味で、それと同じことを常につづけているわけだ。それがなければ、人間は人間でなくなってしまう。それを認めないなら、生きていることに何の意味があるんだということになるだろう」

「なるほど、もの書きは理屈がうまいな。だが少なくとも実生活においては……」「だが、ゴッホやモォツアルトは実生活が……」「いや、天才のことは知らない。少なくともわれわれ凡人に於《お》いては、だ……」「ちょっと待ってくれ、一体、実生活・非実生活と

いった峻別《しゅんべつ》はできるのか」「……」「田中角栄さんという人は、世間でいう実生活なるものの象徴だろうな。あの人は別種の認識を得るための練習などは絶対にしないだろうし、退屈な練習に堪えて新しい別の認識に達し、新しい世界を開こうなどとも考えていないだろう。それが逆にあの人の実世界なるものを限定し、視野狭窄《きょうさく》症にしている。もし非実生活と実生活を分けうるなら、これは相互に影響して、その総体が生活になっているのが凡人ではないのか。田中角栄という人はネガ天才かも知れない。ゴッホは何を聞いても色調になり、モォツアルトは何を見ても音調になるように、あの人は見聞のすべてが土地とカネに見えるのかも知れない。もっともマスコミの描く像が正しければだが、それがあの人を不幸にしているだろうし、ああいう生活こそ、虚構に生きている非実生活だろう。私には、実生活・非実生活をどのようにして分け得るのかわからない」「小林秀雄は……」「あの人には、実生活・非実生活の区別はなかったろう。それは混然一体となった一つの生活だったのだろう。それが生活というもののはずだ。天才乃至《ないし》天才的人間は幼児のような一面をもっているという。何かで読んだな。子供のとき、不思議だ、これがわからないということを一生考えつづけたら、だれでも天才になってしまうと。凡人は『実生活』とかいう虚構にはまり込んでそれができなくなる。第一、実生活・非実生活などという区別のある人間に本当の生活者ではない。そして本当の生活者でないから小林秀雄の言う『嗅覚《きゅうかく》といふ実在』をもつことができない。この点、小林秀雄は生涯、幼児のような生活者という面をもちつづけていた。もちろんだから天才だと言うわけにはいかないだろう。しかし、絶えず退屈な練習に堪えて、新しい別種の認識に達しようとしつづけていた。その若々しさには私は敬服する。世の人が何と言おうと。しかし、人間は万能でない。彼にも、目の前にあるそのすばらしさが分らぬ対象もあったし、生涯練習しつづけても、新しい認識に達し得た、新しい世界をはっきりと見たとは言い切れない対象があっただろう。でも、それはそれでいいのだ」

「その対象とは」「まず砂漠だ。彼はカイロにも、アブ・シンベルにも、ギザのピラミッドにも行っている。ギザから西を見る。あの砂漠はシナイとはまた違うが、大西洋までつづいており、まず、その、観念を越えた荒漠たる広さに圧倒される。そして陽がその地平線に落ちて行くあの光景。アブ・シンベルの岩山はまた違うが、それらの、思わず息を呑むあの光景に魅入られず、それについて一言も書いていない。私にはそれが不思議だったが、いや、不思議がるのが間違いなのだろう。彼は彼でよいはずだ。確か佐古純一郎さんに『君は君で居たまえ』と言ったのだから、小林秀雄は小林秀雄で居ればよいのだし、私は私で居ればよいのだ」。こんなもっともらしい推定を口にしたのだが、実は後に白洲《しらす》兼正氏から送られた『旧友交歓　小林秀雄対談集』の中に、次の言葉があるのを知らされた。

「まあ旅行記なんか書いたってろくなものは書けはしないということがわかっちゃった

のよ。通信などを約束したという事もあるだろうが、ずいぶん、いろいろな文学者が向うに行って旅行記を書いているが、僕はとても、ああ気楽には書けないと思ってしまったのだ。見るもの、聞くもの初めてなんでしょう。そうすると何か、こう眼玉がレンズみたいな感じになっちゃってね。それに、調べたと言ったって、どうせ泥縄の浅薄な知識でしょう。どうにもなりはしないよ。旅行記なんというようなものは、やはり珍しがって書いたってしようがないんでね。旅行記のいいものというのはそういうものじゃないでしょう。赤毛布旅行談で人を笑わせようなんて趣味も、私にはないしね。たとえば『曇り勝ちなる旅の空』という言葉があるでしょ。日本人にはよくわかる。ところが、エジプトに行って空を見るとそうはいかないや。恐ろしいほど真青だ。砂漠の上にひろがると真黒みたいなものだね。旅の空どころではない。まあそういったあんばいで、何《ど》処《こ》も彼処《かしこ》も本当には納得のいかない、何んだか親しみもない風景ばかりを見せられる。何んでも彼でも生活感情の裏打ちがないんです。人間や生活風景を見たって同じ感じですよ。何んでも見るものが非常にどぎつく眼に映って、何んといいますかね、感情が伴わないんです。皆エキゾチックなんだね。エキゾティスムというものはよくわかったな。異国情緒などと訳しているが、ありゃ情ではないね。感覚だ。感じのない感じかな。まあ何んでもいいが、エキゾティスムから文章というものは出来上がらないと思ったよ。やはり西行の旅とか、芭蕉《ばしょう》の旅とか、ああいう旅が本当の旅だな。文学を生む旅だ。私の西洋旅行なんか、眼はいろいろなものを見ているけれども、心持のほうがいろいろなものに対して感動していないわけだね。心が伴わないんだね。カメラになっちまったようなものだ。僕は今度写真機を初めて持って行った。パチパチやっていてね、肉眼で見ているのと大差はないと思ったよ。これではもう旅行記など書くよりもうみんな忘れちまった方がいいと思ってね。いったん忘れてしまえば、あとで何かの足しにはなっていると思う事もあろう、と考えた」（傍点筆者）

観光客がルーブルで「モナ・リザ」を見る。「眼玉がレンズみたいな感じ」になるなら、これは複写を見ているのと同じことである。カメラという機械は「感情を伴わない」が、人間がカメラになれば同じことであろう。だが彼の末尾の言葉「これではもう旅行記など書くよりもうみんな忘れちまった方がいいと思ってね。いったん忘れてしまえば、あとで何かの足しにはなっていると思う事もあろう、と考えた」は、その通りだなあ、と思わざるを得ない。私もレオナルドの「洗礼者ヨハネ」を「いったん忘れ」ていたのだった。

退屈と感じたものはすぐ「いったん忘れ」てしまう。それは「何かの足し」になり、この退屈に何回も耐えることが「分るということ」なのであろう。これを知っていた小林秀雄が砂漠について何も書いていなくて不思議ではない。

だが、ドストエフスキーになるとちょっと違う。彼は生涯ドストエフスキーを読みつづけていたはずだが、それは、新しい世界をはっきり見たとは言い切れない対象だったからであろう。確かに彼にはそう言い切れない何かがあった。小林秀雄は『私なりの理解』などという言葉に安易に逃避してそこに安住し、それで卒業して探究を打切るようなことができる人ではなかった。では一体なぜ彼は、新しい認識に達したと思い得なかったのか。そこには何か澱《おり》のようなものが残って、どうしても透明にならない何かが、心に残っていたからに相違ない。それを探り出せば、小林秀雄の輪郭が、逆に、はっきりして来るであろう。

# 三　小林秀雄とラスコーリニコフ

「僕の伝記作者としてのデッサンは、彼の死とともに終らねばならぬ。恐らく彼の思想にとつては、いや引いては彼を蘇《よみがへ》らせようと努める僕の思想にとつても偶然な、彼の死といふ一事件とともに。今は、『不安な途轍《とてつ》もない彼の作品』にはひつて行く時だ。晩年の彼の生活は見たところ平静なものであつたが、彼の精神の嵐《あらし》は荒れてゐた。彼がパウロの言葉を知らなかつた筈《はず》はない。『我等若《も》し心狂へるならば神のためなり、心確かならば汝《なんぢ》等のためなり』」

小林秀雄の『ドストエフスキイの生活』はこの引用で終る。これは新約聖書の『コリント人への第二の手紙』の五章一三節だが、まことに小林秀雄の引用らしく、ここにおさまっている。だが単にこれが「晩年の彼の生活は見たところ平静なものであつたが、彼の精神の嵐は荒れてゐた」ことの別の表現にすぎないならば、不必要な引用であり、「パウロの言葉云々《うんぬん》……」の前で終わってかまわないはずである。何故ここに、この引用が来るのだ。例によって例の如《ごと》く、「小林秀雄一流の仕掛けさ」というのもよいであろうし、大体、新約聖書のどこからの引用かなどということも、考えないでよいのかも知れぬ。そしてそれが一番、楽な読み方だ。

だが、だれであれ人が引用するとき、原文の文脈を無視することはできまい。引用を含む原文は否応《いやおう》なくその人の目に入る。そして「今は、『不安な途轍もない彼の作品』にはひつて行く時」なら、小林秀雄がこの引用につづく文章を読まなかったはずはあるまい。だがその部分を読むと、そこにまた奇妙な疑問が出てくる。なるべく正確に逐字訳的に引用してみよう――「もし私たちが気が狂ったのなら神のためであり、もし正気であるなら君たちのためである。というのはクリーストスの愛が私たちを駆り立てる、私たちのこのこと、つまり一人の人がすべての人に代って死んだ、従ってそのすべての人は死んだと思っている。そして彼はすべての人に代って死んだが、それは、生きている者はもう自分のために生きないで、彼らに代って死にそして復活した者のために生きるためである」

「復活した者のために生きる」それがパウロを狂わしているわけであり、ユダヤの総督フェストのように「パウロよ、お前が気が狂っている……」と断言した者もいる。ではこれは一体どういうことか。イエス・キリストの復活が原因か、ああそんなばかばかしい話は聞きあきた、もう沢山だ。いやそうではない。復活したのはイエスだけではない。ラスコーリニコフがソーニャに読ますのは「癩病人《らいびょうにん》ラザロの復活」であっても、イエス・キリストの復活ではない。従って「復活」はイエスだけの体験ではなく、ドストエフスキーにあっても、また別の人間にあっても不思議でないのではないか、だが、「復活」などという経験をさせられたらどうなってしまうだろう。「……要するに、この男のあらゆる想念は、『ある一点』の周囲を廻つて、機械の様に、強く動いてゐるのである。最後の四分の一秒になつても同じ事だ。頭の上に鉄がすべる音も、どうしたつて聞えるに違ひない。頭が切り離されても、一秒くらゐは、頭が切り離された事を知つてゐるかも知れない——博愛心に満ちた牧師は、この不幸な男を勇気附けようと、絶え間なく十字架を差し出して、接吻《せつぷん》させる。彼には宗教心はない。十字架とは何物か彼は知らないが、彼は勇気附く。十字架といふ妙な物体に接吻させる動作が、残酷に狡猾《かうくわつ》に、彼を刺戟《しげき》し、心中の『或《あ》る一点』を彼に意識させるからである」（「白痴」についてⅡ）——イエスもこんな経験をさせられたはずである、もつとも彼に差し出されたのは十字架でなく、「葡萄酒《ぶどうしゆ》を含ませた海綿」であつたけれども。

「恐らく作者は、こんな事が言ひたいのだ。『或る一点』とは、無論、『死』の事だ。命はまん丸で入口がないから、死線は切点といふ出口で触れてゐる。まあ、そんなものだと思へ。みんな歩いてゐるうちに、出口から出て了《しま》ふ、といふのは、歩くとは、みんな出口に向つて歩く事だが、こゝに一人の男があつて、出口から逆に歩いた。これは珍しい、恐ろしく馬鹿《ばか》気《げ》た経験だ。到底、長い間堪《た》へられる経験ではない。だから、朝の五時から九時迄《まで》といふ事にして置いた。併《しか》し、小説だと思つて読んでくれては困る。経験したのは私だ。友達の一人は発狂して了つたが、私がはつきり意識して、この異常な経験に堪へた事を信じ給《たま》へ。いよいよ練兵場の処刑台の前に連れて行かれ、仲間の三人が死刑服を着せられ、柱に縛され、兵士が銃の用意をした。私は八番目に立つてゐたから、三回目にやられるわけで、それまで五分間ある。私は、最初の二分を友達との告別の為《ため》に、次の二分を自分の事を考へる為に、残りの一分を、この世の見をさめに、周りの景色を眺める事に決めた。だが、どんな風に自分の事を考へたらよいか。朝日に会堂の屋根が光り、私はその光を恐ろしいほど執拗《しつえう》に眺めつゞけるより他はなかつた。光は、もう直《す》ぐお前は俺と一緒になると告げた。『この新しい未知の世界と、それに対する嫌《けん》悪《を》の念は、実に恐ろしいものであつた』。この嫌悪の念が、激しい憤怒《ふんぬ》に変り、一刻も早く殺されたいと思つた時、ハンケチが翻つた。私が、どんな荒唐不稽《くわうたうふけい》な理由によつて突然赦《ゆる》されたかは、諸君も御存知だらう。だが、何も驚く事はない。私の様な経験をしたものの眼には、『或る一点』から逆に歩いた事のある男の眼には、不幸な事だが、人生には荒唐不稽な事しか起つてはゐないのだ」（「白痴」についてⅡ）

「復活」とは「或る一点」から逆に歩くことだ。こういう表現をしたのは小林秀雄だけであろうが、まことに具体的なここを読むとちょっと奇妙な妄想を実地にやってみたくなる。人が流れ落ちてくるラッシュ・アワーのプラットホームへの階段を逆に昇ってみるのだ。みなどこかへ急いでいる。だが急いでどこへ行くのだ。「命はまん丸で入口がないから、死線は切点といふ出口で触れてゐる。まあ、そんなものだと思へ。みんな歩いてゐるうちに、出口から出て了ふ」。だが人は、まるで切点がないように急ぐのだが、それを逆に歩く者は、常に自分の背中に、そこからもどって来た「或る一点」を感じないわけにいかない。だが、その方を向いているはずの人間たちは、何も感じていないらしい。行先を見ずただ急ぐ。それは「荒唐不稽な事」であろうが、なぜ、それが可能なのだ。それを知るには、そのように「荒唐不稽」な「自分のために生きないで、『或る一点』から逆に歩いてきた者のために生きる」、パウロの表現を借りれば「復活した者のために生きる」ことが必要なのであろうか。

「ドストエフスキイは、彼自身の語法を借りれば、たとへ、私の苦しい意識が真理の埒《らち》外《ぐわい》にある荒唐不稽なものであらうとも、私は自分の苦痛と一緒にゐたい、真理と一緒にゐたくはない、と考へたに相違ない。真理とは、人中に持ち出しても恥をかゝぬ話題以上の何物であるか、と叫びたかつたに相違ない。『地下室の手記』の主人公は、既にドストエフスキイの裡に生れてゐたのである。俺は一人で地下室に閉ぢ籠《こも》つてやる。俺は一人で、決して他人達ではないのだから『われわれ現代人は』とか『われわれの世紀は』だとか、馬鹿な口はきかない事にする。君達は、真理といふ共通の話題を楽しんでゐるがよい。君自身のかけ代へのない実質を売つて、理性だとか悟性だとかいふ、誰とでも代理可能の形式を買ふのは、一体引合ふ取引なのか。君達はみんなペテンにかゝつてゐる……」（「白痴」についてⅡ）

だがこのペテンにかかっていれば楽なのだ。その意味では催眠術といってもいいし、麻薬と言ってもいい。その材料は今では膨大な情報産業なるものが提供してくれる。それに埋没していれば「或る一点」に向いながらそれを意識しないですむ。そういう所でムイシュキンのように、妙な話題を持出すことはルール違反であろう。『或る種の話題があつて、世人は決してこれに触れたがらない、それを持ち出すと、皆具合が悪い気持ちになる。何故だらう』」。パウロもアテネのアレオパゴスで同じ経験をしている。なぜか。なぜでもないのだ。彼は哲学者の議論の中に「復活」をもち出したからだ。人は「復活して」「『或る一点』から逆に歩いている人間」など、見たくないと言うことだ。そんな顔を見たら、わずか一世紀余でいま居る人間が全部消えてしまうなどといったような「現実」を連想しないわけにいかない。だが、「或る一点」から逆に歩いている人間には、「代理可能の形式」を買っている人間の行為は、すべて荒唐不稽に見えて当然だ。

　では「或る一点」から逆に歩いている人間は何を見ているのだ。パウロの言葉が『ドストエフスキイの生活』の末尾なら、冒頭にあるのはニーチェの言葉である――「病者の光学（見地）から、一段と健全な概念や価値を見て、又再び逆に、豊富な生命の充溢《じゆういつ》と自信とからデカダンス本能のひそやかな働きを見下すといふこと――これは私の最も長い練習、私に特有の経験であつて、若し私が、何事かに於《お》いて大家になつたとすれば、それはその点に於いてであつた」、ということは「復活した人間」が、その「光学」で「一段と健全な概念や価値を見」るということなのか。おそらくそうであろう。確かにそれは「病者の光学」だが、それを具体的に頭の中に描くには、一体どうしたらよいのであろう。

「光学」いや「光学」などという奇妙な言葉を使ってくれなければよかったのだ。「光学（見地）」なら、はじめから「見地」でよいはずだ。「光学」などといわれれば、かつての砲兵隊観測将校は否応なく「光学兵器」を連想してしまう。そしてここの文章は、光学兵器を使っての測地・標定を頭に描くと実に具体的に明確に私には理解できる。否《いな》、理解できたような気持になれる。それは誤解かも知れぬ。だが私にとっては誤解なら誤解でいい。だが後述するように、ヘブル的思考というやつは、どんな抽象的な言語を並べてもそれが具象的に絵画的に見えるということだ。『地下生活者』のまねをして頑としてこの具象的誤解を保持する。具象的とは何か、それは人は何かを、自己の体験という「絵」と対応させつつ理解する。天才のことは知らない。だが私のように凡人にとってはこれが最も容易で具体的な理解の仕方なのだ。同時に聖書では、後に記すが、「天地創造」だって絵になっている。

だがそれをやろうとすると、いつも、いやな声がする。「ハハア、出ましたな。いずれは出ると思ってましたよ。『私の中の日本軍』ですかい。『一下級将校の見た帝国陸軍』ですかい。『ある異常体験者の偏見』ですかい。いいでしょう。『われわれ現代人は』、誰とでも代理可能の形式を買うのだとおっしゃるなら、あなたはあなたの代理可能の形式を使ったっていいですがね。だがそのやり方は卑怯《ひきょう》ですぜ、これこそルール違反というやつだ。なぜかって、言うまでもないでしょう。無能な評論家ってやつは、いつもその手を使うんでさあ。『君は偉そうなことを言うが、復活を知ってるかね、死人の家を知ってるかね、ジャングルの腐爛《ふらん》屍体《したい》を知ってるかね』って。そう、楽しそうに描写してましてな。あの蛆《うじ》の動きをね。それがどうしたって言うんです」

「別にどうってことないさ。どうせ人間はいつか腐爛屍体になるか灰になるかだ。パスカルの言葉が『ドストエフスキイの生活』の冒頭に来る。ニーチェの次にだ。なぜこれがここへ来るのか、さまざまな議論があったそうだが、理由は簡単だ。いつも『或る一点』を意識するためだ。だからそれに異議を申立てる気はないさ。出来れば自己の体験などには触れたくない。問題はただこの『光学』という言葉さ。それだけだ。帝国陸軍の最新の光学兵器は軽地上標定機というやつだったよ。まあ、一種のトランシットだ。当時の水準としちゃあ、世界一流だったかな。一番正確に目標をつかむのはこいつを三ヵ所に整置して、いや『整置』は砲兵用語だけどね、まずその位置の座標を出すのだ。次にこの三つが何かの点を標定して、そこから目標までの角度を計るのさ。急ぐときはその角度の通りに測板という板の上の白紙に線をひく。すると三線が交会する点があるあね。そこに目標があるのだ。その座標がつまり目標というわけだ。『病者の光学』というのは軽地上標定機の位置が通常人と違うということだろう。まずそこから標定し、ついで通常人の位置からも標定し、それを測板の上に記すと、捉《とら》えようとした目標が捉えられる。ま、私はそういう意味に解したわけさ。ただね、二方向の標定でも、ある程度は目標を捉えうるわけさ。だがこいつは、測角に誤差があれば、線の交点は遠くのびるか近くに縮む。ところが三方向の標定となりゃ、この心配はない。同一目標を標定したのだから、理屈の上では、測板上の三線は一点に交会するはずなんだが、実際はそうはならんね。誤差てえやつがあるから、一点にならずに細長い三角形になっちまう。ただ目標が、その三角の中にあるとはいえるな」

「なるほどね。で、小林秀雄がその三線交会法とやらで『ドストエフスキー』という目標を捉えようとしている、とまあそう言いたいんだろう。平凡な比喩《ひゆ》だが、一応、比喩になっていると認めてやってもいいさ。だが、いったい、小林秀雄はどこに、その軽地上標定機とやらを据え、どういう三角形の中にドストエフスキーを捉えたのかね」

「いや、そいつが少々問題なのだ。小林秀雄は軽地上標定機を据える大体の位置は知っていた。確認はできなくても座標があることもわかっていた。どこかって、そいつはまずプネウマティコンとプシュキコンとサルキコンの三点のはずだ」

「何だそりゃ。ギリシア語か。ギリシア語なんぞ振り廻すのはやめてくれ。鬼面人を驚かすというやつだ。そんなものを持ち出すのは、どうせごまかしにきまっている。だがね、そのごまかしを追及する前にだ、少々文句をつけたいことがある。冒頭がニーチェで末尾の次がパウロの語る復活か。そりゃ少々おかしいんじゃないか。確か小林秀雄がどっかで書いていたなあ。福音書は十字架で終りゃよかったんだ、それなのにあのみすぼらしい復活などあるために、パウロという一大虚言者を生み出した、とニーチェが書いていたと」

「パウロが一大虚言者で何で悪いのだ。彼は自分で『心狂える』と言っている。そしてそういえばドストエフスキーだって一大虚言者だ。トルストイだって——。芥川龍之介《あくたがわりゅうのすけ》だったな、ありゃ、正確には覚えていないが、ビューリコフの『トルストイ伝』を読めば、彼の晩年の作、『人生論』や『宗教論』は全部嘘《うそ》だとわかる。だが彼の嘘は余人の真実より真実だと。もっとも記憶による引用は不正確だから、自分の好きなように曲げてるかも知れんが——。だがお前も好きなように曲げてるよ、相当にね。証拠をお目にかけよう。小林秀雄は次のように書いているんだ。少々長いけどね。読むから聞いてくれ」

「……旧約聖書に登場する最大の人生観察家は、人間に理解し得る限りでは、人生とは荒唐不稽なものであると断言してゐる。生きてゐるよりいつそ死んだ方が増しだ、死ぬより初めから生れて来ない方が増しだと言つてゐる。予言者等の行ふ残虐《ざんぎやく》や不徳や狡猾《かうくわつ》など、何んの事でもない。彼等は、皆自分のする事が、本当には解《わか》らぬのである。たゞ、解らぬといふ事を知つてゐるといふ奇怪な意識を燃やして、まつしぐらに生きる。『エホバの言葉、我心にありて、火のわが骨の中に閉ぢこもりて燃ゆるが如《ごと》くなれば、忍ぶに疲れて堪へ難し』、理由はと言へば、それだけなのである。或る者に聞えたのは『天よきけ、地よ耳をかたぶけよ』といふ様なものだつたし、或る者が聞いたのは『静かなる細微《ほそ》き声』であつた。聞いた者が、人に優れた見識を持つてゐたわけではない。『賢者なんぞ愚者に勝るところあらんや』。或る者に聞えたのは、曠野《くわうや》に獣と暮してゐたからだつたし、或る者には、たまたま橡《とち》の木の下に坐《すわ》つてゐたからだつたし、或る者は熟睡してゐた御蔭《おかげ》であつた。簡単明瞭《めいれう》な事である。人生は根柢《こんてい》的には不可測のものだ。彼等は熟慮の末さう考へたのではない。率直に見れば、さういふ風に見えるより他に見え様がないと言ふまでである。聖書には、生きる事に関する、強い素朴な一種異様な畏敬《ゐけい》の念が一貫してゐて、これが十字架のキリストに至つて極つてゐる様に見える。それを見るといふ事は一つの事だ。聖書に現れた、あれこれの奇蹟《きせき》を嘲笑《あざわら》ふといふ事は又別の事だ。聖書は、全体的に奇蹟であるか、愚民の歴史であるか、二つに一つといつた様子をしてゐる。聖書に一つの宗教を読みたい人には、妥協的な解釈が現れざるを得ないだらう。だが、詩人の眼に、聖書の重要諸人物の言動には、意識的宗教の企てなどは全く現れてゐないと映るとしても、又、同様に尤《もつと》もな事だらう。総じて聖書に語られる『義』も『愛』も、パラドックスとして生きる他はない様に生きてゐる。一見心理的に見えるキリストの言葉も、腹に一物も貯《たくは》へずに見るなら、ニイチェが言つた様に、『凡《およ》そ文化など噂《うはさ》にも聞いた事のない人』の言葉である。自らを頼む人間の智慧《ちゑ》に対する徹底的な無関心を通過した人の言葉である。通過したが、其処《そこ》から人間を見下す様な立場は彼には無い。彼が、十字架に向つて歩く、落着いた様な、あわてた様な、自信のある様な、当惑した様な歩どりは、何にも譬《たと》へられない様に思はれる。其処には、どんな冷い心も動かす、無条件な美しさが漲《みなぎ》つてゐる。それは、彼が少しも現さうとしてゐないから現れて来る様だ。やがて、人間には何が出来ぬか、といふ問ひが、決定的に彼の行為によつて答へられる。神に向つて絶望の叫びを上げた時に、どんな意味が現れたか、彼自身知らなかつた。『反キリスト』を読んでゐると、キリストを描く時のニイチェの胸騒ぎがよく感じられる。彼は、自分の胸底の何処《どこ》かで、ルーテルの血が騒ぐのを感じて苛立《いらだ》つた。ラスコオリニコフといふ人物を案出したドストエフスキイの胸には恐らく、森や曠野に隠れたラスコオルニキ（分離派）の血が騒いだであらうが、彼は、これに別段あらがはうとはしなかつた。そんな風に思はれる。福音書の記述は、『十字架の死』を強烈な筆致で描いた後は、突如として力尽きた様に、『復活』の様を、弱々しい、静かな言葉で報告する。ニイチェもドストエフスキイも、決してごまかされはしなかつた。恐らく二人とも、はつきり読み、感じたが、哲学者と詩人との道は別れたのである。ニイチェは、聖書は、十字架の上の神の死といふ、彼の言葉を借りれば、『戦慄《せんりつ》すべき最高級の事件』に終る、嘘は小さい声でしか言へなかつた、だから後に、パウロといふ大虚言者を要したと断定した。ドストエフスキイは、何も断定しなかつた。だが彼は、こんな風に独語したかも知れないのだ、——私も福音主義などには何んの興味も持たぬ。併し、それは、別の理由からだ。『後に振返へれば、イエス立ち居給ふを見る。されどイエスたるを知らず』と書かれてゐるだけで、充分ではあるまいか、と」（「白痴」についてII）

　小林秀雄は以上のように言った。それなら『ドストエフスキイの生活』がニーチェの言葉ではじまってパウロの言葉で終って当然だろう。ドストエフスキーもニーチェも共に病者の光学をもっていた。この点では共通している。だが両者の光学機械の座標が全く違う。小林秀雄はもちろんこれを知っていた。ではどう違うのか。いまの引用の末尾で明らかであろう。彼が探究しようとしたのはニーチェではなく、ドストエフスキーのこの座標であった。そして彼はその座標すなわち光学機械を整置する場所を、まずおおまかに「生活」「作品」とした。ではもう一ヵ所はどこに。その位置は二つの光学機械よりやや後方で、その二つが視界内に入り、しかも目標にまっすぐ向いていれば理想的だ。小林秀雄はそれを「聖書」だと見た。いや、勝手に断定したと言ってよい。「或《あ》る一点」から逆に歩き出した者が、まず「死人の家」に行くのは当然だろう。言うまでもなくそこの〝体験談〟が『死人の家の記録』である。——「トルストイは、ドストエフスキイの作風を嫌つてゐた。後期の作は、恐らくろくに読みもしなかつたであらうが、『死人の家の記録』をこの作家の最上の作としてゐる。これは、この作の厳格な平静なリアリズムには、誰も文句のつけ様がない、といふだけの話だが、この作が、作者の生活経験に基いて書かれた唯一《ゆいいつ》の作でありながら、作者が己れを現すまいと自制した唯一の作でもあるといふ事、体験談でありながら、体験の深処は明かすまいとした体験談であるといふ事、さういふ処《ところ》に気附き、さういふ処が気にかゝると、これは大変面倒な問題になる。作者は何かを故意に隠したのである。隠したからこそ、作は客観的な記録の姿とならざるを得なかつたのである」（「白痴」についてⅡ）

「では、何を隠したか」。ある意味ではそれを探究する必要はあるまい。そんなことは探究しなくても「この傑作の鑑賞に一向差支《さしつか》へはない。たゞ私は、こゝで勝手に少々危険を冒してみたいだけだ、作者の隠したのは、聖書熟読といふ経験であつた、と」。確かにそうであろう。そしてさらに、私も、小林秀雄のまねをして「勝手に少々危険を冒して」みるならば、聖書の中で、ドストエフスキーに最も強い衝撃を与えたのは使徒パウロのはずである。だがドストエフスキーは、それを隠した。私はドストエフスキーの専門家ではないから確言はできぬが、おそらく、彼の作品にパウロは登場すまい。小林秀雄はマイコフ宛《あて》の書簡に「聖パウロの言葉ではないが、誰も讃《ほ》めてくれるものがないなら、自讃《じさん》して置かう」という言葉があると記している。ドストエフスキーはイエスの言葉をこういう形で扱ったことはあるまい。

さてここまで「勝手に少々危険を冒し」たなら、もう一歩進んでよいであろう。聖書を熟読したことは、たとえ彼が隠しても否応《いやおう》なく明らかになっていく。小林秀雄が「作者の隠したのは、聖書熟読といふ経験であつた」と書いたとき、その中で特に何を隠したかが当然気になったはずだ。それは使徒パウロであり、このことを小林秀雄は知っていた。知らなかったはずはあるまい。『ドストエフスキイの生活』が「コリント人への手紙」で終り、「『罪と罰』についてII」は「ローマ人への手紙」で終っている。なぜこの二書なのか。おそらく彼が「光学機械」を整置しようとした位置は「パウロの光学」である。

さて、光学機械を整置する概略の場所は「生活」「作品」「聖書」ときまったが、それぞれの座標はその概略の場所の中の一点でなければならぬ。一点とは一概念だ。すると三線交会法なら、三つの概念がいるはず。それが先程あげた奇妙な三単語だ。そして小林秀雄はこの奇妙な三単語とその相互の関係を彼なりにつかんでいた。いわば彼は、光学機械を整置する座標があると知っていたのである。「ドストエフスキイは、psychologist と呼ばれる事を嫌つてゐた。自分は psychologist ではない、単なる realist だ、と抗弁するのを常とした。勿論《もちろん》、この realist といふ言葉によつて、彼自身が独り合点《がてん》してゐるところを定義する事は難かしいのだが、もし誤解されないならば、ベルヂアエフが言つてゐる様に、彼は psychologist ではない、pneumatologist である、と言つていゝだらう。少くとも、僕には、この『単なる realist』の作品が、こんな風に言つてゐる様に思はれる、何故哲学と心理学とが、刀の両刃となつて諸君の胸を貫いてはいけないのか、と」（「罪と罰」についてII）

この言葉を小林秀雄はもう一度取り上げている。「ドストエフスキイはpsychologistではない、pneumatologistだ、と確かベルジアエフが言つてゐたと記憶するが、決して奇矯な言ではない。鈴木大拙氏が、何かの本で、碧巌録《へきがんろく》の表現を、形而上《けいじじやう》学的心理の文学といふ言葉で形容してゐたのを読んだが、ドストエフスキイの文学にも当てはまると思はれる。ドストエフスキイ自身は、この事をよく知つてゐた。そして自信に満ちて言つたのである、自分はリアリストである、と」（ドストエフスキイのこと）。ベルジアエフの言葉を、私も少しも奇矯とは思わぬが、ここの小林秀雄の言葉は少々奇矯であろう。だがそれは表現の問題に過ぎぬかも知れぬ。というのはpneumatologistという言葉は、おそらく、日本語になってないからである。

これはドストエフスキーの作品は「psychologyという光学」でなく「pneumatologyという光学」で見なければならぬということ、言いかえれば「パウロの光学」で、聖書のここに座標があると小林秀雄は見たということであろう。そこでまず彼が引用している「コリント人への手紙」と「ローマ人への手紙」の中に、pneumatologyを探ってみよう。

言うまでもないが、psychologyとはプシュキコン（原形プシュケー）のロギア、

pneumatologyとはプネウマティコン（原形プネウマ）のロギアのはずである。ではパウロはこの言葉をどう使ったのか。以下に少し引用しよう（引用中の『 』はすべて筆者の挿入）。

「最初にあったのは、『霊のもの《プネウマティコン》』ではなく『肉のもの《プシュキコン》』であって、その後に『霊のもの《プネウマティコン》』が来るのである」（コリント人への第一の手紙一五章四六節）。だれでもこの訳には首をかしげるであろう。これでは「プシュケー」が「肉」と訳されることになってしまう。これは実に奇妙な訳だが、必ずしも誤訳とはいえない。このことはpsychologyという言葉が「肉体の中の心理」を意味するものだと思って下さればよい。日本人だけでなく、どの民族も「霊魂《プシュケー》と肉体《サルクス》」という分け方をする。そして肉体が滅びてもその霊魂が現世にいてさまよい歩くと幽霊や亡霊になる。こうなると肉体なき純粋の「霊魂《プシュケー》」は幽霊や亡霊だということになるであろう。これはいわば「霊魂プラス肉体」「精神プラス身体」という形で人間を捉えるという、ごく普通のわれわれの常識に基づく見方に拠《よ》る。では前記の引用の冒頭の『霊のもの《プネウマティコン》』の「霊」とは、幽霊や亡霊と同じ「霊」なのであろうか。もしそうで両方とも「霊」と訳せばここの文章は「最初にあったのは、『霊のもの』ではなく『霊のもの』で……」となって、意味が通じなくなってしまう。では一体「プネウマティコン」と「プシュキコン」はどう違うのであろう。これは重要なことのはずだ。というのは、この違いがpneumatologyのpsychologyとの違いの基本だからである。

ここで、別の聖書をひろげてみよう。それはドストエフスキーの愛読したロシア正教会版の聖書である。これの日本語訳には前記の個所が次のように訳されている。「然《しか》れども『神に属する者《プネウマティコン》』先に在らず、乃《すなわち》『霊に属する者《プシュキコン》』先なり、後は『神に属する者《プネウマティコン》』なり」と。以上の二つの訳を一つにしてみよう。するとプネウマティコン「霊のもの・神に属する者」、プシュキコン「肉のもの・霊に属する者」となる。そしてこれを整理すると前者が「神に属する霊」、後者が「人に属する霊」ということになる。聖書には「聖霊」という言葉があり、「父と子と聖霊」の「三位一体」とか「聖霊の働き」とか言った言葉がキリスト教にあり、これは比較的よく知られた言葉なのだが、日本人には非常になじみにくい言葉である。「聖霊」の原語は「プネウマ・ハギオン」であり、いわば「神に属する聖なる霊」であっても決して「プシュケー」ではない。聖書は単純な「霊肉二元論」では構成されていない。それを「霊魂と肉体」「精神と身体」という分け方しかない日本語に訳そうとすると、どうしても混乱を免れないので、以上のような二通りの訳を生ずる。

この混乱を整理するために、もう少し聖書から引用しよう。「律法は『霊のもの《プネウマティコス》』であると知っている。しかし、私は『肉につけるもの《サルキノス》』であって罪の下に売られている」。同じように「肉」と訳されてもここの原語はサルクスであってプシュケーではない。ということは聖書には霊魂《プシュケー》と肉体《サルクス》を分けて見るという見方もあり、同時にこの二つを一つとして「人」と見る場合もある。この場合は「プシュケー」が「人」と訳される。すなわち「悪を行うすべての『人《プシュケーン・アントロプウ》』には、ユダヤ人はじめギリシア人にも……」と。これが前記のロシア正教会版では「およそ悪を為《な》す『人』先《ま》ずイゥデア人、次にエㇽリン人の『霊』に至らん」となっている。これはおそらくロシア語に訳すとき『人の霊《プシュケーン・アントロプウ》』という原語を訳し分けたのであろう。そしてこの場合はプシュケーはむしろ「霊」に主体を置いて肉体をも含めた人の意味、そして前の「肉につけるもの《サルキノス》」は、「肉」に主体を置いて霊を含めた人の意味、そう理解しておこう。以上の引用は、いずれもパウロという同一人物の書簡からの引用だが、ここでは一応、「神に属する霊《プネウマティコン》」とは、「霊魂・肉体《プシュキコン》」と対立する概念と考えていただいてよい。それは人間の中になく、外にあって、外から「人」に何か強烈な作用をしてくるある種の力なのである。そしてそれと人との葛藤《かっとう》は決して、肉の欲と良心との葛藤ではない。プシュケーは「理性と良心の座」のはずだが、そのプシュキコンと対立するのがプネウマティコンなのである。とすれば、それを解くものはpsychologyではなくpneumatologyであろう。

　と言ってもプネウマの意味・用法は決して単純ではない。だがそれは小林秀雄のドストエフスキーを解く本稿には関係ないので「プネウマ」が新約聖書でどのように使われ、またヘレニズム密儀宗教やグノーシス派にどう使われたかは「辞典」を見ていただけばよい。だが忘れてならないことはこの「霊《プネウマ》」の背後におそらくは旧約聖書の「霊《ルーアハ》」があるであろうと言うことだ。「霊《プネウマ》」は元来は「息《いき》」であろうが「霊《ルーアハ》」は「風」である。それは神から吹いて来る「風」なのだ。そして旧約聖書は「風《ルーアハ》」ではじまる。「元始《はじめ》に神天地を創造《つくり》たまえり。地は定形《かたち》なく曠空《むなし》く黒暗《やみ》、淵《わだ》の面《おもて》にあり、神の霊、水の面を覆《おお》たりき」ここをユダヤ人聖書学者オルリンスキーは「神からの風が水の上を吹き荒れていた」と読む。暗黒の水の上を神からの風が吹き荒れている。やがて「光あれ」の一言で、一条の光が差す。それはまことに絵画的な記述だが、俗に包括的言語ともいわれるヘブル語は、一見、どのような抽象的なことが書かれていようと、それはまことに具象的な描写なのだ。そしてこの「風《ルーアハ》」は人の意志とは関係なく、神から吹いてくる。パウロのヘブル名はサウロだが、彼の一千年前にすでに死んでいたサウル王にも、神からの風が吹いてきた。「……主の霊はサウルを離れ、主から来る悪霊が彼を悩した」と。

　悪霊もまた神から来る。それならプネウマティコンを「神に属する者」と訳し、悪霊もまた「神に属する者」としたとて何の不思議があろう。だがこれはドストエフスキーの『悪霊』で取り上げる問題だから一まず措《お》くとして、pneumatologyを、「形而上学的心理」と小林秀雄が言ったとき、そういう表現もできるのか、と思った。神から吹いて来る風によって起る心理は、「精神・肉体」と分けた心理、いわばプシュキコンのロギアすなわち形而下的心理と同じものではない。事実、神からの悪霊が吹いて来たとしか思えない者の描写がドストエフスキーにはいくらでもある。たとえばカテリーナ・イワーノヴナの心理などは、まさに神から「悪霊」が吹き寄せて来たのだ、としか言いようがない。そして「神から」なら、それは形而上学の問題といえるだろう——少なくとも現代人にとっては。だがこの言葉に、小林秀雄と旧約の人間、またパウロやドストエフスキーの間に、深淵《しんえん》があることも示している。旧約聖書のどこを探しても「神の存在を信ぜよ」とか「その存在を信ずる」とか言った言葉はない。それは、遺伝子工学が発達すればともかく、現在では「父親の存在を信ぜよ」などという言葉がないのと同じである。プネウマティコンの父や、プシュキコンの父ならいざ知らず、サルキコンの父親の存在は、その存在を信ずる対象ではない。ということは形而上学的存在ではないということ、そして旧約の人びとにとって「神」とはそういう存在だったということだ。もちろん、小林秀雄はそれを知っていた。それは前に引用した小林秀雄の聖書理解から明らかだがしかし、この「知る」は彼のいう「分る」ではない。

だが、ここに問題があるであろう。「サルキコン」を一応「肉・肉欲的」と訳せば、それが何を意味するかだれにでもわかる。また「プシュキコン」は「魂・霊に属する者・肉・人」と訳され、ある種の混乱が見られるが、一応「肉体をもつ人格的霊魂的存在」——この「霊魂」や「人格」はすこぶる通俗的な意味だが——の意味にとれば理解できないわけではない。いや、日本人の人間把握は、むしろこのように「総体的」（決して「総合的」ではないが）だと言ってよいかも知れぬ。だが「プネウマティコン」は「霊・神に属する者」と訳したとて、それがどんなものか、日本人には理解できない。「霊」といえばむしろ「プシュキコン」的「霊」になってしまう。また「神からの風」いわば先方が一方的に吹いてくる何らかの影響力と言ったところで、それがどんなものか、そういう考え方がない者に把握できるはずがない。これは「神の存在を信ぜよ」などという言葉があり得ない世界のもの、強いて類推すれば「父親がそこにいる」というだけで子が何かを感じざるを得ないようなものと類推するのが限度である。

だがこの問題も一まず措こう。一体なぜ、われわれ現代人にはこれほどプネウマティコンという概念がわかりにくいのだろう。昔の日本人なら「天命」が自分に下った、といったようなもうちょっと別の理解の仕方があったように思う。ではなぜ理解できないのか、理由は簡単だ。われわれは「精神と肉体」とか「霊と肉」とか言った言葉、さらに「倫理的」「非倫理的」といった言葉をごく普通に使う。そして、そんなものが本当に実在しているのかどうか、疑ったことがない。さらにこまったことに、この「精神」とか「霊」とかいったものを「良心と理性の座」だと信じて疑わない。そしてこの「良心」に反したことをしたときそれは「非倫理的行為」であり、そのとき「罪」と感じると簡単に考えている。とすると人間に罪を犯さすものは「肉」もしくは「肉の欲望」であって、「霊・精神」すなわち「良心と理性の座」ではないことになる。こういう考え方は古くからあったことはあったのだが、それが奇妙な形で常識化したのは非宗教化世俗社会の近代、特に戦後になってからであろう。

十九世紀は、衣食住を充足してやれば罪はなくなると単純に信じていた。「なぜ犯罪があるか」「食えないからだ」これが最も普通の解答であった。従って、社会を変革して全員の衣食住が完全に充足されたら、犯罪はなくなるはずであった。簡単にいえばサルキコン的な面が充足されれば、プシュキコンは「肉の拘束」から自由になる、いわばこの「理性と良心の座」が拘束から解放されれば、すべての人間は良心に従って理性的に行動するはずであった。いわば犯罪があるのは「社会が悪い」からであり、この悪い社会がサルキコンを充足させてやらないから、「良心」や「理性」に反する行動に走るはずであった。とすると「良心と理性の座である霊魂《プシュキコン》が罪を犯す」ことはあり得ない。あり得なくて当然であろう。人は「良心に罪を犯す」のであって「良心が罪を犯す」ことはあり得ないのだから——犯罪人とは「良心の麻痺《まひ》した人間」か「良心がない人間」のはずであっても「最も良心的な人間」であるはずがないことになる。

ラスコーリニコフは「罪」をおかしていない、従って「罰」はない。これは小林秀雄が繰返し言っていることだ。だがラスコーリニコフはソーニャに一度だけ「ぼくは老婆《ろうば》を殺した——それは悪いことにちがいない」と言っている。「悪いこと」なら「罪」であろうが、実はこの言葉は「虚偽の告白」の結論として言っており、彼はすぐそれを自分で否定する。次にその一部を引用しよう。
「……ところで、きみも知ってるだろうが、ぼくの母は財産らしいものはほとんど何もない。妹は偶然に教育を受けたので、家庭教師をするようなことになった。二人のすべての希望はぼく一人にかかっていた。ぼくは大学に学んだが、学資がつづかなくなって、やむなく一時学校をはなれた。あのままつづけられさえすれば、十年か十二年後には（事情がよくなってくれればだが）ぼくはとにかく俸給千ルーブリくらいの教師か官吏になる望みはもてたはずだ……（彼は暗誦《あんしょう》しているようにすらすらと言った）、しかしそれまでには母は気苦労やら悲しみやらで老いさらばえてしまうだろうし、やはり母を安心させることはできそうもない。じゃ妹は……いや、妹はもっとひどいことになるかもしれない……」彼の長広舌はつづく、そして結局「そこで、ぼくは決意したんだよ、あの婆《ばあ》さんの金を手に入れて、ここ何年かのぼくの生活に当てよう、そうすれば母を苦しめずに、安心して大学に学べるし、大学を出てからも第一歩を踏み出す資金になる――これを広く、ラジカルにやってのけ、完全に新しい形の立身の基礎をきずき、新しい、独立自尊の道に立とう……まあ……まあ、こういうわけさ……そりゃ、ぼくは老婆を殺した――それは悪いことにちがいない……」（工藤精一郎訳、新潮社版）
いわば「サルキコン」的なことの誘惑に負けたように言っているのだが、ソーニャはすぐそれが事実でないことを見抜く。見抜かれたラスコーリニコフはつづける。

「ところで、いまのは嘘《うそ》だよ、ソーニャ……ぼくはいつからか嘘ばかりついているんだよ……いま言ったのは全部嘘だよ、きみの言うとおりだ。ぜんぜん、ぜんぜん、ぜんぜん別の理由があるんだよ……」「そうじゃないんだよ！ それよりも……こう考えてごらん。（そうだ！ たしかにそのほうがいい！）つまり、ぼくという男は自惚《うぬぼ》れが強く、ねたみ深く、根性がねじけた、卑怯《ひきよう》で、執念深く、そのうえ……さらに、発狂のおそれがある、まあそう考えるんだね。（もうこうなったらかまうものか、ひと思いにすっかりぶちまけてやれ！ 発狂のことはまえにも噂《うわさ》になっていた、おれは気付いていたんだ！）さっき、学資がつづかなかったって、きみに言ったね。ところが、やってゆけたかもしれないんだよ。大学に納める金は、母が送ってくれたろうし、はくものや、着るものや、パン代くらいは、ぼくが自分で稼《かせ》げたろうからね。ほんとだよ！ 家庭教師に行けば、一回で五十カペイカになったんだ。ラズミーヒンだってやっている！ それをぼくは、意地になって、やろうとしなかったんだ。たしかに意地になっていた。（これはうまい表現だ！）そしてぼくは、まるで蜘蛛《くも》みたいに、自分の巣にかくれてしまった。……ぼくはむしろねころがって、考えている方が好きだった。だから考えてばかりいた……そしてのべつ夢ばかり見ていた、さまざまな、おかしな夢だ。どんなって、言ってもしようがないよ！……」

彼は駆り立てられた。何に……。ここで、小林秀雄の言葉に耳を傾けてみよう。

「ラスコオリニコフを駆り立てた『デモン』は、否定的な破壊的な意志ではなかつた。充《み》たされる事のない真理への飢渇《きかつ》であつた。彼の絶望は、其処《そこ》から来るからこそ、癒《いや》し難いのである。彼は、日常の瑣事《さじ》を侮蔑《ぶべつ》し、個々の事物の価値を知らうともしないのだが、又、真理が一定の形を持つてやつて来れば、もう彼には不満であり、それを乗り超えようとする。あらゆる所与は忽《たちま》ち課題と変ずる。断つて置きたいが、彼は決してさういふ哲学者でもなし、彼の哲学的教養も言ふに足りないのだが、作者が主人公をさういふ哲学的気質として描いたといふ事は間違ひない事である。序《つい》でに附記して置きたいが、遂《つひ》に哲学者にならぬ哲学的素質、哲学者には無智《むち》と映る哲学的素質は世の中には無数にある筈《はず》だが、これらを哲学的システムによつて真に凌駕《りようが》する事は非常な難事であつて、それは恐らく稀《ま》れにしか現れぬ最高級の哲学的システムだけに可能な仕事だ。その事に気が附きたがらぬ事、即《すなは》ち大多数の哲学者等の凡庸さに他ならぬ。ラスコオリニコフの様な皮肉を知らぬ精神は、所謂懐疑派にも厭世家《えんせいか》にもなる事は出来ない。彼等の憂《うれ》ひ顔が、多くの人々に何を語らうと、彼等は一種の充たされ、満足した人種である。彼等は、いつも課題に取巻かれてゐる振りをしてゐるが、実は、課題を狡猾《かうくわつ》な冷静な微笑によつて、所与に変ずるのが彼等のやり方である。彼等は、疑ふといふより寧《むし》ろ信じないのである。凡《およ》そ目的といふものに無関心でゐて、而《しか》も何を進んで疑ふ要があらうか。彼等に比べれば、ラスコオリニコフは、殆《ほとん》ど愚直と評してもいゝ。彼には、一切の確たる目的は疑はしいが、或《あ》る言ひ現し難い目的、言はば、自分が現にかうして生きてゐるといふ事実の根源、或《あるい》は極限といふ謎《なぞ》は、あらゆる所与を突破し、課題に変じて前進する為《ため》に、どうしてもなくては適《かな》はぬ目的である。ラスコオリニコフは、認識が到るところで難破する事を確め、もはや航海の術《すべ》もなく、自己の誠実さといふ内部の孤島に辿《たど》りつく。彼は、この孤島の恐ろしく不安な無規定な純潔さに、一種の残忍性をもつて堪《た》へようとした」（「罪と罰」についてⅡ）

「充たされる事のない真理への飢渇」から「自己の誠実さといふ内部の孤島に辿りつく」——一体それはどういう状態なのか。妙な言い方だが、それは「最も良心的な個人全体主義」とでも言うべき状態かもしれぬ。「自己の誠実さといふ内部の孤島」それが彼の「全体」なのだ。それが全体だということは、他は一切ないということである。プネウマティコンは無い、否《いな》、サルキコンさえない。彼は積極的に食を摂《と》ることを拒否する。食欲の拒否だ。淫売婦《いんばいふ》ソーニャの部屋に何時間いたって、そこには性欲は現われない。食欲をもって食物を眺めることもなければ、色情をもって女を眺めることもない。いまソーニャの部屋にキリストが現われて彼を見ても「……心の内にすでに姦淫《かんいん》したるなり」とはいわない。彼にはそんなものはない。彼はプシュキコンの根源を眺めるだけだ。語ることがあれば自問自答か、自らが見た夢の話である。

「最も良心的な個人全体主義」この奇妙な矛盾した言葉は、誤解を恐れずにいえば、オーウェルの世界が一個人の中に押し込められたような世界であろう。全体主義国家に挑戦する全体主義、その同盟に自らの意志で加盟しようとするスミスの宣誓を、自己の誠実という孤島の中で、自己義認の下で自問自答で行う、いやこれは夢の中の問答でいい――簡単にいえば、そういう世界を想像してみようということだ。「あなたは自分の命を投げ出すことの覚悟ができていますか」「はい」「あなたは人殺しをする覚悟はできていますか」「はい」「何百人という罪のない人々を殺すような破壊工作を実行する覚悟も？」「できています」「祖国を外国に売り渡す覚悟は？」「できています」「あなたはだますこと、偽造すること、恐喝すること、また子供の心を腐敗させ、習慣性の薬物をばらまき、売春を奨励し、性病を蔓延《まんえん》させること――風俗を壊乱し、党の力を弱めるようなことなら何でもやれる覚悟がありますか」「はい」……「もしわれわれが命令した場合、あなたはいつでも自殺する覚悟がありますか」「あります」。――彼は完全に良心的にこれを言いうる。彼にもし「良心に反す」ることすなわち「罪」があるとしたら、まずこの宣誓に違反すること、次に勇気がなくて、これが実行できなかった時だけ、いわば、ラスコーリニコフが「ぼくがナポレオンじゃないということを、はっきり感じた」その時だけだ。

シベリヤでラスコーリニコフは変な夢を見る。それは奇妙な旋毛虫による新しい伝染病である――「これに取り附かれた人間は、忽ち発狂するのだが、患者は、学問上の結論にせよ、道徳上の判断にせよ、何事につけ、自分の考へは絶対に正しいと頑強に主張して、少しも譲らぬといふところが、この伝染病の特色である。人々は、互に理解し合ふ事が適はず、不安に襲はれ、我とわが胸を叩《たた》いたり、泣いたりするのだが、駄目である。やがて、意味のない憎悪《ぞうを》に囚《とら》はれて、互に殺し合ふ……『夢の印象は、もの淋しく、悩ましく、ラスコオリニコフの心の中に反響し、長い間消えようとしないのが、彼を苦しめた』」（「罪と罰」についてⅡ）

個人全体主義、そこにあるのはプシュキコンの自問自答だけである。そして「良心的」とはサルキコンの誘惑にまけず、あらゆる肉体的困苦を無視してこれを完全にやりとげることだ。だがこれは結局全体主義で、その世界の特徴は、だれと語ろうとすべて自問自答になるということであろう。プシュキコンのある対象への預託によって生ずるこれの拡大現象は『悪霊』の主題の一つであろうが、何かに預託すれば「自己の誠実の孤島」はそのまま「全体の誠実の大陸」になりうるであろう。そこに要請されるのはプシュキコンの預託だけで、その世界はまことに誠実であり、理性の命ずるまま、良心の命ずるまま「罪」なく、オーウェルの問答を行いかつそれを実行に移しうる。これは必ずしも権力の強制によって起る状態でなく、自由意志に基づくプシュキコンの預託によってでも生ずる。前記のオーウェルからの引用につづいて、中村勝範氏は「『ソ連に関しては、あなたは黒を白と書けますか』『はい』という問答がわが国のあちこちの書斎でかわされているように思えてならない」と記しておられるが、かわされても不思議ではあるまい。だが、注意すべきことは、その人はソビエトの権力下にあるのではないということだ。彼は自らのプシュキコンの預託に基づいて、誠実に良心的に「黒」を「白」といえる。そしてこの「あちこちの書斎」での問答は、字義通りに「自問自答」のはず、そしてそれが行為になってもサルキコンは関係ない。従って彼らが何を言おうと、何をやろうと、ラスコーリニコフに罪はないと同様に罪はない。

　プシュキコンの預託はプネウマティコンとは関係がない。だが預託した先からの影響いわば前記のオーウェルの場合なら、宣誓した対象からの指示――これも自問自答なのだが――を人は天からの啓示いわばプネウマティコンと間違える。この間違いを思い知らされるのは、本物のプネウマティコンが来たときだ。それを否応《いやおう》なく経験させられたのが使徒パウロであろう。神のために人を殺す、これがまさにその極致だが、そのための問答は、神の律法を完全に守るという形で律法に預託した自己のプシュキコンとの自問自答にすぎないことを、またその「荒唐不稽《くわうたうふけい》」さを、復活のイエスに、ということは「或る一点」から逆に歩いてきた人間に、思い知らされる。そのとき、いや、プネウマティコンの存在を予感したとき、彼らが必死で行うものは、まず「そんなプネウマティコンなどはあり得ない」ということとの自己への証明、次に「私は一心不乱に自問自答したから正しいのだ」「肉欲《サルキコン》的影響はうけていない」ということだけであろう。

ラスコーリニコフは自分の言葉に酔ったようにソーニャに言う「『きみが罪深い女だという最大の理由は、いわれもなく自分を殺し、自分を売りわたしたことだ。これが恐ろしいことでなかったらどうかしてるよ！　きみは自分でこれほど憎んでいる泥沼の中に生きながら、同時に自分でも、そんなことをしても誰の助けにもならないし、誰をどこからも救いだしはしないことを知っている。ちょっと目を開ければわからないはずがない。これが恐ろしいことでなくて何だろう！　さあ、ぼくは、きみに聞きたいんだ』と彼は激昂《げっこう》のあまりほとんどわれを忘れかけて叫んだ。『きみの内部には、こんなけがらわしさやいやらしさが、まるで正反対の数々の神聖な感情と、いったいどうしていっしょに宿っていられるのだ？　いきなりまっさかさまに河へとびこんで、ひと思いにきりをつけてしまうほうが、どれほど正しいか、千倍も正しいよ、よっぽど利口だよ、そう思わないか』」。だが返事は、あっけないほど簡単だった。「じゃ、あのひとたちはどうなります？」

「数々の神聖な感情」が彼女に宿っている。それはあり得ないはずなのだ。だが、あり得ないものが目の前にいる。ラスコーリニコフは何とかそれを理屈づけようとする。だがどんなにしても理屈づけはできない。そこで、最後の問いになる――「それじゃ、ソーニャ、きみは真剣に神にお祈りをする？」……「神さまがなかったら、わたしはどうなっていたでしょう？」……「だが、それで神はきみに何をしてくれた？」……「言わないで！　何も聞かないで！　あなたにはそんな資格がありません！」――「そんな資格がありません」いわばラスコーリニコフには、質問をする資格がないのである。それは「けがらわしさやいやらしさが、まるで正反対の数々の神聖な感情と、いったいどうしていっしょに宿っていられるのだ」という質問をする「資格もない」と言うことである。

「資格がない」に等しいことを、もう一度ソーニャはいう。ラスコーリニコフが、部屋でごろごろ寝ながら自問自答で生み出した「権力の法則論」と「ぼくは敢然とそれを実行しようと思った、そして殺した……ぼくは敢行しようと思っただけだよ、ソーニャ、それが僕の理由のすべてだ」と言ったとき、彼女はまず「やめて、やめて」といい、ついで次のような問答になる。「あなたは神さまのおそばをはなれたのです。神さまがあなたを突きはなして、悪魔に渡したのです……」「これはね、ソーニャ、ぼくが暗闇《くらやみ》の中にねそべっていたとき、たえず頭に浮んだことなんだよ、してみるとこれは、悪魔がぼくを迷わせていたのかな？　え？」「やめて！　ふざけるのはよして。あなたは何も、何もわかっちゃいないのです！　おお、神さま！　この人は何もわからないのです！」「資格がない」とか「何もわかっちゃいない」とか言われてラスコーリニコフは「お黙り、ソーニャ……」と猛然と反撃する。だが彼の言っていることは、徹底的に自問自答したということだけである。一体ここでいう「悪魔」とは何か。それはプシュキコンを預託した対象であり、自問自答の相手である。あなたは神のそばを離れた、だから「自問自答」の対象にひきわたされた。もう「神からの風《プネウマティコン》」は来ない。来ない人間はそのことを全然「わかっちゃいない」し、第一、そんな質問をする資格もない。ではプネウマティコンの来たときの心理は解けるのか。解ければ座標がわかるであろうし、それを解くものがpneumatologyなのかもしれぬ。

では一体どのように解いたらよいのか。一体、「神からの風《プネウマティコン》」が来るとはどういう心理状態なのか。それは結局ドストエフスキーの記述から解いていくほかはない。それは確実に来た。来たがゆえにラスコーリニコフがムイシュキンになるという考えられないことが起ったのだ。そしてムイシュキンこそ、ラスコーリニコフの、シベリヤ以後の物語であることを、小林秀雄は明確に指摘している。ではこの「別人格への転回」はどのようにして起ったのか。そしてこの転回が、パウロのいう「自分のために生きないで……復活した者のために生きる」ということなのか。それにはまず、ドストエフスキー自身と彼の記す描写を追って行かねばならない。

ドストエフスキーは、シベリヤ流刑《るけい》の間、断固として自己が「罪人」であることを認めなかったであろう。現代の常識から見ればそれがむしろ当然であって「ペトラシェフスキイ事件」なるものの方がむしろ奇怪である。また最近の研究によれば、実は彼が別の事件にもかかわっており、運よくこの方は発覚しなかっただけのことだが、そうであっても、そのゆえにドストエフスキーが自らに罪ありと認めたとは思えない。ラスコーリニコフが頑として自分の「罪」を認めず、従って「罰」も認めなかったように、否それ以上にドストエフスキー自身が、自分の「罪と罰」を認めなかったであろう。もし人間の書くことに、その体験が反映しているなら、ラスコーリニコフに彼が反映していると見てよいのかも知れぬ。ということは、たとえラスコーリニコフがどのような「回心」をしたとて、それは、金貸しの老婆《ろうば》とリザヴェータを殺したことを「後悔したからだ」と言うことではないはずである。

「『罪？　どんな罪だ？』彼は不意に、発作的な狂憤にかられて叫んだ。『ぼくがあのけがらわしい、害毒を流すしらみを殺したことか。殺したら四十の罪を赦《ゆる》されるような、貧乏人の生血を吸っていた、誰の役にも立たぬあの金貸しの婆ぁを殺したことか。これを罪というのか？　おれはそんなことは考えちゃいない、それを償おうなんて思っちゃいない。どうしてみんな寄ってたかって、《罪だ、罪だ！》とおれを小突くんだ。いまはじめて、おれは自分の小心の卑劣さがはっきりとわかった、いま、この無用の恥辱を受けに行こうと決意したいま！　おれが決意したのは、自分の卑劣と無能のためだ、それに更にそのほうがとくだからだ、あの……ポルフィーリイのやつが……すすめたように！』」（傍点筆者）

このことはシベリヤへ行っても変らなかった。

「……彼はソーニャにさえ恥ずかしかった。だから彼はさげすむような乱暴な態度で彼女を苦しめたのである。しかし剃《そ》られた頭や足枷《あしかせ》を、彼は恥じたのではない。彼の自尊心がはげしく傷つけられたのである。彼が病気になったのも、傷つけられた自尊心のせいであった。ああ、自分で自分を罰することができたら、彼はどれほど幸福だったろう！　そうしたら彼は恥辱であろうと屈辱であろうと、どんなことにでも堪えられたにちがいない！　彼はきびしく自分を裁いた、しかし彼の冷酷な『良心』は、誰にでもあるようなありふれた失敗を除いては、彼の過去に特に恐しい罪は見出さなかった。彼が恥じたのは、つまり、彼ラスコーリニコフが暗愚な運命のある判決に従って、愚かにも、耳をも目をもふさぎ、無意味に身を亡《ほろ》ぼしてしまい、そしていくらかでも安らぎを得ようと思えば、この判決の《無意味なばからしさ》のまえにおとなしく屈服しなければならぬ、ということであった」（『　』は筆者の附加）

人は、こういう人間、こういう精神状態は「詩人の空想」にしか存在しないと思うかも知れない。これも少々言いたくないのだが、戦犯容疑者収容所にいた者には、こういう人間、こういう精神状態は、少しも珍しくなく、すぐ隣に寝ている人間のその状態であった。いまの人にそういう人間の実在性をリアリティをもって感ずることができないなら、ラングーンで韓国の全大統領を爆殺しそこない、自殺もしそこなって逮捕された北朝鮮の工作員の心理状態を、想像してみられればよい。

　この裁判を受けている二人の「冷酷な良心」は自己の中に何の「罪」を認めるであろうか。まずその「失敗を除いては」罪を見出《みいだ》し得まい。ある報道は「ビルマ政府筋によると、犯人の一人が取り調べ中、ビルマ側捜査官に対し、『全斗煥は死んだか』と尋ねたため、捜査官が偽って『重傷を負った』と答えると、犯人は両手を上げて万歳し、『任務を果した』と叫んだという」と伝えている。これが事実なら、彼にとっての最大の屈辱はそれが事実でなかったということ、自らに「罪」ありと認めるなら、そうでなかったことが事実であったという点、それだけであろう。さらにこれにオーウェル的想像を加えればその宣誓に違反したことだ――「あなたは人殺しをする覚悟はできていますか」「はい」「何百人という罪のない人々を殺すような破壊工作を実行する覚悟も？」「はい」「もしわれわれが命令した場合、あなたはいつでも自殺する覚悟がありますか」「はい」――確かに一部は成功したであろう。ラスコーリニコフも老婆を殺すことに成功したように。そして同じように「殺した」ことは罪ではあるまい。全大統領を殺しそこなったことと、自殺に失敗したこと以外に「彼の過去に恐しい罪は何も見出されなかった」であろう。そして生かされ、治療され、裁判の座に引き出される。だがたとえ引き出されても「剃られた頭や足枷」を恥じはしまい。それはこういう「失敗という罪」をおかした者にふさわしいことかも知れぬ。だが「彼の自尊心がはげしく傷つけられ」、この「失敗という罪」を自ら罰することができたら「ああ、自分で自分を罰することができたら、彼はどれほど幸福だったろう！　そうしたら彼は恥辱であろうと屈辱であろうと、どんなことにでも堪《た》えられたにちがいない！」であろう。現実に世界で、現に目の前で起っているであろうこの状態は、決して読者にとって想像不可能な状態ではあるまい。ラスコーリニコフの状態は大体そういった状態だと想像しても、そう大きな誤りはあるまい。ただおそらく想像不可能なことは、こういう人間がムイシュキンになり得るということなのだ。それが起ったのがシベリヤであった。

だが「作者の筆は、『罪と罰』の終編に至つて、突然精彩を失つてゐる。併《しか》し、人間の可能性の極限まで描き進んだ筆が一体どんな色彩に堪へるのか。色褪《いろあ》せた風景は彼自ら望んだものであつた。ドストエフスキイは最初からラスコオリニコフを罪を犯す資格を失つてゐる人間として描いて来た。最後に罰せられる資格のないラスコオリニコフの姿に僕等が接したとて驚くに足らぬ」（「白痴」についてⅠ）

『罪と罰』の終編にこれに似た――あくまでも「似た」だが――批評をした人は決して少なくない。否《いな》むしろ定説かも知れぬ。「あんなものは無い方がいいのだ、あすこで急に、月並なお説教みたいになってしまうのは全く興ざめだ」私にそう言った本職ロシア文学者もいた。だが、それはドストエフスキーが筆力を失ったということではあるまい。小林秀雄の言う通り「色褪せた風景は彼自ら望んだものであつた」。ニーチェが言うように、また別の意味で小林秀雄も言っているように、聖書の「復活」の描写にも同じこととがいえる。ここは、パウロ的表現を使えばラスコーリニコフが「己が罪に死に」ムイシユキンへと「復活」する場である。そんなことはあり得ないと思うなら、ニーチェのように「嘘《うそ》は小さい声でしか言へなかつた」と見てもよいし、前記のロシア文学者のように「月並なお説教」で「興ざめだ」と言ってもよいであろう。そういう平凡な見方に私は興味がない。

問題はそんなところにはない。ここで「色褪せた風景は……」につづいて小林秀雄は「ドストエフスキイは最初からラスコオリニコフを罪を犯す資格を失つてゐる人間として描いて来た」と記している。聖書を熟読された読者は、ここで使徒パウロを連想されるであろう――あの「回心」前のパウロを。そして小林秀雄がなぜ「『罪と罰』についてII」を「すべて信仰によらぬことは罪なり」というパウロの「ローマ人への手紙」で終えているか、その理由に気づかれるであろう。本稿はこれだけ指摘して終ってよいのかも知れぬ。このあとつづければ、それはまことに「色褪せた」解説になるかも知れぬ。だが、それを覚悟してつづけないと、『悪霊』や『カラマアゾフの兄弟』への道が開けぬであろう。少し「解説」をつづけよう。

小林秀雄への世の中の評価を私は殆《ほとん》ど知らない。ただ「小林秀雄大もの説を嗤《わら》う」といった本が出ているから参考までに読んでみないかと言われたし、彼が「虚無的……」であるとか、ないとかの論争があったことも聞いた。「嗤う」も「虚無」も「論争」も私にはどうでもいいのだが、小林秀雄がどれだけ徹底的に旧新約聖書を読んだか、といったような研究があれば、一度、読んでみたいという気がする。彼は大変な「聖書読み」であったに相違ない。たとえば前に引用した彼の文章の中に「エホバの言葉、我心にありて、火のわが骨の中に閉ぢこもりて燃ゆるが如《ごと》くなれば……」「天よきけ、地よ耳をかたぶけよ」「静かなる細微《ほそ》き声」「賢者なんぞ愚者に勝るところあらんや」が聖書のどこからの引用でだれの言葉か即座にいえる人は決して多くないであろう。細かい点は略すが、最初がエレミヤ、二番目がイザヤ、三番目がエリヤ、四番目がコーヘレスだが、その選択は預言者なるものの特色と知恵文学なるものの特色を実によくつかんでいる証拠といわねばなるまい。ドストエフスキーが、ラスコーリニコフの背後に、パウロとその回心を頭に描いていたとて不思議ではないが、引用の仕方を見ると小林秀雄も明らかにこの点をつかんでいる。それでいて二人はともにパウロに触れようとしない。

そこで私は、少々無遠慮に触れてみよう。だがこれが非常に危険で、誤解を招くことも事実なのだ。パウロは決してラスコーリニコフではない。ある点では全く反対の人間である。だが、危険も誤解も一向にかまわないことにしよう。まず徹底したプシュキコン人間は「罪を犯す資格を失っている人間」だということである。これはソーニャの「あなたにはそんな資格がありません」に通ずる言葉だが、これは「回心前」のパウロにも通ずる。彼もまた「神の前に全き者」すなわち「罪を犯す資格」を失った人間であった。またこれはオーウェル的人間にも似ているが、オーウェル的世界にはその「資格」をもつ「落ちこぼれ」もあり得るから、この類比も危険なのだが、「最も良心的な個人全体主義」は、「落ちこぼれ」になるはずはない。従ってこの「最も良心的な個人全体主義者」が彼のプシュキコンを「神の律法」に預託した場合、その人間は完全に「神の律法の前に罪を犯す資格」を失うであろう。こういう人間は徹底した「自問自答人間」であり、ソーニャの言葉によれば「悪魔」すなわち自己のプシュキコンを預託した対象との間の問答しかあり得ない。そしてパウロの違う点は預託されたプシュキコンが「律法《トーラー》を完全に実施している自己」であり、従ってそれは「神」であったことだ。彼がこの自問自答によって、律法《トーラー》を無視する人間をしらみのように殺し得ても不思議ではない。それは世に害毒を流す金貸しの老婆以上のしらみ、いわば「神」を否定し無視するしらみだからであり、これはプシュキコンによって、いわば「良心と理性の座」によって「人が人を殺しうる」代表的な古典的な典型である。

　まずステパノが殺される。だがこれにはパウロは手を下していない。ただ弾劾《だんがい》する者が「ステパノを町より逐《お》いいだし、石にて撃てり。証人らその衣をサウロ（＝パウロ）という若者の足下に置けり……サウロ彼の殺さるるを可《よ》しとせり」これを契機に迫害が起る。すると「サウロは主の弟子たちに対して、なお恐喝と殺害との気を充《み》たし、大祭司にいたりて、ダマスコの諸会堂への添書《そえふみ》を請《こ》う。この道の者を見出さば、男女にかかわらず縛りてエルサレムに曳《ひ》かんためなり。往《ゆ》きてダマスコに近づきたるとき、たちまち天より光いでて、彼を環《めぐ》り照したれば、かれ地に倒れて『サウロ、サウロ、何ぞ我を迫害するか』という声を聞く。彼はいう『主よ、なんじは誰ぞ』答えたもう『われは汝《なんじ》が迫害するイエスなり。起きて町に入れ、さらば汝なすべき事を告げらるべし』。同行の人々、物言うこと能《あた》わずして立ちたりしが、声は聞けども誰をも見ざりき。サウロ地より起きて目をあけたれど何も見えざれば、人その手をひきてダマスコに導きしに、三日のあいだ見えず、また飲食《のみくい》せざりき」(使徒行伝九章一節―九節)

有名な「ダマスコ城外の回心」の記録で、この物語は「使徒行伝」に三回出てくる。だが記されている内容はただこれだけであって、『罪と罰』の終編より色褪せている。さらに不思議なことにパウロの書簡には、それを思わす記述はあっても、この事件そのものは記されていない。彼も自らの体験を一人称で自ら記すことはなかった。使徒行伝の筆者は彼の助手ともいうべきルカ、最後には共にローマに護送されて行ったあのルカである。三回記しているということは、これを語るパウロの印象が強烈であったことを示しているが、記述の内容そのものは、上記の範囲を出ない簡単なものだと言ってよい。

パウロは自ら、自分には「肉体の刺《とげ》」(コリント人への第二の手紙一二章七節)があると言っている。この「刺」すなわち「病気」が何であったかは病蹟学的に関心をもたれ、「パウロ癲癇《てんかん》説」は、ある程度〝定説〟になっている。エゼキエル、パウロ、ドストエフスキー、ゴッホ、これらの人々には確かにある種の一種病的な共通点はあるが、この点に決定的要因を置くのは間違いであろう。北条民雄《ほうじょう》は自分の作品を「癩《らい》文学」といわれるのを拒否し、そんなことをいえば「ドストエフスキーは癩文学、夏目漱石《そうせき》は胃文学か」という意味のことを日記に書いているが、確かに「エゼキエルは癩病預言、パウロは癲癇宗教、ドストエフスキーは癲癇文学、ゴッホは癲癇絵画」と言ったところで何の意味ももたない。

「……病的な神経を持つてゐたからと言つて病的な人柄だつたといふ事にはならない、まして病的な作家だといふ事にはならない。彼は実生活に於《お》いてこそ自分の病的な諸性質の為《ため》にいろいろ失敗を演じたが、作品の上でこれが為に失敗を演じてゐやしない。彼の制作苦心談は、みな鋭敏過剰で手に余る神経をいかに忍耐し統御し駆馳《くち》したかを語るものだ。彼の文学のうちに病者だからこそ観察する事の出来た観察などを読み取つてゐたのでは、彼の文学を理解することは出来ぬ。さういふ消極的な見方を捨てて彼の作品に対したなら、自分の病的感覚を自在に駆馳する、彼の異常な意志がはつきり見えるだらう」（ドストエフスキイの時代感覚）

まさに小林秀雄の言う通りであり、それもまた「病者の光学（見地）から」見てということであろう。だが同時に彼が「自在に駆馳する」病的感覚なるもの、同時に、「強烈な意志」でそれを駆馳するところに、パウロのそれと一脈相通ずるものがあることもまた事実である。従つて先に引用した使徒行伝の記述とパウロ書簡のある部分には、ドストエフスキーにおける発作やある種の高揚、その後の静けさを連想させるものがあることは事実である。

「……私は、絶えず何かを期待して生きてゐます。今は未《いま》だ身体の調子がよくないが、やがて、いや、直《す》ぐにも、何か決定的な事が起るに違ひないと感じてゐる。生涯の危機に近附いてゐる、何か来《きた》るべきものに向つて熟してゐる、何か静かな、光るものに向つて、何か恐ろしいものに向つて。いづれにせよ、避けられぬ何ものかが差迫つて来てゐるのを感じてゐます」（フォンヴィジン夫人への手紙。「白痴」についてⅡ）

「『不意に脳髄が、パッと焰《ほのほ》でも上げるやうに活動し、ありとあらゆる生の力が、一時に、もの凄《すご》い勢ひで緊張する。生の直覚や自己意識は、殆ど十倍の力を増して来る。これは、ほんの一瞬間の事で、忽《たちま》ち稲妻の様に過ぎ去つて了《しま》ふのだが、その間、智慧《ちゑ》と情緒とは、異常な光で照らされ、憤激も疑惑も不安も、すべて諧調《かいてう》に満ちた歓喜と希望の溢《あふ》れる神聖な平穏境に、忽如《こつじよ》として溶け込んで了ふ』とムイシュキンは語る。ムイシュキンを当惑させたのは、この経験の異常な鮮明さであつた。その時は勿論《もちろん》、後になつて冷静に反省してみても、その裡《うち》に、何等曖昧《あいまい》なものも、病的なものも認められず、それは、たゞ『自己意識の異常な緊張、自己意識であると同時に、最高の程度に於ける直截端的な自己直観』であるとしか考へ様がなく、この一瞬間を評価するとすれば、『この

一瞬間の為には一生を投げ出しても惜しくない』と思はざるを得ない、さういふ点であつた」(「白痴」についてⅡ、傍点筆者)

こういう記述を拾い出そうとすれば、ドストエフスキーの作品の中にいくらでもあるし、エゼキエルの描写ときわめてよく似た描写も出てくる。さらにそれらを頭に置いてパウロ書簡を読めば、その一種異様な高揚とそれにつづく不思議なほど冷静な文体に同じことを感じざるを得ない。パウロ書簡の文体のもつ一種の異様さ、それは時々、興奮のためか主語がわからなくなり、時には論旨の幹からとんでもない太い枝が出て、あらぬ方向にずんずん伸びてこれが幹になってしまうような場合があるが、多くの場合、これは「口述筆記」のためであったとされる。だが単にそれだけのためではあるまい。当時、「書記に口述する」のは、今の、「タイピストにタイプを打たせる」くらい普通のことであったから——。だが本稿でその細部について記す気はない。ただ、もう一つ記しておけば、ダマスコで光に打たれてイエスの声を聞いたあとのパウロもまた実に「希望の溢れる神聖な平穏境」に落ち込んでしまうのである。彼はまことに、不思議なほど平静に、イエスの使徒として行動しはじめる。「死人の家」で徹底的に聖書を読んでドストエフスキーが、以上のような記述を残した以上、パウロに無関心であったことはあり得ない、ということだけを指摘しておこう。

ではパウロが「回心」して、しらみの使徒になったとは、どういうことなのか。それはラスコーリニコフが、自ら殺したリザヴェータの使徒になるような奇妙な事件であり、それはまた、ラスコーリニコフがムイシュキンになるような奇妙な事件だと言ってよいであろう。ごく普通にパウロの書簡を読んでみればいい、言っていることはムイシュキンの言葉のように支離滅裂である。ほんの一例をあげよう。「律法は『霊的なもの《プネウマティコス》』であることを知っている」「死のとげは罪である。罪の力は律法である」「律法が入り込んで来たのは罪過の増し加わるためである」「律法は罪なのか、断じてそうではない」「私は、内なる人としては神の律法を喜んでいるが、私の肢体には別の律法があって、わたしの心の法則に対して戦いをいどみ、そして、肢体に存在する罪の法則の中に、私をとりこにしているのを見る」パウロの全書簡の中から「律法《トーラー》」について言っていることを抽《ひ》き出して並べれば、その矛盾撞着《どうちゃく》に人は啞然《あぜん》とするか、何かの「神学」でこれを解釈する以外に方法がなくなる。しかしドストエフスキーには、そんなことは何の興味もなかったであろう。ドストエフスキーは、神の律法を完全に行う人間、自称「ヘブル人の中のヘブル人」、もっとも熱心なパリサイ派であると称する人間は、律法を行う自己のプシュキコンを絶対化し、それを預託した対象を「神」と呼び、その中で自問自答のみを行う「最も良心的な個人全体主義」人間であることを知っていた。そしてそれを喜べば喜ぶほど、それが別な法則となって自己を拘束していくことも知っていた。その状態は、外部から来た「何か」がこれをぶちこわさない限り、崩れない。そのとき彼ははじめて、「罪を行う資格のない人間」であることが「最大の罪」なのだということを知る。このことを知ればパウロの書簡は、それをありのままに語っていることが、だれの目にも明らかであろう。そして小林秀雄はそれを知っていた。知っていたが故《ゆえ》に『罪と罰』について II」の末尾は「すべて信仰によらぬことは罪なり」と「ローマ人への手紙」の言葉で終っているわけであろう。

だが問題はそこにはない。この外部からの破壊、いわば「神からの風」による破壊を彼がどう見たかという点にある。というのはそこが、光学機械を据えるプネウマティコンの座標だからである。ではここで、『罪と罰』の「色褪せた」終編、すなわち「復活」の記述と、それに対する小林秀雄の記述を、少々長いが次に引用しよう。

「……また明るいあたたかい日だった。早朝六時頃、彼は河岸の作業場に出かけた。そこの小舎には雪花石膏《せっかせっこう》を焼くかまどがあって、それを焼くのが彼らの作業だった。……ラスコーリニコフは小舎から河岸に出て、小舎のそばに積んである丸太に腰を下ろし、荒涼とした大河の流れをながめはじめた。高い岸からは周囲の広々とした眺望がひらけていた。遠い向う岸から歌声がかすかに流れてきた。その向うには、あふれるほどに陽光をあびたはてしない曠野《こうや》に、見えないほどの黒い点々となって遊牧民の天幕がちらばっていた。そこには自由があった。そしてこちらとはぜんぜんちがう別な人々が住んでいた。そこでは時間そのものが停止して、まるでアブラハムとその畜群の時代がまだ過ぎていないようであった。ラスコーリニコフは腰を下ろしたまま、目をはなさずに、じっとながめていた。彼の想念は幻想へ、そして観照へと移っていった。彼は何も考えなかったが、何ものとも知れぬ憂愁が彼の心を波立て、苦しめるのだった。

「罪と罰」のどこを探しても、こういった描写はないであろう。ドストエフスキーとは思えない、静かな風景描写である。

「不意に彼のそばにソーニャがあらわれた。彼女は足音を殺してそっと近よると、彼のよこに腰を下ろした。まだひじょうに早く、朝の冷たさがまだやわらいでいなかった。……彼女は愛想《あいそ》よく嬉《うれ》しそうに、にっこり彼に微笑《ほほえみ》かけたが、いつもの癖で、おずおずと手を差しのべた。

彼女はいつも彼におずおずと手をさしのべた。ときには払いのけられるのではないかとおそれるように、ぜんぜん手を出さないことさえあった。彼はいつもさも嫌そうにその手をとり、いつも怒《おこ》ったような顔をして彼女を迎え、どうかすると、会ってもはじめから終りまでかたくなに黙りこんでいることもあった。彼女はすっかり彼におびえて、深い悲しみにしずみながらもどって行ったことも、何度かあった。しかしいまは二人の手は解けなかった。彼はちらと素早く彼女を見ると、何も言わないで、俯《うつむ》いてしまった。彼らは二人きりだった。誰も見ている者はなかった。看守はそのとき向うをむいていた。

どうしてそうなったか、彼は自分でもわからなかったが、不意に何ものかにつかまれて、彼女の足もとへ突きとばされたような気がした。彼は泣きながら、彼女の膝《ひざ》を抱きしめていた。最初の瞬間、彼女はびっくりしてしまって、顔が真《ま》っ蒼《さお》になった。彼女はぱっと立ち上がって、ぶるぶるふるえながら、彼を見つめた。だがすぐに、一瞬にして、彼女はすべてをさとった。彼女の両眼にははかり知れぬ幸福が輝きはじめた。彼が愛していることを、無限に彼女を愛していることを、そして、ついに、そのときが来たことを、彼女はさとった、もう疑う余地はなかった……」(傍点筆者)

一体、何が起ったのであろう。小林秀雄は次のように記している。

「ラスコオリニコフは、労役の合ひ間、丸太の上に腰を下し、荒寥《くわうれう》とした大河を隔て、遥《はる》か彼方《かなた》に拡《ひろが》る草原を眺める。太陽は漲《みなぎ》り、遊牧民の天幕が点在してゐて、かすかな歌声が聞えて来る。『そこでは、時そのものが歩みを止めて、さながらアブラハムとその牧群の時代が、未《いま》だ過ぎ去つてゐない様であつた』。併《しか》し、自然は、ラスコオリニコフの精神を静める様な神話を語つてはくれない。彼は苦しい黙想に沈む。彼の心に何が起つたか、作者は書いてゐない、もはや書く術《すべ》がないところまで主人公を引張つて来て了つた。ラスコオリニコフの心の中で、彼の夢が反響する様に、今は、読者の心の中で、ラスコオリニコフといふ作者の夢が反響する時である。時が歩みを止め、ラスコオリニコフとその犯罪の時は未だ過ぎ去つてはゐないのを、僕は確める。そこに一つの眼が現れて、僕の心を差し覗《のぞ》く。突如として、僕は、ラスコオリニコフといふ人生のあれこれの立場を悉《ことごと》く紛失した人間が、さういふ一切の人間的な立場の不徹底、曖昧、不安を、とうの昔に見抜いて了つたあるもう一つの眼に見据ゑられてゐる光景を見る。言はば光源と映像とを同時に見る様な一種の感覚を経験するのである。ラスコオリニコフは、独力で生きてゐるのではない、作者の徹底的な人間批判の力によつて生きてゐる。単にラスコオリニコフといふ一人の風変りな青年が、選ばれたのではない。僕等を十重《とへ》廿重《はたへ》に取巻いてゐる観念の諸形態を、原理的に否定しようとする或《あ》る危険な何ものかが僕等の奥深い内部に必ずあるのであり、その事がまさに僕等が生きてゐる真の意味であり、状態である、さういふ作者の洞察力に堪《た》へる為に、この憐《あは》れな主人公は、異様な忍耐を必要としてゐるのである。……ラスコオリニコフは、監獄に入れられたから孤独でもなく、人を殺したから不安なのでもない。この影は、一切の人間的なものの孤立と不安を語る異様な（これこそ真に異様である）背光を背負つてゐる。見える人には見えるであらう。そして、これを見て了つた人は、もはや『罪と罰』といふ表題から逃れる事は出来ないであらう。作者は、この表題については、一と言も語りはしなかつた。併し、聞えるものには聞えるであらう、『すべて信仰によらぬことは罪なり』（ロマ書）と」（傍点筆者）

「……そこに一つの眼が現れて、僕の心を差し覗く。突如として、僕は、ラスコオリニコフといふ人生のあれこれの立場を悉く紛失した人間が、さういふ一切の人間的な立場の不徹底、曖昧、不安を、とうの昔に見抜いて了つたあるもう一つの眼に見据ゑられてゐる光景を見る」この目はどんな「眼」であろうか。その目は彼の外部から彼を見つめて、強い力で彼に作用している一種のプネウマティコン「復活した者の目」であり、その作用は、「最高の程度に於ける直截《ちよくせつ》端的な自己直観」でもあるであろう。それは確かに、プシュキコンのみともいうべき「個人全体主義的人間」を破壊し、同時に、彼の立場なるものが、不徹底で曖昧で不安なフィクションにすぎなかったことを、否応《いやおう》なく彼に思い知らせるであろう。そしてそれに対応するもの「僕等を十重廿重に取巻いてゐる観念の諸形態を、原理的に否定しようとする或る危険な何ものかが僕等の奥深い内部に必ずあるのであり、その事がまさに僕等が生きてゐる真の意味であり、状態である」のであろう。この小林秀雄の言葉は納得できる。

だが問題はその「眼」である。その「眼」は小林秀雄がそれに「見据ゑられ」「たうとうその前にしやがみ込んで了つた」あのゴッホの「麦畠《むぎばたけ》」からの眼であろうか。あの「眼」も確かに外部から彼を見据えた。それは「神からの風」のように彼を動かし、予期せざる仕事をさせ、新しい世界を開いた。そして小林秀雄にとって「分る」ということは、「全く別種の認識」を得て「新しい世界が新たに開かれるやうなもの」であったはずだ。そうであれば彼は、この「眼」を、プネウマティコンの座標としたはずである。では「『罪と罰』についてII」の「眼」と「ゴッホ」の「眼」は同じなのであろうか。同じでなければどういう関係にあるのであろうか。小林秀雄はそれを pneumatology

すなわち彼の把握によれば「形而上学的心理《けいじじやう》」で説こうとしたのであろうか。そうではあるまい。「評家は猟人に似てゐて、なるたけ早く鮮やかに獲物《えもの》を仕止めたいといふ欲望にかられるものである。ドストエフスキイも、夥《おびただ》しい評家の群れに取巻かれ、各種各様に仕止められた。その多様さは、殆《ほとん》ど類例がない。読んでみて、それぞれ興味もあり有益でもあつたが、様々な解釈が累々《るいるい》と重なり合ふところ、あたかも様々な色彩が重なり合ひ、それぞれの色彩が、互に他の色彩の余色となつて色を消し合ふが如《ごと》く、遂《つひ》に一条の白色光線が現れ、その中に原作が元のまゝの姿で浮び上つて来る驚きをどう仕様もない」と書いた小林秀雄が、そんな単純なことを考えていたはずはない。「形而上学的心理」という言葉は一つのヒントに過ぎなかったのかもしれぬ。

ということは小林秀雄に、何が故に人びとはドストエフスキーという「獲物」を仕止め得ないのか、その理由がわからなかったということではない。彼はこの「獲物」をあらゆる面から追究した。どのような方向から追究したかは彼の「ドストエフスキイの生活」と「作品」から明らかであり、追究したものは追究し切っており、従ってわれわれに理解できる。もちろんそれに納得するか反対するかは各人の自由だが、反対できるのもまた彼がそれを「つかんでゐる」からにほかならない。だが私は、彼が「つかみ切つてゐる」ものを納得することも、またそれに反論することも、したいとは思わない。彼がそう理解したということを知ればそれでよい。彼が「全く別種の認識」を得て開いた

「新しい世界」、それが明確ならそれでよいのである。

だがしかし、何かがつかみ切れていない、そしてそのことを小林秀雄自身がよく知っていた。それはドストエフスキーが作用され、さらに、作用されたことによって人に作用する「神からの霊《プネウマティコン》（風）」の実体である。ゴッホの「眼」は明確にわれわれを「分る」ということに導いていく。しかし「罪と罰」の終編の「眼」は、われわれを「分る」という状態に導いてはくれない。ドストエフスキーのもつ、人を法悦状態にしてしまう不思議な能力、これもおそらく、「神からの風」が彼に作用し、それが人々に作用していくからであろうが、またその時彼を見た「眼」またそれによって彼が人々を見た「眼」はおそらく「罪と罰」の終編に小林秀雄が記した「眼」であったのであろうが、小林秀雄によって、それが何であるかが明確になり、「全く別種の認識」を得て「新しい世界」がわれわれの眼前に開かれてくるわけではない。

ドストエフスキーの晩年の〝事件〟はプーシキンの銅像除幕式における演説である。その演説の「お終《しま》ひに僕が人類の世界的統一を叫んだ時、満場の聴衆は皆もうヒステリイの様であつた。演説が終つた時の昂奮《かうふん》した人々の絶叫をどう話していゝか分らない。知らない聴衆同士が相抱いて啜《すす》り泣き、お互にこれからよい人間に成らう、人々を憎まず愛する事にしよう、と誓ふのであつた。席などはもう滅茶々々で、皆どつと演壇に押し寄せた。貴婦人も学生も役人も学生も（ドストエフスキイは余程逆上して書いてゐる。）みんな僕を抱いて接吻《せっぷん》した、みんな、文字通りみんな嬉し泣きに泣いてゐた。三十分も彼等は僕の名を呼びハンケチを振り続けた。……」（一八八〇、六月八日　モスクヴァより妻宛《あて》。ドストエフスキイの生活）。この文章はまだまだつづく。二十年も喧嘩《けんか》し合っていたものが抱き合って和解し、絶交状態のツルゲーネフは飛んで来て泣きながらドストエフスキーの手を握り、預言者、預言者、天才だ、天才以上だという叫びが起る。アクサアコフは壇上に飛びあがり、これは歴史的事件でドストエフスキーの言葉は暗雲を吹きとばし、すべては明るい光を受け、四海同胞が始ろうという。いよいよ烈《はげ》しくなる抱擁とすすり泣き、ヒステリーを起して泣きながら床に倒れて気絶する者……。全員が彼の言葉で法悦状態になってしまう。

ここを読んだのはもう三十年の昔になるが、このとき私は、それまで「つまらない宗教的伝説」のように思っていた「使徒行伝」の「五旬節《ペンテコステ》」のあの記述を、確かに歴史的な事件だったのだな、と思わざるを得なかった。

ところが活字になって新聞・雑誌の記事になると、すぐさま批判と攻撃の対象になる。その記述を読むと、それはちょうど、活字になった聖書の前記の「五旬節《ペンテコステ》」の記述を読んで私が感じたと同じようなことを、人びとは感じたらしいのだ。それを読んでドストエフスキーは怒る。「僕のモスクヴァの講演に就いて、殆ど凡《すべ》ての新聞雑誌が、どんなに僕をひどい目に会はせたか貴方《あなた》は御存知だ。まるで僕が銀行で泥棒を働いたとか、詐《さ》欺《ぎ》をやつたとか、偽造をやつたとか思つてゐるらしい……」(八月廿六日、O・F・ミラア宛。ドストエフスキイの生活)。前述の「五旬節《ペンテコステ》」の記事だけでなく、聖書のある種の記事を読むと人びとは同じように感じるらしい。だがこれが初代教会時代に多くの信徒を獲得したことは否定できないし、同時に、ドストエフスキーのこの能力が、全世界に多くの読者を得、多くの影響を与え、死後百年たっても変らざる新鮮さをもつ、もっとも聖書も三千年から二千年たっても同じ力と新鮮さをもっているが、これが一体、何なのか。この点からさらにドストエフスキーを究明すれば、これへの「全く別種の認識」を得て「新しい世界」がわれわれの眼前に開かれるであろうか。今までのところでは、まだこれは達成されていないが、さらに読み進めば、小林秀雄はそれを可能にしてくれるか、可能にしてくれないまでもそのための何か「考へるヒント」を与えてくれるであろうか。

それを知るには、なおも執拗《しつよう》につづけられる彼の「ドストエフスキー探索」の軌跡をもう少したどらねばならない。

# 四　小林秀雄と『悪霊』の世界

「まてよ、こりゃ『悪霊』の日本版かな」

新聞か週刊誌か忘れた、いや読んだ記事の内容ももう正確には覚えていない。ただ浅間山荘事件の連合赤軍が、まず、裏切りそうな同志を一人殺して沼（?）に沈めたという記事の上を目が走ったときの、一瞬の連想である。「確かあのときはまずスタヴローギンが笑うんだったな……」そんなことを思いつつ私は『悪霊』を開いた。「……スタヴローギンはからからと笑った。『いや、それよりもっといい話を聞かせますよ。きみはいま、サークルがどういう力から成り立っているか、指折りかぞえてみせましたね。その官僚制とかセンチメンタリズムとかは、たしかに立派な糊《のり》にはちがいないけれど、もっといいものが一つある。つまり、サークルの四人のメンバーをそそのかして、あとの一人のメンバーを、密告の恐れがあるとかなんとか言って、殺させるんです。そうすればきみはたちまち、その流された血によって、一つ絆《きずな》で結んだようにあとの四人を固く結束させられる。きみの奴隷《どれい》になりきって、謀反《むほん》を起すどころか、説明を求めることもしなくなりますよ。は、は、は！』」（江川卓訳、新潮社版）

同じことが起ったのだろうか。それで彼らは永田洋子の奴隷になりきって、命じられるままに「総括」しつづけたのであろうか。では、あの「文学カドリール」とやらが「浅間山荘事件」だったのか。確かに小説はこれがゴールのように進んでいったし、「一億がテレビに釘《くぎ》づけ」されたのが「ゴール」なら、似た現象かも知れない。だが、まてよ、『悪霊』は順序が逆だったかな。そんなことを何となく思ったのも、『悪霊』という小説の印象が大分うすれていたからであろう。というのは私がこの小説を読んだのは戦前で確か昭和十五年ごろであったし、当時の私には何となく失敗作のように思えて、余り熱心に読まなかったからである。それが並の読者であろう。ドストエフスキーの研究家ならともかく、普通の「小説読み」にとって、『悪霊』は決して、「面白いから読んでごらんよ」と薦められる作品ではない。

　大体、私のような一般読者にとっては、ロシア文学に登場する「ステパン・トロフィーモヴィチ・ヴェルホヴェーンスキー」などという長ったらしい名前を、十数人覚え、その相互関係と役割を頭に入れておくのはわずらわしい。もっともこれが、主人公の明確な場合は余り苦にならない。『罪と罰』なら「ラスコーリニコフ」だけを覚えてこれを追って行けばよい。だが『悪霊』はこうはいかない。スタヴローギンが主人公だと言えば、確かにその通りだが、それはラスコーリニコフが主人公だという意味での主人公ではない。この作の真の主人公はおそらく悪霊であり、さまざまな人物はその悪霊に動かされているにすぎず、その動きを通じて悪霊が浮びあがってくる。こう見ると、この作品は典型的な黙示文学《アポカリプシス》であり、「被いを取る《アポ・カリュプシス》」と、主人公の正体が見えてくる。「目ある者は見るべし」なのだろうが、そう思って読んでも、以上の不透明さ、煩雑《はんざつ》さは消えない。これは、ドストエフスキーが決して、黙示を明確に意識して、そのような構成のもとに、この作品を書いたのではなく、うまく書けずに、書いたり消したりしているうちに、さまざまな人物が勝手に飛び込んで来て、そうなってしまったからであろう。まことに天才とは不思議な存在だが、これが、研究家でない普通の読者には「躓《つまず》き」になる。

小林秀雄は「……不注意な読者の眼にも、G或《あるい》はアントン・ラヴレンチッチと呼ばれるこの作品の語り手『わたくし』なる男が物語の進行につれて曖昧《あいまい》になつて行く様は逃れぬ筈《はず》だ」(「悪霊」について。以下同じ)と記している。これはだれでも気づく。全く、一人称で書きはじめた小説がいつの間にか三人称になってまた一人称になる〝傑作〟は、世界の文学史上、この作品以外にあるまい。さらに「『悪霊』といふ壮大な道化芝居で、ぼろを出さずに道化の役を為果《しおほ》せてゐるのは、端役《はやく》に限る」のであって、主要人物は、完全に「書けている」とは言いがたい。トルストイなら、もちろんこういう作品を文学とは認めなかったであろうし、またこれが普通の作家の作品なら、わが国のさまざまな文学賞の選考委員も、以上の二点で、この作を落第とし、「徒《いたず》らに冗長、構成がメチャメチャで、人物が少しも書けていない」がその「選評」であろう。スタヴローギンは勝手に飛び込んで来た。「そこでこの作品には、二つのプランが交錯する事となり、スタヴロオギンの出現は、作のコンポジションを目茶々々にして了《しま》つた」からである。それだけではない、否《いな》むしろそのためであろう、「……殺させるんです。そうすれば……その流された血によって……」という言葉に余りリアリティは感じられなかったし、その実行でも「役者は見事に失敗して」いて、ラスコーリニコフの老婆《ろうば》殺害のような迫真性は感じられず、何となく「作り話」のような気がする。だがそれでいて、忘れがたい何かがあったのであろう。「連合赤軍事件」ですぐ『悪霊』を連想したのも、そのためだったかもしれぬ。

何やら似た事件が起ると、それまで架空の「作り話」のように感じていたものが、不意に現実味をおびてくる。平凡な読者とはそう言ったものかも知れぬ。私には「ネチャーエフ事件」—『悪霊』—「連合赤軍事件」が何らかの関連性あるものに見えてきた。次にまず『悪霊』の「解題」にある訳者江川卓氏のネチャーエフ事件の解説を引用させていただく。

「……『悪霊』執筆の直接の動機となったのは、一八六九年十一月二十一日（新暦十二月三日）に起ったいわゆる《ネチャーエフ事件》だった。この事件についての新聞の第一報は、モスクワのラズモフスキー公園の奥にある池の中で、ペトロフスカヤ農業大学の学生イワーノフの惨殺《ざんさつ》体が発見されたことを報じていた。死体は頭部をピストルで貫通されたうえ、煉瓦《れんが》をくくりつけて池に投げこまれていたが、何かのはずみで浮きあがったらしく、氷の下に張りついているところが透けて見えたということだった。当時ドレスデンにあったドストエフスキーにとっては、この第一報がすでにショックだった。

たまたまその一か月ほど前に、アンナ夫人の弟で、同じ農業大学の学生であったイワン・スニートキンがドレスデンを訪ねてきて、ロシアの学生たちの動向、とりわけ殺されたイワーノフのことを話していったばかりだったからである（もっとも、アンナ夫人の回想録に記されているこの話については、その信憑《しんぴょう》性を疑問視する声もないではない）。

年が明けると、この殺人が個人的な動機によるものではなく、政治的なリンチ事件であることが明らかになり、同時に事件の首謀者として、伝説的な青年革命家セルゲイ・ネチャーエフ（一八四七―八二）の名が大きく浮びあがってきた。異常な組織能力と非凡な行動力に恵まれ、しかも革命のためには嘘《うそ》をつき、権謀術数を弄《ろう》することも当然視していた狂信的革命家ネチャーエフは、その年の春、スイスのジュネーヴに亡命していた世界革命運動の大立物ミハイル・バクーニン（一八一四―七六）と親密になり、彼から《世界革命連合ロシア支部》のお墨付きをもらっていた。そして、一八七〇年二月十九日までにロシアに大暴動を起して専制国家を覆滅せよという、いわゆる《ジュネーヴ指令》をたずさえてモスクワに姿を現わした。彼は、またたく間に農業大学の学生の間に、この作品にもその名が出てくる《五人組》を組織することに成功し、これを《人民制裁》委員会、別名《斧《おの》の会》と名づけ、ロシア全土に支部をもつ厖《ぼう》大《だい》な組織の一環であるとメンバーに信じこませた。ところが、メンバーの一人であった学生イワーノフがこの嘘を見破ったらしく、冒険主義的な行動方針にも反対したために、ネチャーエフは他のメンバーを説得して、『密告の恐れがある』とイワーノフを謀殺した」

『悪霊』はこの事件を材料としているのであって、この事件を記しているのではない。そして革命への空想性とその行動の奇怪さは、『悪霊』の方が誇張されている。だが連合赤軍事件はこの誇張をさらに上まわっている。ネチャーエフは確かにバクーニンから指令をもらって来たのであろう。もちろんその指令の内容は空想に満ちたものであろうが、指令をもらったという事実は事実である。だが『悪霊』でネチャーエフの役を演ずるピョートル・ヴェルホヴェーンスキーは、指令をもって来たと人びとに信じ込ませているだけで、そんなものは存在しない。もっとも五人組の積み重ねの上に、現実には存在しない中央委員会なるものがあると人びとに信じ込ませている点では、ネチャーエフと同じである。だが連合赤軍となると、「世界同時革命」などと言っても、そんな勢力があるのやら、その本部がどこにあるのやら、どこから統一行動のための指令が来ているのやら、すべて不明である。さらに「連合」という以上、同じような「五人組」的な単位が日本中にあって連合しているはず、そうであれば、その中央委員会がなければおかしいのだが、そういうことを人びとに信じ込ませるため、永田洋子が何かをしたという形跡もない。だがそれでいて人びとは何かに暗示をかけられたように世界同時革命、遠い国の人民との連帯、さまざまな革命的単位との連合を信じ、行動し、次々に「同志」を「総括」し戦闘をする。これは小林秀雄のいう「無意識の欺瞞《ぎまん》」——「自己欺瞞」を含めて——であり、その状態はドストエフスキーの想像をも越える事件だったかも知れぬ。そしてこれが現実に起ったことを思うと、『悪霊』が確固たる現実への一種異様な洞察に見えてくる。

　ドストエフスキーの最初の意図が、この事件の背後にあるものの究明であったことは明らかである。

「一八七三年、『悪霊』が出版された際、ドストエフスキイは、ポベドノスチェフの手を通じて、アレクサンドル・アレクサンドロヴィッチ（後のアレクサンドル三世）に一本を献じた。最近発見されたその時の書簡から引用する。

『これは先《ま》づ歴史研究と言ふべきもので、ネチャアエフ運動の様な奇怪な現象も、今日の様な不思議な社会では、当然起り得るものだといふ事を説明したいと思つたのです。私見によれば、これは決して孤立した偶然の事件ではなく、ロシヤ人の生活の根源的な独創的な土台と吾々《われわれ》の知的陶冶《たうや》との間の異常な不調和といふものの直接な結果なのです。吾々の擬西欧的文明の最も有能な代弁者達さへ、久しい間、己れの独創性などといふものに想《おも》ひを致すといふ事は、吾々ロシヤ人の罪悪だと思ひ込んでゐました。理窟《りくつ》の上では彼等は決して間違つてゐないといふ処《ところ》が、最も始末に悪いので、つまり、昂然《かうぜん》としてヨオロッパ人と自称する、忽《たちま》ち自称したからにはロシヤ人たる事を止めなければならぬと思ひ込んだ、そこが始末に悪いのです。西欧に比べて、吾々の知性乃至《ないし》学問上の発達が立遅れてゐるといふ事に、いつも脅《おびや》かされ不安を感じてゐる結果、吾々がロシヤ人である限り、又吾々の文明がオリヂナルなものである限り、ロシヤ精神の奥底に、ロシヤ精神の渇望《かつぼう》の裡《うち》に、吾々は、恐らく何等かの新しい光を世界に齎《もたら》す能力を自ら蔵してゐるといふ事を忘れて了つたのです。……

現にかういふ考へを抱き、かういふ考へを表明するといふ事が、そもそも自ら賤民の列に加はる事です。処が又吾々国民の非独創性の最も有能な宣伝者達が、ネチャアエフ事件を一番怖《おそ》れて、自分達の知つた事ではないといふ顔をしてゐるのです。あのベリンスキイとかグラノフスキイとかいふ連中に、君達はネチャアエフ党員の生みの親だと言つた処がとても信じますまい。この親子関係、父から子に発展した思想の不変性こそ、私がこの作品で説明したいと思つたものです。成功といふ処まではとても行きませんでしたが、苦心は致しました』

『悪霊』を読んだ人達は、この作品が右の様な単純なモチフで書かれてゐない事に気が付いてゐる筈だ。無論作者は相手を見てものを言つてゐるのである。併《しか》し、これが『悪霊』を書き始めた際のドストエフスキイに一番はつきりしてゐたモチフであつた事は間違ひないのである」

歴史に「もし」がない以上、文学作品にも「もし」はない。ドストエフスキーがこの最初のモチフで最後まで押して行ったら、どのような作品になったであろうか、などという空想は馬鹿《ばか》げたことかも知れない。しかし、歴史と違って文学作品には、その作品を殺すことを覚悟するなら、手術は可能である。もちろん「手術は完全に成功せり、されど患者は死せり」であろうが、それでも手術が、成功する場合もあるであろう。簡単にいえば『悪霊』からスタヴローギンを切り離し、切れ切れの断片を『スタヴローギンの告白』につなぎあわせて別の作品にしてしまうのだ。出来ないわけはない。前に記した「映画・罪と罰」はスヴィドゥリガイロフがほぼ完全に除かれている。そうしなければすっきりと筋の通った映画にはなるまい。同じように不意に闖入《ちんにゅう》してきて「主人公になると言ってきかぬ人物」スタヴローギンには、しばらく遠慮してもらって、別の作品の主人公になってもらう。こう整理すれば「このノオトから飛び出して割り込んで来た人物」のため「二つのプランが交錯する事」がなくなる。いわばこの二つのプランを別々にしてそれぞれをたどり、次に双方の接点と交点を探って作品に迫る。簡単にいえば、ドストエフスキーがストラーホフに送った手紙の一節「たとへパンフレット（政治文書）を書くに過ぎぬ様な事にならうとも……」という言葉を、故意に字義通りに受取って、その線だけをまず追ってみるという方法はとれる。

「『悪霊』について」を読みはじめたとき、私は、小林秀雄はこのような方法で作品に迫って行こうとしているのだと、空想した。そしてそう空想すると、この二つのプランのうち、冒頭に掲げた「書簡」につづく部分、ステパン・ヴェルホヴェーンスキーからその子ピョートル、そして五人組の結成、シャートフ殺害につづく線をたどる小林秀雄の筆は、決して苦渋を感じさせるものではない。これが「『悪霊』について」の1と2だが、スタヴローギンを取り上げる3と4の筆は、1・2のようには運んでおらず、唐突な（未完）で終る。そしてこの「1・2」と「3・4」の、それぞれの文章から受ける印象は相当に違う。

「未完」は必ずしも「打切り」ではないし、「破綻《はたん》」でもあるまい。小林秀雄の『ドストエフスキイの作品』には（未完）が三編ある。そのうち『『地下室の手記』と『永遠の良人《をつと》』』は完結があり得たであろうし、「カラマアゾフの兄弟」は「そのII」へと発展し得たであろう。だが「『悪霊』について」はそういう感じがしない。『ドストエフスキイの作品』をなぜ完結しないのかという質問に対して、小林秀雄は「キリスト教がわからないから」とも「面倒くさくなっちまったんだなあ」とも答えている。この「わからないから」「面倒くさくなった」という感じを、そのまま感じさせるのが、『『悪霊』について』の（未完）である。しかしこの1・2に関する限り、少しもそのような印象はうけない。とはいえ、小林秀雄はこの1・2の中にもある種の問題を感じていたに相違ない。少しその叙述の跡をたどってみよう。

「ドストエフスキイが『ロシヤ人の生活の根源的な独創的な土台と吾々の知的陶冶との

間の異常な不調和』と解釈した現象が、聡明《そうめい》なツルゲネフの眼を逃れた筈はない。所謂《いはゆる》『ツルゲネフ的タイプ』の最初の一人ルウヂンを書いた時、僕等は既に作者の口から次の様な言葉を聞いてゐる筈だ。『ルウヂンの不幸は彼のロシヤに関する無智《むち》にある。僕等の様な人間がゐなくてもロシヤは結構やつて行く、が、僕等のうち一人だつてロシヤがなければやつて行けない。コスモポリタニズムなどといふものはナンセンスだ。ルウヂンの様なコスモポリタンはゼロだ、いやゼロより悪い。国民性を他にして芸術も真理も生活もありはしない。人相のない処に理想的な顔がある筈がない、あつてもたゞとぼけた面《つら》だ』。だが、こゝには当時のスラヴォフィルのお目出度《めでた》さに対する苦がい笑ひが隠れてゐた。ツルゲネフはロシヤのインテリゲンチャの寄生的知性を決して見損ひはしなかつたが、又、ロシヤ人の生活の独創性などといふものについて何んの信仰も抱く事が出来なかつた。彼はゼロよりも悪いコスモポリタニズムに、ペシミズムといふ彼自身の内容を与へて生涯を終つた」

ドストエフスキーはそれを怒る、というよりむしろこの態度に生理的ともいえる嫌悪《けんお》感《かん》をもつ。彼にとってロシアは決してそのような存在ではなかった。

「ネチャアエフ事件を骨子とする『悪霊』の第一のプランは、筈《むち》を手にして計画された。作者は無論、新時代の悪評を予め《あらかじ》覚悟してゐたのであつて、作品は、この作者のものには珍らしく、奔放なサティイルとパロディイとを経緯として織られたのである。この方法の最も露骨な犠牲者は、ステェパン・トロフィモヴィッチとカルマジイノフだ。前者のモデルはグラノフスキイであり、後者のモデルはツルゲネフである。だが、こゝで重要なのは所謂モデル問題ではない、特に、誰の眼にも明らかなツルゲネフの言行や文体に関する嘲弄《てうろう》的な表現には大した意味はない。彼等に関するサティイルの重点はもつと抽象的な深い処にある。

カルマジイノフといふ名前がカルマジヌイ（暗赤色）から来てゐるのは明らかで、ほんものの所謂『赤』にはなれぬ男といふ寓意《ぐうい》がある、といふ説がある。やゝ穿《うが》ち過ぎた説だが、当時の半西欧化したリベラリストやニヒリスト達に対する曖昧な同情的態度といふものに、ドストエフスキイが殆《ほとん》ど肉体的な嫌悪《けんを》を抱いてゐた事は確かであり、彼が筈をとつたのはまさしくニヒリスト達に対してであつたが、この極端に西欧化した正銘の『赤』の裡に、反《かへ》つて真実なロシヤ的狂熱を看破したといふ微妙な点に、彼の諷刺《ふうし》的観念が掛つてゐる事は間違ひないやうに思はれる。……」

そしてこのステパン氏は、臨終近くなって再び主人公らしくなり、御丁寧にも、作者によって、まずヨハネ黙示録の一節を読ませられる「ラオデキヤに在る教会の使いに書きおくれ。……われ汝《なんじ》の行為《おこない》を知る、汝は冷やかにもあらず熱きにもあらず、われはむしろ汝が冷やかならんか、熱からんかを願う！　かく熱きにもあらず、冷やかにもあらず、ただ微温《ぬる》きがゆえに、われ汝をわが口より吐き出さん……」。一方ドストエフスキーは「熱き」者を「極端に西欧化した正銘の『赤』」の裡に看破した。すなわち「真実なロシヤ的狂熱」である。

なぜそうなるのか。小林秀雄はそれを癲癇《てんかん》の発作に見まわれる直前のムイシュキンに語らせている。

「『僕等は渇《かつ》ゑてゐる、いや、熱病の様な渇望に呑《の》まれてゐると言つた方がいゝ。たゞ笑つて済ませる様な現象があるだけだ、などと思つてはいけない。生意気な事を言ふ様ですが、事を未然に悟らなくてはならぬ。ロシヤ人は岸へ泳ぎついて、これが岸だなと信じると、もう有頂天になつて悦《よろこ》んで了つて、どん詰りまで行かなければ承知しない——ロシヤ人は一つたんカトリックに移る以上、必ずジェズイットになる、それも一番堕落したのを選つて這入《はい》る。一つたん無神論者となつた以上、必ず暴力を以《も》つて、剣を以つて、神に対する信仰の根絶を要求します。これはどういふ訳か。——つまり彼等は此処《ここ》では見落してゐる新しい祖国を発見したと信ずるからだ、……彼等が祖国を信じなくなつたのも、祖国などといふものを今日までてんで見せて貰《もら》つた事がないからです。世界中の何処の国民を見ても、ロシヤ人ほど容易に無神論に走るものはない。而《しか》も僕等はたゞ無神論者になつたでは済されない。無神論をまるで新しい宗教の様に信仰する。而も無を信仰してゐるとは気附かない。僕等の信じようとする渇ゑはそこまで来てゐるのです』

ドストエフスキイがネチャアエフ達に見たものは、このムイシュキンの所謂『根こそぎにされた人々の渇ゑ』であつた。彼等のリアリズムの裏に彼等の空想を見、空想の裏に信じようとする渇ゑを見た、彼の現実観察が形而上《けいじじやう》学的な色を帯びるのはまさしく其《そ》処《こ》である」

祖国喪失、「根こそぎにされた人々」の信仰への渇望は、「無」を、「無きもの」いわば「空白」にさえ実在を信ずることを可能にした。外国からの指令、中央委員会、全国を蔽《おお》う「五人組」、この点では連合赤軍も同じかも知れぬ、世界同時革命、国外との連帯、国内の革命的諸単位との連合。彼らは何の根拠もなく「無いもの」の存在を信じ、そのために命を賭《か》けている。これは一体どうしたことなのだ、だれが彼らを生み出したのか。『悪霊』ではそれが「冷やかにもあらず、熱きにもあらず」のステパン・ヴェルホヴェーンスキーであった。ピョートルは彼の子、スタヴローギンは、家庭教師として、幼少から彼が教え育てた教え子である。では連合赤軍はだれの子なのであろう。「冷やかにもあらず、熱きにもあらず」の進歩的文化人の子であろうか。それはその人たちの顔付によってわかるだろう。

「……吾々国民の非独創性の最も有能な宣伝者達が、ネチャアエフ事件を一番怖れて、自分達の知つた事ではないといふ顔をしてゐるのです。あのベリンスキイとかグラノフスキイとかいふ連中に、君達はネチャアエフ党員の生みの親だと言つた処がとても信じますまい。この親子関係、父から子に発展した思想の不変性こそ、私がこの作品で説明したい……」。ドストエフスキーはそう記している。だがここで彼のいう「思想の不変性」の「思想」とはいかなる思想を言うのであろうか。問題はそこなのだ。

ステパン氏はその子ピョートルと激論し、その結果、フランス語を交えて「わたくし」に次のようにいう。（カタカナはフランス語。以下同じ）

「『よくフランス的知恵はなどと言うけれど……』彼は突然、まるで熱に浮かされたような調子で言いはじめた。『あれは嘘《うそ》ですね、いつもそうだったんだ。フランス的知恵をどうして悪く言うことがあります？　これは要するにロシア人の怠け癖、なんの思想も生み出せないわれわれの屈辱的な無力さ、他国民に寄生してきたわれわれのいまわしい根性なんですよ。ミンナ・ヨウスルニ・ナマケモノなんで、フランス的知恵どころじゃない。ああ、人類の幸福のためには、有害な寄生虫たるロシア人は絶滅されるべきですね！　ぼくらが目ざしてきたのは、けっして、けっしてそんなことじゃなかった。ぼくには何もわからない。いや、理解しようとすることもやめましたよ！　おまえにはわかっているのか、と私はあれにどなりつけたんです、おまえらはまず真先にギロチンをかつぎ出してきて有頂天になっているが、それは頭をはねるのがいちばん簡単で、思想を持つのは何より困難だという、それだけの理由からじゃないか！　オマエラハ・ナマケモノダ……わかってるのか、とどなってやったんです、人間には幸福のほかに、それとまったく同じように、ぴったり同じ量だけ、不幸も必要だということが、おまえにはわかっているのか！　アレハ・ワラウ、あれは言うんですよ、父さんはここで、〃ビロードのソファにのうのうと手足をのばしながら（あれのはもっと汚ならしい言い方でしたよ）〃警句《ボンモ》をとばしているだけじゃないかとね』」

　小林秀雄は次のように記す。「この詩の書けない詩人、講座を持たぬ大学教授、新しい時代のマテリアリスト達を月たらずとからかふ程度の機智《きち》や皮肉は心得たディレッタントで、パリで教育を受けた自由思想家を以つて任じてゐるが、持つて生れた貴族趣味が捨てられない、大学を追はれたのは、政府の弾圧によると思ひ込んでゐる程、自分の進歩的教養には己惚《うぬぼ》れてゐるが、彼に惚れ込んで世話をしてゐる女地主から世間知らずとやり込められるのには手も足も出ない。要するに今日わが国でも未《いま》だ色々の形で跡を断たぬ高等道化者のタイプなのであるが、作者はこの人物に当時のロシヤの伝統的貴族主義と外来の自由主義との奇怪な混淆《こんかう》に関する、あらゆる諷刺的意匠を着せた」

　小林秀雄は「『悪霊』について」で、何かを日本と類比するようなことはしておらず「今日わが国でも」が出て来るのはここだけである。もちろんこの「今日」は戦後のことではない。これが発表されたのは昭和十二年だから、そのころでも「日本的ステパン氏」は居たということである。それが日本であれロシアであれ、一体「ステパン氏の思想」とは、どのような「思想」なのであろう。彼は「自由思想家」をもって任じ、大学を追われたのは政府の弾圧によると思い込んでいるほどの進歩的思想家であり、たえずその「思想」を披瀝《ひれき》しているのであろうが、一方、最もロシア的・土俗的な、商人の娘で将官の未亡人である女地主の居候《いそうろう》として生活を保証されている。そして彼女にとっての彼は、一種の装飾品であろうから、彼なしでやっていけるが、一方彼の方は、彼女なしでは一日として実生活をやって行けない。まことに「僕等の様な人間がゐなくてもロシヤは結構やつて行く、が、僕等のうち一人だつてロシヤがなければやつて行けない」の象徴的形態である。もちろん装飾品は大切にされ、女地主は彼の服装まで細心に気をくばる。そしてこの、大切にされるという状態に彼は安住している。もっとも時々〝維持費〟や〝補修費〟がかかりすぎて文句をいわれる。すると彼は小さくなっているが、すぐに大家の如《ごと》く振舞いはじめる。一体このステパン氏を律している真の思想とは何なのであろう。それは「ゼロだ、いやゼロより悪い。国民性を他にして芸術も真理も生活もありはしない。人相のない処《ところ》に理想的な顔がある筈《はず》がない、あつてもたゞとぼけた面だ」なのである。

その子のピョートルはこれを知っている。そこで彼は、行動なきこの父親を認めない。彼は西欧の思想を衣裳《いしょう》にまとうのでなく、行動をまとう。先方がギロチンを持ち出せば、ギロチンを持ち出す。革命的組織とやらを造れば、自分もそれをつくる。だが、思想とは関係ない。まとう衣裳は行動の型だけだ。そしてその思想の無さをステパン氏は批判する。だが、たとえ彼が「おまえらはまず真先にギロチンをかつぎ出してきて有頂天になっているが、それは頭をはねるのがいちばん簡単で、思想を持つのは何より困難だという、それだけの理由からじゃないか」と怒鳴りつけたところで、息子はびくともしない。その点では、父親と自分は同じだが、少なくとも自分は、社会に何ら影響力を与え得なかった「女地主の居候」とは違って、何かをなしうると信じているからである。ただそのなし得ることが、なし得なかった父親以上に無意味だとは思っていない。いわば、ステパン氏が「ゼロ」なら、「ゼロより悪い」のだが、そうは思っていない。それによって起る政治的犯罪、いわば「何らかの思想」に基づくように見えるものは、告白しなかったら世に現われなかったであろうスタヴローギンの個人的犯罪と、実は同じなのである。『スタヴローギンの告白』でも、ヨハネ黙示録のあの個所が読まれる。そのあとでチホンはいう「あなたはただ微温《ぬる》きものではありたくないと思われた。あなたが異常な企図に、おそらくは、恐ろしい企図に押しひしがれておられるように思いますぞ……」と。いわば共にその「異常な企図」なのである。

「……知識階級といふ様な言葉を知らなかつた明治の知識人は、自分の責任に於《お》いて知識を愛し求める術《すべ》をよく知つてゐた。そして知識人の選良が期せずして到達した大問題は、わが国の伝統的文化と新しい西洋の文化とをどういふ具合に統一したらいゝかといふ事であつた。漱石も鷗外も一生涯この問題に悩んだ。福沢諭吉も言つた様に、日本の知識人の生は二重になつてゐる。この大問題を離れてこれからの日本の文化はない。何故かといふとそれは日本人自ら解決するより外はない日本の文化の個性だからだ。敗戦による反動から、何かと言ふと国際的といふ言葉を喜んで使つてゐるが、個性のない文化なぞ意味を全くなさぬ、culture と technique とは異《ちが》ふといふ事にやがて皆が気付く時が来るであらう。日本の文化の個性といふものを観察すれば、恐らくこれほど複雑な異質な諸文化を背負うた知識人は世界中にないと思ふだらう。封建主義の清算なぞと高を括《くく》つてゐても何んにもならぬと悟るだらう」（知識階級について）

これは小林秀雄の昭和二十四年の文章だが、これと同じ考え方を昭和十二年の「『悪霊』について」の中からひろい出すことは、さして困難ではない。「日本の文化の個性」といえるように、当然、「ロシアの文化の個性」があり、それと「西洋の文化とをどういふ具合に統一したらいゝか」という問題があったはずだ。だがステパン氏もピョートルも「封建主義の清算なぞと高を括つて」自分に関する限りすでに清算したかのような顔をしているわけだから、自らの伝統と西洋思想との統合などという発想はもっているわけがない。もっとも、統合という発想をもち得ても、それが果して一代で出来るのか、二、三代かかるのか、わからぬ問題である。だが、自らの歴史に生き、伝統の継承を明確に意識している者は、ここまでは自分の代でできる、それから先は次の代へ申し送る、ということが可能である。しかし、過去を否定し消してしまえばそれはできない。そうなれば「新しい世界を夢みる青年達は、依然として思想大系を咀嚼《そしやく》する暇も与へられず、眼前の国家と教会とに反抗する為《ため》に、神学的神政的イデアリズムと戦ふ為に、コントのポジィティヴィズムを卑俗なアンピリスムに歪曲《わいきよく》して了《しま》つた事も止《や》むを得ない勢ひ」になり「ミルやショオペンハウエルにしても、その形而上学《けいじじやう》的憂鬱《いううつ》は、彼等の手の届く処にはなかつた……」（ドストエフスキイの生活）状態になる。こうなっては、「卑俗な」借物の論理による不毛な批判以上のことはできず、「ロシアの文化の個性」などを探る余裕などはもちろんない。それは否応《いやおう》なく、その人を「ステパン氏」にして、「警句《ボンモ》」をまき散らす以外に、生きている証《あか》しがない人間にしてしまう。このタイプは昭和十二年にもいたし、二十四年にもいたし、現代にもいる。もちろん、まき散らす「警句」の内容は違っていたが、その違いは、大して意味のあることではない。朝日新聞の「素粒子」などはこの点で編年史的に検討してみれば面白いであろう。

強烈な外来文化の来襲によって生ずる空白の危機、それを明確に意識していたのは戦後人より明治人であろう。相手を先進と認め、自己を後進と見、相手に追いつこうとするときまず生ずるのは、「後進なる自己」への自己否定であり、これをバネとして先進に追いつこうとする。だが否定は空白を生じ、アイデンティティーを喪失させうる。この「空白」いわば住人なき空家に「悪霊」が住みつく。この恐しさは新約聖書に記されており、内村鑑三もそれを指摘している。神社に額《ぬか》ずく人を見て、ある宣教師から、

「君はあの人たちにも伝道するか」と言われたとき、彼は「その人に、あれに代るものを完全に与えられるという自信が持てない限り、伝道はしない」と答えている。その宣教師は「私もそう思う、壊してしまうだけが最も恐しい」と言った。これは内村の弟子の思い出に出てくる話だが、こういう宣教師はむしろ例外で、日本の伝統的宗教や宗教感情を彼らはすべて、「迷信」として否定するのが普通だった。内村は生涯を伝道に捧《ささ》げた人だが、この種の普通の宣教師への反感は時には、生理的嫌悪感ともいえるほど強かった。

ドストエフスキーという「聖書読み」が、「悪霊」という標題を選んだとき、新約聖書の悪霊に関する記述のすべてがその念頭にあったと見るべきであって、小説の冒頭に引用されている悪霊が豚に入ったルカ福音書の話以外は意識にのぼらなかったと見るべきではあるまい。同じルカ福音書に次のような話がある。「汚《けが》れた霊が人から出ると、休み場を求めて水の無い所を歩きまわるが、見つからないので、出て来た元の家に帰ろうと言って、帰って見ると、その家はそうじがしてある上、飾りつけがしてあった。そこでまた出て行って、自分以上に悪い他の七つの霊を引き連れてきて中にはいり、そこに住み込む。そうすると、その人の後の状態は初めより悪くなるのである」。内村も彼の意見に賛成した宣教師も、この物語が念頭にあったのであろう。というのはこの「七匹の悪霊をつれもどした話」は有名な譬話で、さまざまな場合に用いられているからである。またこの譬話を「生態系を無視してきれいに刈りとると、前よりひどい状態になる」という言葉で説明している人もいる。あるいはこれが、現代人には最も理解しやすい説明かも知れない。いわば歴史が育てて来て、複雑な生態系のようになっている、内的なまた外的な文化的秩序を刈り取って空白にすると、アメリカシロヒトリが異常に増殖する、といったような現象を呈するのであろう。

どの国民もそれに属するどの個人も「悪霊」を抱えている。何かによってそれが出て行く状態になると空白になる。ステパン氏のような空白であり、そこを「警句《ボンモ》」で飾りつけすると、そこにさらに悪い七匹の悪霊が住みついてしまう。ところが皮肉なことにステパン氏に悪霊が住むことを防いでいるのは、伝統的なロシアの女地主なのである。

最後に彼は家出する。そして家出したステパン氏が、聖書売りのソフィヤに聖書を読んでもらう場面、スタヴローギンが登場せず、最初のプランの線で押して行ったら末尾になったと思われる場面を、少々長いが次に引用しよう。ドストエフスキーには明らかに「七つの悪霊の物語」も念頭にある――もっともこれだけでなく、すべての悪霊の場面がと言ってもよいが。そこでは、まず聖書のあの個所を読んでくれとステパン氏がたのむ。

「ソフィヤは福音書をよく知っていたから、すぐさまルカ福音書から、私がこの物語の題辞としてかかげた個所を探し出した。もう一度それをここに引用しておこう。

『そこなる山べにおびただしき豚の群れ、飼われありしかば、悪霊ども、その豚に入ることを許せと願えり。イエス許したもう。悪霊ども、人より出《い》でて豚に入りたれば、その群れ、崖《がけ》より湖に駆けくだりて溺《おぼ》る。牧者ども、起りしことを見るや、逃げ行きて町にも村にも告げたり。人びと、起りしことを見んとて、出でてイエスのもとに来たり、悪霊の離れし人の、衣服をつけ、心もたしかにて、イエスの足もとに坐《ざ》しおるを見て懼《おそ》れあえり。悪霊に憑《つ》かれたる人の癒《い》えしさまを見し者、これを彼らに告げたり』『友よ』ステパン氏は興奮にかられて言った。『イイデスカ、このすばらしい……異常な個所はぼくにとって生涯のつまずきの石だったのです……コノホンノナカデ……それでこの個所は子供の時分からぼくの記憶に焼きつけられていました。ところがいま、ぼくには一つのアイデアが、アル・ヒカクが浮んだのです。いま、ぼくの頭にはおそろしくいろんな考えが浮んでくるのですがね。どうです、これはわがロシアそのままじゃありませんか。病人から出て豚に入った悪霊ども――これは、何百年、何世紀もの間に、わが偉大な、愛すべき病人、つまりわがロシアに積りたまったあらゆる病毒、あらゆる不浄、あらゆる悪霊、小鬼どもです！　ソウ、コレコソ・ボクガ・ツネニアイシタ・ろしあデス。しかし偉大な思想と偉大な意志は、かの悪霊に憑かれて狂った男と同様、わがロシアをも覆《おお》い包むことでしょう。するとそれらの悪霊や、不浄や、上つらの膿《う》みただれた汚らわしいものは……自分から豚の中に入れてくれと懇願するようになるのです。いや、もう入ってしまったのかもしれません！　それがわれわれです、われわれと、あの連中、それからペトルーシャです……ソレト・カレノ・ドウルイタチ。そしてぼくは、ひょっとしたら、その先頭を行く親玉かもしれない。そしてぼくらは、気が狂い、悪霊に憑かれて、崖から海へ飛びこみ、みんな溺れ死んでしまうのです。それがぼくらの行くべき道なんですよ。なぜって、ぼくらのできることといえば、せいぜいそれくらいだから。けれど病人は癒えて、《イエスの足もとに坐《すわ》る》……そしてみなが驚いて彼を見つめるのです……愛する友よ、アナタニモ・イズレ・ワカリマスヨ。いま、ぼくはわくわくしている……アナタニハ・イズレ・ワカル……ボクラハ・イッショニ・ワカルヨウニナル』

彼はうわごとを言いはじめ、やがて、意識を失った」

小林秀雄のいうように、この部分は「ステェパンを主人公とする最初のプランの残物に過ぎない」であろう。だが彼の最初の決意「たとへパンフレットを書くに過ぎぬ様な事にならうとも」の通りに筋が進めば、ここが結末であったろう。ではなぜ「われわれと、あの連中、それからペトルーシャです……ソレト・カレノ・ドウルイタチ」に、ロシアの悪霊が入るのか、「きれいにそうじがしてあるうえ、飾りつけ」がしてあり、豚の頭の如くに「空白」だからであろう。彼らに「ロシアの悪霊」が入るということは、ロシアは悪霊なき立派な国だということではないし、「聖なるロシア」に西洋文化という「悪霊」が来たということでもない。そんなことはこの作品を読めば明らかで、そのうえ彼は冒頭に聖書の前記の部分と、ロシアの悪霊を歌ったプーシキンの詩を載せている。ただ、輸入の思想による革命心理――これは輸入の宗教の場合にも違った形で起りうる――が「空白」を生むことを彼が知っていたというだけで、何もそれは、彼が「ロシア絶対」の「超ロシア主義的・反動主義者」だということではない。だがここが誤解される。

社会心理学的には以下のようなことが言えるのかも知れない。少々話が横道にそれるが、連合赤軍にも、ステパン氏の長広舌に似た現象が見られる。すなわち、進歩的自由主義者が最も反動的で打倒さるべき女地主の居候になっているような状態、いわば保守的体制に寄食し、のうのうと長椅子《ながいす》に横たわりながら、外来の思想の断片や警句をまき散らしている。その子すなわち教え子たちは、その「思想の断片や警句」が何ら社会を動かさないことを知り、またそのような「微温《ぬる》きものでありたくないと思われて」、それらを無視して行動のみに走る。だがこの双方は、日本の歴史、伝統の完全な否定から自己否定という空白状態に進み、そこで悪霊は一応出て行くが、その「飾られた空白の部屋」に、戦中・戦後に蓄積された「あらゆる疫病《えきびょう》、あらゆる病毒、あらゆる不浄」という七匹の悪霊をつれて舞いもどってくる。それが連合赤軍のネチャーエフ的な同志謀殺となり、ついに全員が破滅に至る。それをテレビで見ている者は、それによってそれまで横行していた悪霊が消えて、その世界は嘘《うそ》のように平穏にもどる。この状態を叙述し、最終的には彼らに入って彼らを動かしたのが日本の悪霊であって、別に外来の左翼思想ではないと記しても、それを記す長い過程では、人びとは彼を保守反動と規定するであろう。大体、そうなるのが普通である。これを、ドストエフスキーのような革命体験のある者がすれば、その叙述は、モデルにされた者やその関係者には、耐えられないほど辛辣《しんらつ》なものになり、何らかのレッテルを張って否定しようという衝動を感じて不思議ではない。

「ドストエフスキイは、青春時に飲まされた苦盃《くはい》のうちに、既に革命の心理を知悉《ちしつ》してゐたし、六〇年代に始つたナロオドニキ革命が、その現実的外観にかゝはらず、四〇年代の急進理想派の直系に過ぎない事を看破してゐた。彼は、ナロオドニキ革命の感傷性と矛盾性とを洞察した最初の人だつた。『悪霊』のうちに示された、殆《ほとん》ど作者の悪意すら感ずる程の革命心理の苛烈《かれつ》な解剖は、屢々この作を反動的な作と言はせてゐる。彼を反動家と呼び、蒙昧《もうまい》主義者と罵《ののし》る声は無論ロシヤにあつても高かつたが、我が国のプロレタリヤ運動の戦士等が、彼を嫌悪《けんを》の眼で眺めてゐた事も周知の事だ。この彼に対する偏見は今日も尚《なほ》消えてゐない様である。偏見は無論彼の作品の政治的意義の無邪気な誇張が齎《もたら》したものだ。彼は明らかに当時の革命的ロシヤと反目した。然《しか》し之《これ》は、彼がニヒリスト達より遥《はる》かに当時のロシヤの現実を理解してゐたことから生じたのである。成る程『悪霊』に描かれた当時の地下運動の姿は、半ば作者の戯化による。だが、戯化が、当時のニヒリスト等の無意識の欺瞞《ぎまん》を抉《ゑぐ》るのに最適の方法でなかつたと誰が知らう。……」（ドストエフスキイの生活）

またドストエフスキーは決してネチャーエフたちを侮蔑《ぶべつ》していなかった。この点、当時のジャーナリズムと違っていたらしい。彼らは、一転してネチャーエフを侮蔑的に記したらしいが、これは、永田洋子が侮蔑的に記されるようになったのと似ているであろう。彼は記す「『諸君は、ネチャアエフなどといふ人間は、必ず白痴に相違ない白痴的狂信だと確信してゐる。だが果してさうか。諸君の確信は正しいか。……僕が小説『悪霊』のなかに描かうとしたのはまさしくこれである。即《すなは》ち種々雑多な形の彼等の動機である。この動機の為に、心の清らかな単純な人間でも、あの様な厭《いと》はしい罪悪の遂行に誘惑され得るのだ。其処《そこ》に、恐ろしいものがあるのだ。僕等は、厭ふべき人間に堕落しないでも厭ふべき行為を為《な》し得る……』」（ドストエフスキイの生活）。彼が追究したのはこの点なのだが、彼を「反動家と呼び、蒙昧主義者と罵る」者には、厭わしい事件を利用した、自己の陣営への攻撃と見たであろう。だが、ここで思い出されるのは、永田洋子もまた「心の清らかな単純な人間」であったという雑誌の記事である。彼女も「厭ふべき人間」に堕落していなかったであろうが、「厭ふべき行為」はなし得た。だがこういう場合、大体は彼女が「厭ふべき」堕落した人間で、「白痴的狂信」の徒とされてしまうのが普通であっても、悪霊が飛び込んで来れば自分も同じことをするとは、人びとは考えない。ここに自らを「年老いたネチャアエフィアン」といったドストエフスキーの特質があるが、小林秀雄のいう通り、そういった「ドストエフスキイの心事は決して理解し易《やす》いものではない」。

簡単にいえば、その「心事」は、彼が自らの思想を表明してくれねば明らかにならない。もっともドストエフスキーはその全作品を通じて自らの思想を表明していると言えばいえるが、それもまた「決して理解し易いものではない」。通常の形式でそれを表明すればパンフレットになるかも知れぬが、それでも一応、それをやっておくべきではないか。「『今〈ロシヤ通報〉に書いてゐる作品（『悪霊』）には大きな希望を掛けてゐる、芸術の立場からではない、傾向的な立場からだ。芸術的な側面を犠牲にしても、僕は或《あ》る思想を表明したいと思つてゐる。僕の頭と心との裡に長い間積り積つた思想が僕を強ひるのだ。たとへパンフレットを書くに過ぎぬ様な事にならうとも、言ふ事は言はねばならぬ』……これは明らかに、彼が自分の作品に対して初めてとつた新しい態度である。では言ひたい事を言ふ為には、作品がパンフレットに堕するのも辞さぬ、といふ彼の思想とは何んであつたか。

この思想がはつきりした輪郭を持つてゐなかつた事は、まさに『悪霊』が明瞭《めいれう》なパンフレットの姿では仕上がらなかつた通りだ。だが、この思想の少くとも消極的側面は、確かに、ラスコオリニコフの個人的犯罪は、社会的には革命に通ずる、といふテエゼを執拗《しつえう》に取巻いてゐる。大学生の老婆《らうば》殺しによつて行つた倫理的問題に関する実験をそのまゝ拡大して、これを大学生の政治的革命によつて行はうとした……『罪と罰』でラスコオリニコフの殺人事件の特徴を、事件の空想性と見た様に、確たる政治的目的も持たず何等の政治的背景も持たぬネチャアエフ事件の特徴を、その現実的外貌《ぐわいばう》の裏に隠された極端な観念性にあると解した……」(「悪霊」について)

確かにその通りであろうし、そう見ることで彼の「思想の少くとも消極的側面」は見えるであろう。だがそれによって「ドストエフスキーの思想」が明らかになるわけではあるまい。ある意味で始末が悪いのが彼のこの「思想」である。それは黙示文学の中の思想のようなもので、体系的にも論理的にも表現されていない。戦前に、いや戦後にもあるであろうが「世界大思想全集」などという一大双書があった。そこにはトルストイは入っており、トルストイヤンとかトルストイ博愛主義またトルストイの思想などという言葉や標題はあったが、さて、ドストエフスキー主義とか主義者とか言った言葉にはお目にかかったことがない。ではドストエフスキーには「思想」がなかったのか。とんでもない、とだれでも言うであろうが、それを体系的に表現してみろといわれれば、いわば「ドストエフスキー神学」(「哲学」でもよい)を、組織神学的に表現してみろといわれればお手あげであろう。彼の形式は内容と不可分だが、他人の思想を借用しない独創的な思想では、不可分なのが当然である。彼の思想は彼の小説でしか表現できない。しかしドストエフスキーはそれをパンフレット的に仕上げるために、四苦八苦した。

「『こんどの小説ほど手を焼いたものはない。書き初めは、去年の末頃だが、この作品はひどく作りものの様な、不自然なものの様に思はれて、僕は寧《むし》ろ自分で軽蔑《けいべつ》してゐた。処《ところ》がその後、真の霊感が湧《わ》いて来て、自分の仕事に惚《ほ》れ込んで了《しま》つた。僕は書いたものを両手で握りしめ、今までのところを消し始めた。やがて夏になると、又突然変化が起つた。溌剌とした新しい人物が飛び出して来たのだ。こいつが今度の本の本当の主人公になると言つてきかぬ。これ迄《まで》の主人公は（非常に興味ある人物だが、真の主人公としては不足な人物だ）退却して了つた。新しい主人公はすつかり僕を感動させて、僕はもう一度全作を書き直した。初めの方を既に〈ロシヤ通報〉の編輯《へんしふ》局に送つて了つた今となつて、突然ぞつとしてゐる仕末なのだ。僕は自分で選んだテエマと太刀打が出来るかどうか恐れてゐる』

新しく現れた主人公とは言ふ迄もなくスタヴロオギンであり、退却した主人公とはステエパン・トロフィモヴィッチである。作者は自分の手で創《つく》り出したこの『主人公となると言つてきかぬ』人物が勝手に歩き出す後を追ひかけたのである」（「悪霊」について）

当然、「ドストエフスキーの思想」のパンフレットは消える。そんなものにかかわっている余裕はない、作者はこの新主人公スタヴローギンの後を追うので手いっぱいという感じである。一体なぜこんな人間が飛び出して二つのプランが交叉《こうさ》するというややこしいことになったのか。言うまでもなくこの作品の主人公は悪霊であり、おそらくドストエフスキーは黙示録的叙述の積み重ねのうちにそれを描き、ステパン氏の最後の告白で、あれは悪霊だったのだという予定だったのであろう。第一のプランだけを追っていくとそういう感じになる。もっとも「手術」が正確に行われたら、の話だが。ところが主人公は自ら「被《おお》いをはねのけて」飛び出したがった。そしてついに飛び出して勝手に歩き出したのである。だがこれが、純粋の黙示文学でなく、近代的な小説である以上、飛び出した悪霊もまた、人間の姿、すなわち「悪霊の体現者」として描かねばならない。いわば黙示的表現が二重になってくる。それはスタヴローギンの「被いを取る《アポ・カリュプシス》」と、そこに悪霊が見え、それを中心に悪霊の配下どもが踊るという形にならざるを得ない。そしてこれを呼び出したものは「根こそぎにされた人々の渇《かつ》ゑ」、いわば「飾られた空白」をうめようとする渇望とただ「微温《ぬる》きものでありたくない」という熱狂であった。ドストエフスキーは「彼等（ネチャアエフたち）のリアリズムの裏に彼等の空想を見、空想の裏に信じようとする渇ゑを見た、彼の現実観察が形而上学的《けいじじやう》な色を帯びるのはまさしく其処である。そして其処で彼は自分の血をネチャアエフ達に分けねばならなかった。彼の渇ゑはヴェルホーヴェンスキイをはみだし、『悪鬼に憑かれた豚』は作者の手

で太つた」（「悪霊」について）

さて、この主人公が躍り出て来た以上、ここからは第二のプランの線を追って行かねばならない。すると最初に出てくる問題が「悪霊とは何か」であり、また小林秀雄がこの「悪霊なるもの」をどう理解していたか、である。これが明確にならないと先へは進むまい。小林秀雄は「悪魔的なもの」という評論を書いている（『考へるヒント』）。そこで取り上げられているのはソクラテスのダイモンだが、その中に「ホメロスに歌はれてゐるやうに、神々やダイモンは、ギリシア人には親しいものであつた。意識的な生活は、生活の一部に過ぎないといふ人間的事実に変りやうがなく、現代人にはコンプレックスやリビドといふ言葉が親しいのである」という言葉がある。もちろんダイモンはコンプレックスやリビドとは全く違ったものであるが、「意識的な生活は、生活の一部に過ぎないといふ人間的事実」は、昔であれ、今であれ、ギリシア世界であれ聖書の世界であれ変りはない。だが、それだからだれにでも悪霊は理解できるとは言えないし、新約聖書の悪霊がそのままロシアの悪霊であるわけでもないであろう。

たとえば次のような描写がある。

「……ああ、あなたにあたしの見たおもしろい夢を話してあげるわ。あたし、時々、悪魔の夢を見るの。なんでも夜中らしいんだけど、あたしは蠟燭《ろうそく》をもってお部屋にいるのね。そうすると突然、いたるところに悪魔が出てくるのよ。どこの隅にも、テーブルの下にも。ドアを開けると、ドアの外にもひしめき合っていて、それが部屋に入ってきてあたしを捕まえようと思っているんだわ。そして、すぐそばまでやってきて、今にも捕まえそうになるの。あたしがいきなり十字を切ると、悪魔たちはみんなこわがって、あとずさるんだけど、すっかり退散せずに、戸口や隅々に立って、待ち構えているのよ。ところがあたしは突然、大声で神様の悪口を言いたくてたまらなくなってきて、悪口を言いはじめると、悪魔たちはふいにまたどっとつめかけて、大喜びしながら、またあたしを捕まえそうになるんだわ。そこで突然また十字を切ってやると、悪魔たちはみんな退却していくの。すごくおもしろくて、息がつまりそうになるわ」

『カラマーゾフの兄弟』の中でリーザが語る夢の物語だが、たとえキリスト教徒でも、こういう夢を見る日本人はまずいないであろう。悪霊とか悪魔とかいう単語を使うこと、また象徴的意味で用いることはわれわれに出来ても、「悪の人格的存在」をこのような形で実感することはわれわれにはできない。だが、これを書いたドストエフスキーは、自分でも、その「実感」を感じ得たであろう。そうでなければ、われわれにもはっきりとその情景が目に浮ぶような描写を行うことはできまい。そしてこれを〝精神分析的〟な言葉で解説したとて、そしてそれで理解したと思い込んだとて、実感できるわけではない。

新約聖書の悪霊を、その記述から説明して行くと、説明している私自身が、同じことを感じざるを得ない。いわば戸籍抄本と履歴書だけを送られて来てもその人が実感できないように、悪霊のそれを披瀝《ひれき》しても、同じように実感できないであろう。だが、その戸籍抄本と履歴書を、スタヴローギンに重ねてみたら、ある程度の実感は可能かも知れないし、可能でなければ、これはどうしても実感できないということが実感できるであろう。

新約聖書の「悪霊」は旧約聖書を継承しているとはいえ、さまざまな新しい要素も付加された。と同時に、「悪霊」と訳された言葉は、ダイモン（一ヵ所だけ）、ダイモニオン、プネウマ・ポネーロン、また「汚《けが》れた霊」はプネウマ・アカタルトンであって、必ずしも統一的な名称ではない。だがこれもまた基本的にはプネウマであり、旧約の系統である。新約時代のユダヤ教文書には「害毒を流すもの」「破滅をもたらすもの」「人を苦しめる疫病の霊《ルーアハ》」（『風』以下同じ）「汚れた霊」「悪《あ》しき霊」といった言葉があり、新約聖書の「悪霊」もほぼ同じ意味だとするのが通説で、これらはサタンの配下とされていた。では一体サタンとは何なのか。もし神とサタンが完全に対立する存在、いわば神＝善、サタン＝悪の善悪二元論で割り切れるのなら話は簡単だが、旧約聖書の構造はそのようになっていない。聖書もキリスト教も、しばしば善悪二元論的に誤解されるが、そうなっていないのがややこしい点である。

「ある日、神の子たちが来て、主の前に立った。サタンも来てその中にいた。主は言われた『お前はどこから来たか』。サタンは主に答えて言った『地を行きめぐり、あちこちを歩いてきました』。主はサタンに言われた『お前は私のしもべヨブのように全く、かつ正しく、神を恐れ、悪に遠ざかる者の世にないことを気づいたか』。サタンは主に答えて言った『ヨブはいたずらに（無償で）神を恐れましょうか。あなたは彼とその家およびすべての所有物のまわりにくまなく、まがきを設けられたではありませんか。あなたは彼の勤労を祝福されたので、その家畜は地にふえたのです。しかし今あなたの手を伸べて、彼のすべての所有物を撃ってごらんなさい。彼は必ずあなたの顔に向かって、あなたをのろうでしょう』」

有名な「ヨブ記」の序章であり、ゲーテの「ファウスト」の序幕はこの構成を取り入れたといわれるが、このサタンはメフィストフェレスのように、神の傍らにいて親しげに話をしている存在である。そしてここで記されているように、彼の役目は、まるで検事のように人間を神に告発することであった。信仰厚きヨブ、「全く、かつ正しく、神を恐れ、悪に遠ざかる」者という神の指摘に対して「ヨブはいたずらに（原意はむしろ「無償で」「ただで」）神を恐れ」ているのでない、という。いわば、そうすれば神に守られるという御利益《ごりやく》があるからしているので、彼にとっては御利益が絶対で神はその手段にすぎない、その証拠に彼に災厄を下してごらんなさい、彼は必ず神を呪《のろ》いますから、というのがサタンの主張である。神はヨブをサタンにわたす。ヨブにあらゆる災禍がふりかかる。ここでもしサタンの予測があたれば、彼が絶対化しているのは自己の利益であり、神はその手段にすぎなかったことが証明される。だが彼はそうならない。「ヨブ記」の主題は複雑で、さまざまな問題が提起されているが、ここではそれを取上げる必要はあるまい。ただ以上の序章でいえることは、サタンとは人の隠れた悪を告発する者であり、この面では、決して神と対立しているものではないことである。もっともこのサタンの動機は人間への憎悪《ぞうお》であり、この点では「悪」であっても、また人に災禍を下すものであっても、なお、神の支配下にあって働いているわけである。新約聖書のサタンにはもちろんこの面があり、イエスへの荒野の試みもまた、その一例と見ることができようが、その姿は誘惑者である。そして、有名なアダムとイヴにおいてもサタンは誘惑者であり、これも旧約聖書と無縁ではない。またパウロは前述の「肉体の刺《とげ》」のところで、この言葉につづいて「それは、高慢にならないように、私を打つサタンの使《つかい》なのである」と記している。

いわば「試み」「誘惑」「災厄」等がサタンに帰せられる。西欧の文学には、「おれに魂を売りわたせば、お前に……」というサタンの誘惑やそれに基づく取引の話はよく出て来る。これはヨブの場合も可能であって「お前が神を呪えば今の何百倍も富ましてやる」でも、ヨブ告発の証拠は手に入るわけである。だが、新約時代、またそれより少し前から、このサタンの性格は、ある程度、変化しており、やや二元論的になっている。

といってもゾロアスター教の根元的な二元論とは違って、現象的二元論とか相対的倫理的二元論とか言われる状態である。いわばそれは、検事が、誘惑によって故意に人を罪に陥《おとしい》れるような状態であり、こうなれば検事が法的正義乃至は法の支配と敵対的な関係になるように、神に敵対的となる。いわば神の義とその支配に対立する形になっていく。これは有名な「死海文書」にも現れ、宗教心理的二元論、いわば「善き衝動《イエーツェル・ハトーブ》」と「悪しき衝動《イエーツェル・ハーラー》」の対立とされ、この「悪しき衝動」と「サタン」と「死の使い」は一つのものであると考えられている。これは大変に面白い考え方だが、確かに「悪しき衝動」または「悪への衝動」は「悪しき霊《プネウマ・ポネーロン》」が、いわば「悪しき風《ルーアハ・ラーアハ》」が外部から来たとしか考え得ない場合がある。『スタヴローギンの告白』にある事件、彼がなぜあのようなことをしたのかは、論理的には全く説明ができない。それは「悪霊《プネウマ・ポネーロン》」によって起された「悪しき衝動」としか言いようがない。そしてドストエフスキーはその悪霊を正確に描写している。

前にプネウマティコンを説明したとき「聖霊《プネウマ・ハギオン》」についても記したが、「悪霊《プネウマ・ポネーロン》」もまた外部から人間に作用してくるもので、人間の内なる「霊魂」の「霊」ではない。そしてこの悪霊はサタンから来た。そして新約聖書ではこの概念に「ダイモニオン」というギリシア語を充当した。例外的な一ヵ所を除いて「ダイモン」を使わなかったのは、前記のソクラテスのダイモンすなわちヘレニズム世界のダイモンと混同されることを避けたためといわれる。そして私に少々不思議に思われることは、前記の『悪魔的なもの』という評論で、小林秀雄は「悪霊《ダイモニオン》」に全く触れておらず、次のような書き出しになっていることである。「講座の編輯者から、『悪魔的なもの』といふ課題を与へられたが、これは、例へば釈迦《しやか》を誘惑しようとした魔だとか、キリストを試したサタンとかの類《たぐ》ひを指すのではあるまい。編輯者の意は、恐らく、ソクラテスが憑《つ》かれてゐたといふダイモンのごときものに在ると推察する。……魔とか悪魔とかいふ言葉は、仏教から出た言葉で……」とあっても、ダイモンとダイモニオンの関係は何も記されず、「悪霊《ダイモニオン》」は消えて、スタヴローギンはもはや小林秀雄の念頭にない。スタヴローギンこそまさに「悪魔的なもの」だと思われるのだが——「『悪霊』について」から二十余年、氏の関心はすでに別の世界にあったのだろう。そしてこれが、「『悪霊』について」は「未完」でなく「打切り」であったろうと推察した理由の一つである。

　といっても、それは「『悪霊』について」を書いたとき、小林秀雄が「悪霊」を徹底的に追究しようとしなかったということではない。前にも記したように、シベリヤでドストエフスキーが徹底的に読んだ本は新約聖書だけであった。彼は自らのまわりの囚人とその悪を見、新約聖書の中の悪霊の記述と対比していた、と考えてよいであろう。新約聖書の中の悪霊という言葉は、亘複などを整理しても約五十五ヵ所出てくる。彼は兇《きよう》悪犯《あくはん》の行為の一つ一つに、新約聖書の悪霊に関する記述のそれぞれを感じていたであろう。たとえばある兇悪犯が敬虔《けいけん》な態度で十字架に手を合わせればヤコブ書の「あなたは、神はただひとりであると信じているのか。それは結構である。悪霊どもさえ、信じておののいている」を思い出したといったように——。そして、ドストエフスキーのシベリヤに於《お》ける聖書熟読を指摘した小林秀雄が、冒頭にルカ福音書からの引用を掲げたこの作品を追究するにあたって、新約聖書の悪霊に関する主要な記述を無視していたとは信じがたい。氏はドストエフスキーの中に正確に新約聖書の悪霊を見ていた。

「ドストエフスキイの創造の源泉は、彼の陰惨な運命と固く結び附いてゐるのであつて、悪の思想も亦《また》言ふ迄もなく彼の運命の如《ごと》く独創的であつた。四年間の囚人生活が、彼に教へたものは、単に驚くべき悪の異形の数々ではなかつた。どんな救ひの手も必要とせず、たゞ終末を待つてゐるその正真正銘の悪の姿の異様さ、悪の問題を始末しようとするいかなる倫理学にも神学にも無関係に、ひたすら滅亡の道を辿《たど》るその在るが儘《まま》の悪の姿の異様さ、これを眼のあたり見た者の謎《なぞ》めいた忿懣《ふんまん》こそ、彼の精神に拭《ぬぐ》ひ難い痕《あと》を刻んだのである。悪には悪の生き方がある。それは善の復讐《ふくしう》を是認する禁欲者でもなければ、良心の法廷に召喚さるべき囚人でもない。或《あるい》は又環境にその責を負つて貰《もら》ふほど従順な子供でもない。若《も》し悪がどの様なディアレクティックにも屈従せずその独特の不《ふ》逞《てい》に生きる、人間的なあまりに人間的なあるものだとすれば、獄外の自由な生活も流《る》刑《けい》生活も同じ事だ……」（「悪霊」について）

これは新約聖書の悪霊を踏まえた言葉であろう。悪霊は、一言でいえば「悪の人格化」である。彼には、裁きも救いもない。そして終末には滅びるものとされており、そのときを待つだけである。悪霊が豚に入る話はマタイ、マルコ、ルカ三福音書にあり、それぞれ少しずつ違っているが、マタイではイエスが近づくと悪霊は大声で次のように叫ぶ。「神の子よ、お前とおれたちは何の係わりがあるのか。まだその時でないのに、ここに来て、おれたちを苦しめるのか」と。「まだその時でないのに」とは、「まだ終末ではないのに」であって、彼ら自身、終末に自らが滅びる者であることを知っている。ところがマルコでは、最初にいきなり叫ぶのは、悪霊に入られた人であって悪霊ではない。イエスが出て行けといって、はじめて悪霊自らが語り出す。すなわちその人は、神の像《かたち》にかたどられた自らの体を自ら破壊し、悪霊が彼の口を通して語るほどにその人格は分裂し、彼を滅ぼし自滅させる他なる力に完全に支配されていることを示している。その姿を、小林秀雄はここに的確に描いている。だがこのほかの記述の新約聖書との対比は省略して先へ進もう。

「古来人間の理智《りち》は、幾多の天才人に使役され、この原因不明な兇暴な自由への渇望を堪《こら》へた精神の不安定性に、確定した秩序を与へようと努めた。だが言ふ迄《まで》もなくかういふ仕事は仕事に取りかゝる精神が先づ自ら秩序と化さぬ以上行はれた筈《はず》がない。精神はその複雑な個性を捨て、自ら過《あやま》たぬ計量器と化する必要があつた。だが、現在あるが儘の精神の不安定性を、知性といふ精神の一機能の為《ため》に犠牲に供するといふ奇怪な決心は、一体どの様な衝動に依《よ》るのだらうか。誰も知らない。……若しこの決心が何も胡散臭《うさんくさ》いものでないならば、この決心が編み出した人間に関する誤りのないシステムの実際に生きてゐる人間に対する驚くべき無力はどうした事か。人類を包括し、悉《ことごと》くの人間的問題を秩序付けるシステムが、各自が彼の紳士を頼み、めいめいが世界の中心の様に生きてゐる世の実状を聊《いささ》かも変更する力がないとは。歴史の進行につれて交替する哲学的システムは、その交替自体が明らかに語つてゐる様に、世に齎《もたら》したものは、システム制作者の暫時《ざんじ》の満足感と若干の無気力な模倣者、それと遂《つひ》には疑ひと否定とに溢《あふ》れた他の精神との邂逅《かいこう》だ。そして世の在るがまゝの悲惨や不幸には、依然として何の変りもない。確かにこれは胡散臭い仕事に相違ない。而《しか》も人間は、たゞ破壊されんが為の建設といふこの不思議な仕事の為に、世の続く限り、命さへ賭《か》けるだらう。若しそれが人間の思想の歴史ならば恐らく歴史は『苦悩を愛してゐる』。その縮図は個体としての人間の精神の裡《うち》にある。若し神が己れに象《かたど》つて人間を創《つく》つたといふ言葉が本当ならば、歴史が神となつた時にも、事情に変りがある筈はない」

ドストエフスキーは『地下生活者の手記』にも見られるように、このような精神とは無縁だつた。否《いな》、無縁ではない。そこに何かの胡散臭いものを見た。彼はそのような「思想」に少しもリアリティを感ずることができなかったが、悪霊の存在ははっきりと感じていた。人格化した「悪」、スタヴローギンの言葉を借りれば「よく自分の傍に、何かしら意地の悪い、皮肉な、而も理性のしっかりした生物を感じます。時によると目に見える事さえある。色んな変った顔をして、様々な性格に化けて来るけれど、正体はいつも同じなのです……僕は真面目《まじめ》に、且《か》つ図々《ずうずう》しく声明しますが、僕は悪霊を信じます。譬喩《ひゆ》や何かでなく、個体としての悪霊を合法的に信じます」というその悪霊、おそらく前記のリーザの夢に出てくる生きている悪霊、それはドストエフスキーに実在しても、「歴史の進行につれて交替する哲学的システム」などは、現に目の前で動き、自分に作用してくる実在としては、存在しなかった。そしてこのようなシステムが「悪霊」を消してしまうなどという考え方、これこそ彼にとっては笑うべきフィクションであっても、悪霊はフィクションではなかった。

「人間は先づ何を措《を》いても精神的な存在であり、精神は先づ何を置いても、現に在るものを受け納《い》れまいとする或《あ》る邪悪な傾向性だ。ドストエフスキイにとつて悪とは精神の異名、殆《ほとん》ど人間の命の原型ともいふべきものに近附き、そこであの巨大な汲《く》み尽し難い原罪の神話と独特な形で結ばれてゐた。悪は人格の喪失でもなければ善の欠如でもない。彼の体験した悪の現実性に比べれば、倫理学や神学の説く悪のディアレクティックなぞが何んだらう。人道主義的唯物論《ゆいぶつろん》の語る悪の原因なぞが何を説明してゐるのか。さういふものは、あらゆる希望を失つた者の持つ大胆さだけが悪を理解させると体験によつて知つたこの人物には、笑ふべき囈語《げいご》と見えた。彼は悪の謎を解かうとも、これから逃れようともしなかつた。さういふ方法があるとも手段が見附かるとも考へなかつた。たゞ絶望の力を信ずる事、悪の裡に身を焼く事、といふ一条の血路が残された。それは熟慮の結果、多くの血路のうち彼が選んだ一つの血路といふ様なものではなかつた。運命が彼に尋常な生き方を禁じ、彼は単に運命の免れ難い事をはつきり知つたのである。簡単な事だが、一般に天才の刻印といふものは、まさしくさういふ処《ところ》に捺《お》されてゐるものだ。才能や、思弁が人間を独創的にするものではない」。そしてこれが、「パンフレット」が消えて悪霊の体現者スタヴローギンが飛び出してきた理由であろう。

　スタヴローギンは「『悪霊』について」の3の終りから4にかけて記され、この4が「未完」で中断しているので、小林秀雄の「スタヴローギン論」を完全に知ることはできない。そのうえ4の大きな部分が『スタヴローギンの告白』からの引用で、その引用が終ったと思われるところでの中断なのだから、始末が悪い。だがいずれにせよ小林秀雄はその思想の消極的側面は「ラスコオリニコフの個人的犯罪は、社会的には革命に通ずる、といふテエゼを執拗《しつえう》に取巻いてゐる」という線からスタヴローギンに迫って行ったと見てよいであろう。ラスコーリニコフでは、その終章で、外部から「霊《プネウマティコン》」すなわち「聖霊《プネウマ・ハギオン》」が、自らの「霊《プシユキコン》」にとじこめられた彼を打ち摧《くだ》き、そこに再生があるという形で終っているが、スタヴローギンでは、「悪霊《プネウマ・ポネーロン》」が彼にとりつき、ついにこれを滅びに至らせるという形になっている。それは「悪しき衝動《イエーッエル・ハーラー》」の霊と言ってもよいであろう。いずれにせよラスコーリニコフであれスタヴローギンであれ、その犯罪に「肉欲的なもの《サルキコン》」はないが、この点ではスタヴローギンの方が徹底しており、ラスコーリニコフのように「社会のため」とか「家族のため」とかいう自己弁護を持ち出す余地が全くないように、舞台が設置されている。いわばその犯罪が革命的と見えようと、個人的と見えようと、彼は無関係であり、また無原因、無目的である。

彼は笑いながらピョートルに、同志の一人を裏切者だと言って殺せばよい、そうすれば流された血によって残る四人は結集するという。だが、それなら彼は革命を信じそのためには手段を選ぶべきでないと思っているかといえば、そうではない。そんなことは彼には無関係で、さらに、外国からの指令も中央委員会もロシア全土を蔽《おお》う「五人組」も、何一つ存在せず、それらがすべて嘘《うそ》であることを知っている。また、彼はチホンへの告白で自分が「冗談からでなく、いわば必要に迫られて、盗みを働いた」と言っているが、その言い方は、「冗談でなかった」ことが恥ずべきことだと言った言い方である。だがそれをすぐ取まきと飲んでしまったのだから、本当に「必要」とはいえない。だが盗まれた下級官吏にとっては、それがもらったばかりの月給の全額であり、それを失えば家族全員が大変なことになる。その下級官吏と応対するスタヴローギンには、いかなる意味でも感情の動きはない。そして、『告白』の主題マトリョーシャを犯す場合も、その衝動はもちろん「肉欲的なもの」ではない。

一方、彼の行為は妙にキリスト教的であるといえる。スタヴローギン家が農奴《のうど》から引き揚げてやったシャートフに、彼は、公衆の面前で頬打ちをくらう。だが静かに相手を見ており、もう一つの頬を出しかねない。また決闘となれば「わが身を焼かれるために」敵にわたすように、平然とその弾丸を受け、実質的には撃ち返さない。しかし何といっても奇妙なのは『スタヴローギンの告白』そのものであろう。彼は自分の罪をそれに記し、これを印刷して公表したいという――一体、何のために、懺悔《ざんげ》のためなのか。そのためまず、僧院にチホンを訪ねたのか。『告白』には次のようにある。

「これまでの生涯にすでに何度かあったことであるが、私は、極度に不名誉な、並はずれて屈辱的で、卑劣で、とくに、滑稽《こっけい》な立場に立たされるたび、きまっていつも、度はずれな怒りと同時に信じられないほどの快感をかきたてられてきた。これは犯罪の瞬間にも、また生命に危険の迫ったときにもそうなのである。かりに私が何か盗みを働くとしたら、私はその盗みの瞬間、自分の卑劣さの底深さを意識することによって、陶酔を感じることだろう。私は卑劣さを愛するのではない（この点、私の理性は完全に全きものとしてあった）、ではなくて、その下劣さを苦しいほど意識する陶酔感が私にはたまらなかったのである」。いわばこの陶酔感を感じ得れば、盗むという行為も、頬を打たれて打ちかえさないという行為も、彼にとっては同じであり、彼は自ら進んでこの感覚を追い求める。「白状すると、私はしばしば自分から進んでこの感覚を追い求めたこともある、というのは、それが私にとってはその種のもののなかでもっとも強烈に感じられたからである。頬打ちをくらったときも（私は生涯に二度頬打ちをくらった）、恐ろしい怒りにもかかわらず、やはりそれがあった」。決闘の場合も同じであった。だが、自分の卑劣さを手ひどく意識させられない場合はこの陶酔が起らず、喧嘩《けんか》になってしまうこともある。この陶酔に至る状態、また陶酔中の状態は、この『告白』の主文に、すなわち少女マトリョーシャを強姦《ごうかん》して自殺させてしまうまでの経過に、くわしく書かれている。小林秀雄が引用しているのは、自殺しに行く少女を見、自殺が終るのをじっと待っているスタヴローギンと、数年たった後に彼が見る夢である。だがその引用で文章は中断しており、それから先を小林秀雄がどう書くつもりであったかは明らかでない。『告白』はこれにつづいて「アパートで女中代りのようなこともしていたびっこのマリヤ・チモフェーヴナ・レビャートキナを見ているうちに、――当時はまだ彼女も狂人ではなく、たんに感激性の精神薄弱というだけで、ひそかに私に熱をあげていた（このことは仲間たちが嗅《か》ぎつけた）、――私はふいに彼女と結婚しようと決心した。スタヴローギンがこのような最低の女と結婚するという思いつきが、私の神経をくすぐった。これ以上醜悪なことは考えつけもしなかった」と。なお、アンナ夫人の筆写ではこのあとに「しかし私は、この私の決意に無意識的にもせよ（いや、無意識にきまっているが）、マトリョーシャの事件以後私を見舞った下劣な弱気に対する憤《いきどお》りが影響していたと言いきるつもりはない。いや、間違いなく、そんなことはなかった」とあり、それが抹消されている。いずれにせよ、これも「これ以上醜悪なことは考えつけもしなかった」ことを実行に移す陶酔状態を彼は欲したわけである。いわば、加害者と見える行為も被害者と見える行為もまた犠牲的乃至《ないし》は聖書的と誤解されかねない行為も、すべて「信じられないほどの快感にかきたてられて」陶酔状態になるための手段にすぎないわけである。その彼が告白をし、それを印刷して世間にばらまこうとする。これは懺悔なのか、決してそうではない。彼は新しい、より刺戟《しげき》的な陶酔を求めているにすぎない。ではそれがどうなるのか。彼は、何らかの新しい刺戟的な陶酔を求めて、新しい犯罪にと向うのか、おそらくそうであろう。チホンはそれを正確に見抜いて恐怖にかられる。それは悪霊を眼《ま》のあたりに見た恐怖である。そしてスタヴローギンはまたその彼を見る。

「……スタヴローギンは嫌悪《けんお》の表情で言葉をさえぎり、椅子《いす》から立ちあがった。チホンも立ちあがった。

『どうなさいました？』彼は、ほとんどおびえたようにチホンを眺めながら、ふいに叫んだ。相手は手を前に組んだまま彼の前に立っていた。そして、はげしい驚愕《きょうがく》に襲われでもしたように、一瞬、病的な痙攣《けいれん》が彼の顔を走った。

『どうなさったんです？　どうしたんです？』スタヴローギンはくり返しながら、相手を支えようと走り寄った。相手がいまにも倒れそうな気がしたのである。

『私には見える……現《うつつ》のように見える』チホンは魂を刺しつらぬくような声で叫んだ。その顔には、このうえもなくはげしい悲しみの表情が浮んでいた。『いまだかつてあなたは、哀れな、破滅した若者よ、新しい、さらにさらに強烈な犯罪に、いまこの瞬間ほど近く立っておられたことはありませぬぞ！』

『落ちついてください』スタヴローギンは相手の様子にすっかり度胆《どぎも》を抜かれて強く言った。『ぼくは、たぶん、取りやめますよ。あなたのおっしゃるとおりです』

『いや、公表のあとではない、その前にです、おそらくはその大きな一歩を踏み出す一日前、一時間前に、あなたは救いの道を求めて、新たな犯罪に飛びつかれる、そして〔いましきりと主張しておられる〕その文書の公表を逃れようただそれだけのために、その犯罪を犯される』

スタヴローギンは憤怒《ふんぬ》と、ほとんど驚愕にもひとしいもののために、がたがたとふるえはじめた。

『呪《のろ》わしい心理学者め！』ふいに彼ははげしい怒りの発作にかられてつぶやき捨てると、後も見ず、庵室《あんしつ》を出て行った」（傍点筆者）

一体これはどういうことなのであろう。自己の卑劣さを公表することに陶酔を感じるのだろうか。そして公表を取りやめれば、公表し得なかったという卑劣さはまことに常識的な卑劣さだから、それだけでは陶酔できず、そこでさらに大きい犯罪に走る……。

内容が卑劣だということは公表それ自体が卑劣だということではない。ではこれによって世間から精神的な「平手打ち」を食うことに彼は陶酔を求めそれを期待していたのであろうか。

いずれにせよ、救済を求めて新しい犯罪をおかす、それが悪霊であろう。悪霊にはそれ以外に救済感はなく、それを求めつづけつつ、終末を待っている。それを簡単に要約すれば、罪を自覚しないのでなく、明確に罪を自覚することに陶酔する、その陶酔を求めて罪を犯す、それは罪を犯すことを麻薬とする状態、ということになろう。これは確かに、終末まで、際限がない。チホンはスタヴローギンの中にその悪霊を見た。小林秀雄は「『悪霊』について」をこのように進めるであろうと、私は、勝手に空想した。というのは、そのようにたどって行けば、ドストエフスキーの第二のプランを、跡づけることができるからである。そしてその次に、第一のプランと第二のプランの接点に進めば、複雑怪奇な『悪霊』という小説を「射とめる」ことが不可能ではないからである。では小林秀雄は、なぜそれをやめてしまったか。それを探る前に、まずこの二つのプランの、最も大きな接点へと進もう。

ピョートルがステパン氏の子なら、スタヴローギンはその教え子である。そして彼は、ヨーロッパで教育をうけたスイスのウリイ州の市民でもある。ロシア人のくせにロシア語も満足に書けない。彼の知識は広いし、人生体験は豊富であるが、ロシア人としての体験も知識も殆ど持たず、もちろんロシアの伝統文化などは彼と無縁のものである。こういう彼を見て「西欧文化に毒された」と見るのが普通であり、そういう見方をすれば「西欧はわれわれを堕落さす」という形になり、これがスラヴォフィルや戦前の日本の国粋主義になる。確かにスタヴローギンは「物語が繰り拡《ひろ》げられる田舎町に突然姿を現す主人公は既に『破滅した』男である。放蕩《はうたう》、決闘、流刑《るけい》、アイスランドからエヂプトに至る遍歴、彼の破滅を準備したあらゆる事件は、物語の始る時にはは過去のものとなつて、読者の眼に隠されてゐる」。その彼もまた「コスモポリタンはゼロだ、いやゼロより悪い。国民性を他にして芸術も真理も生活もありはしない。人相のない処に理想的な顔がある筈《はず》がない、あつてもたゞとぼけた面《つら》だ」の一人、いわば仮面以外には顔のない人間なのだが、彼の悪霊は、国粋主義が単純に考えているのと違って、西欧から来たものではない。

『告白』の筆写版の方に次のような文章がある。チホンがいう「私はあなたに対しては何一つ隠しますまい。私は、無為になずんだ大いなる力が、求めて醜悪に埋没していったのを見て、慄然《りつぜん》とさせられたのです。どうやら、理由なくして外国人にはなれぬものと見えますな。この世には、祖国の大地から離れた人につきまとって離れない一つの刑罰がある――退屈と、仕事の希望を持ちながらも無為に堕していける能力がそれです……」と。そしてその空白を充足するためというよりむしろ、空虚な充足感を得て自らを慰撫《いぶ》するため、彼は陶酔を求める。それもおそらく麻薬のようなもの、前記のように犯罪という麻薬の陶酔で生きているような状態であろう。従って彼が、ピョートルに「……密告の恐れがあるとかなんとか言って、殺させるんです」と言ったところで、革命はもとより、その殺人が必要なはずの防衛すべき組織など何もなくて、一切が虚偽だと知っていて一向にかまわない。否《いな》、その方がむしろ陶酔できるはずである。この悪霊が、同じように「ただ微温《ぬる》きものではありたくない」のピョートルの空白の中に住みつく。それを予測してスタヴローギンが楽しげに笑ったところで少しも不思議でない。そして悪霊は豚に入って全員が破滅の淵《ふち》にとび込み、同時に悪霊は自らの命を絶ち、町は平静にもどる。

以上、きわめて簡単に要約してしまったが、『悪霊』と「『悪霊』について」を読むと、小林秀雄の評論の進め方は、大体この方向ではなかったかと私は想像する。もっとも、もしそれが完結していれば、もちろん、こんな単純なものではなかったであろうが——。だがこのような線で、いやこの線でなくても、その評論を押し進めていくことが、小林秀雄に不可能であったとは思えない。というのは「未完」で終っているところまで読めば、すでに、ある方向づけがされていることはだれの目にも明らかだからである。従って氏が「打切り」とされたのは、別の理由であったはずだ。それは何であろうか。

戦後の日本にも「ネチャアエフ的現象」は確かにあった。それは単に連合赤軍だけではない。終戦直後に「虚脱状態」という言葉が流行したが、これは、歴史の急激な中断によって当然に生じた状態である。そして「虚脱状態」とは一種の「空白状態」だが、それが同時に「食えない」という肉体的空白状態ともいうべきものを共に招来したことは、妙な言い方だがむしろ幸福なことであった。あの虚脱状態で肉体の力だけあふれていたら、一体、どういう現象を呈したであろうか。小林秀雄はもちろんこのことを知っていた。「肉体の機構が環境への順応を強ひられてゐる様な正確さで、精神は決して必然性の命令に屈従してはゐない。本能的に危険を避ける肉体は常に平衡を求めてゐる。満腹の後には安眠が来る様に出来てゐる。だが、精神は新しい飢餓を挑発しない様な満腹を知らない……」。いわば、精神が「本能的に危険を避ける肉体」に奉仕し切っている限り、それは動物的とはいえようが、動物的な平静を得られる。しかし、「満腹の後には安眠が来る」ような状態になり得ても、精神そのものは何も充足していない。そしてその時、この空白が強烈に意識されて、その飢餓感はますます強くなる。と同時にその時の若い人びとは「祖国なぞ見せて貰《もら》つたことがない」状態なのである。この状態で「ネチャアエフ的現象」が起らなかったら、その方がむしろ奇蹟《きせき》であろう。

こう見ていくと、小林秀雄が「『悪霊』について」を戦後に「未完」のまま放っておいたことがますます不思議になる。では、なぜなのか。それはわからない。だがおそらくそれは、似た現象が出て来れば来るほど、その内実における文化の違いが明らかになって行ったからであろう。簡単にいえば「ネチャアエフ的現象」が日本に起っても、そこにロシアの悪霊は登場しない。われわれはスタヴローギンのように、またリーザの夢のように、悪霊が自分の傍らに居たり、自分の周囲でうごめいていたりするのを実感することはできない。だがおそらくそれと違った何かが、「空気《プネウマ》」が存在するであろう。だがそれを黙示文学的手法で、いわば人びとの動きの「祓《おお》いを取れば」その背後に見えてくるといった手法で明らかにした戦後の作品を私は知らない。もしそういう作品があれば、日本の悪霊はスタヴローギンとは全く違った姿をしていることがわかるであろう。

「鬼神学《デモノロジー》」という学問がある。こういう学問が日本で学問として認められているのかどうか私は知らないが、前に国学院大学の阿部正路教授と「幽霊とサタンの討論会」をやったとき、実に面白かったことは、日本の幽霊は聖書の世界には全く登場しないことであった。例外的にたった一ヵ所、それらしきものが出現すると言えばいえるが、それもまた否定されるべきものとして現われるのである。では「四谷《よつや》怪談」にサタンは登場するか。しない。ここの主役は幽霊であり、それはあくまでも、死後の肉体から遊離した社会的存在たるその人の「霊的実在《プシュキコン》」なのである。多くの人は、人間の空想は自由であると錯覚している。だがこれは錯覚にすぎず、その人の空想がどれだけ伝統的な文化の枠にはめこまれているか、これは「鬼神学的比較文化論」をやって見れば明らかであろう。幽霊が実在するか否か、私は知らない。しかし幽霊を実感した人間なら日本にはいくらでもいる。しかしスタヴローギンのように自らの傍らに「悪霊《プネウマ・ポネーロン》」を実感した人はいないであろう。一方スタヴローギンには、夜な夜な、マトリョーシャの亡霊が出て来て彼を苦しめ、そのため彼がうなされているわけではない。この点、日本人は違う。留置場でうなされて「自白」という「懺悔」をする者は今も決して少なくないが、彼を懺悔させるものは死者の亡霊的なものであっても、傍らに「悪霊《プネウマ・ポネーロン》」がいるというスタヴローギン的な告白をしているわけではない。

小林秀雄にとって「分るということ」は、新しい認識に達して、新しい世界が開けることであった。ではわれわれが、「悪霊《プネウマ・ポネーロン》」への新しい認識に達して、悪霊の住む新しい世界が目の前に開かれることが可能であろうか。それが可能ならば小説『悪霊』の世界への新しい認識に達して、その世界が全く新しい姿で目の前に現われて来るかも知れない。小林秀雄にはおそらくそれが不可能だった。不可能で当然であろう。人間にはすべてのことが可能であるわけではない。では小林秀雄は小説『悪霊』の世界に何も見なかったのであろうか。決してそうではない。彼は見うることを、見つくさないでは気がすまなかった。それは、当時のロシアが抱えていた問題と、明治以降の日本が抱えざるを得なかった問題である。もっとも日本の場合、この問題は漢字の導入にまでさかのぼって行くわけだが、この時代にすでに、前述のように、日本の伝統と導入された西欧文化の統合について氏は考えていた。そして人びとが、導入には自己否定的な学習と努力の必要を当然としながら、伝統にはそれを必要としないと漠然と思っていることを警告し、伝統が決して一筋縄で捕えうるものでないことを指摘している。日本人だから日本の伝統を継承している、などという安直なことは決していえない。「伝統は、これを日に新たに救ひ出さなければ、ないものなのである。それは努力を要する仕事なのであり、従つて危険や失敗を常に伴つた。これからも常にさうだらう。少くとも、伝統を、さういふものとして考へてゐる人が、伝統について、本当に考へてゐる人なのである」(伝統について)。ここから氏の日本の伝統への探究がはじまる。それはある意味では『悪霊』で向きを変えた」と言えることであろう。

「小林秀雄はオポチュニストだ、ランボオだ、ヴァレリイだ、ドストエフスキイだと言ってて、戦時中は、実朝《さねとも》だ、西行だといい、戦争が終ればモオツァルトか……」といった批評があったそうである。「あったそうである」というのは、私は、その時々の批評には無関心な人間なので、どのような小林秀雄批判があったのか知らないからである。ただ、たまたま読んだ佐古純一郎氏の文章の中に、上記のような批評のばからしさを指摘したものがあったので、「ヘエー、そういう批評があったのか」と思っただけである。

だが、小林秀雄が伝統という問題を考え、それを「救ひ出さなければ、ないもの」と記したのは太平洋戦争のはるか前、そしてこの発想がさまざまな形で彼の中に胚胎《はいたい》し、さまざまな文章の背後に見えてくるのは、日華事変勃発《ぼつぱつ》の前であろう。伝統を救い上げるのは「努力を要する仕事」「危険や失敗を常に伴つた」仕事と記しているのは、彼自身がすでにそれを経験していたからであろう。これは戦争とは関係はない。

しかし小林秀雄は、戦中・戦後の、日本的な悪霊の跳梁《ちようりよう》の中に、伝統の喪失による「飾りつけされた空白」を見たであろう。そしてこういうとき発生するいわゆる伝統主義なるものが、それはスラヴォフィルであれ日本の国粋主義であれ、実は、伝統の喪失から生じたものであることを見抜いていた。それが汎《はん》スラヴィズムと呼ばれようと、国粋主義・超国家主義と呼ばれようと、それもまた伝統の喪失から生じた「渇《かつ》ゑ」に跳びついた虚構にすぎず、そこには何もないことを彼は知っていた。いわば空白による渇えから飛びついた対象を「伝統」と呼んで絶対化し、「彼等は此処《ここ》では見落してゐる新しい祖国を発見したと信ずる」にすぎない。そこには、伝統とは自らが救い出すもの、そして「救ひ出さなければ、ないもの」と言った発想は皆無であり、もちろん「危険や失敗を常に伴」うものといった考え方はない。

小林秀雄はここで「伝統を救ひ上げる」という「危険や失敗を」伴う道へと歩き出した。だが、それこそ、明治知識人が求めた「日本の文化を西欧の文化とどう統合するか」の道であり、「この大問題を離れてこれからの日本の文化はない」「それは日本人自ら解決するより外はない」からである。この点、小林秀雄は明治以降の日本の文化を正しく継承していたであろう。そしてそれを避けるとき生ずるのは日本のステパン氏であり、その子や弟子は、ピョートルやスタヴローギンに似た運命をたどるであろうことを、彼は知っていた。

# 五　小林秀雄の政治観

「先日、モスクヴァで行はれたドストエフスキイ氏の話は、お目出度《めでた》い連中の間に、非常な昂奮《かうふん》を巻き起した様子であるが、冷静に見れば、今度の演説も、要するに、この作者がこれ迄《まで》さんざん説いて来た宗教的理想、個人の道徳的完成を言つてゐるに過ぎないではないか。今日のロシヤの求めてゐるものは、そんなものではない、社会的理想である、現実に新しい公民的制度を確立する為《ため》の社会的理想である。詩人に騙《だま》されてはいけない」

「小林秀雄とラスコーリニコフ」で記したあの講演の後に現われたさまざまな批判の一つ、グラドフスキーという人の反駁《はんばく》文である。

「『作家の日記』には講演筆記の直《す》ぐ後に、グラドフスキイへの答弁が載つてゐます。この答弁も長いものであるが、ドストエフスキイは『グラドフスキイ氏の様な反駁文が現れる事はとくと承知してゐた、自分の予感は適中したのである』と冒頭して、長々と忍耐強い弁明を試みるのであるが、だんだん腹が立つて来る。それが読んでゐてよく解《わか》るのが面白い。たうとう彼の憤懣《ふんまん》は爆発して了《しま》ふ。『私の演説の成功は聴衆がお目出度かつたからだ、近頃モスクヴァの人々にはお目出度い気分があるからだ、と君は言ふ。あゝ君達は何といふ観察家だ。神に誓つて自讃《じさん》ではないが、私の講演の成功は講演中にある一つの動かすべからざる真理の力によるのである。君は君のスローガンを掲げて公民的団結に向つて進み給《たま》へ。Liberté, Egalité et Fraternité.（自由、平等、友愛）よろしい。だが君はもう一つのスローガンを同時に掲げてゐる事を忘れるな。ou la mort. 然《しか》らずんば死。――ヨーロッパは、外的現象に救ひを求める人に満ちてゐる。道徳の根本の基礎が、もう崩壊してゐるのだから、社会的理想に関する抽象的公式が、幾つも叫ばれゝば叫ばれる程、事態は悪化するのだ。一世紀も経《た》たぬ内に、彼等はもう二十回も憲法を変へ、十回近くも革命を起したではないか。総決算の時は必ず来る、誰も想像出来ない様な大戦争が起るであらう。私は断言して憚《はばか》らないが、それはもう直ぐ扉の外まで迫つてゐる。君は私の予言を笑ふか。笑ふ人達は幸福である。神よ、彼等に長命を与へ給へ。彼等は自分の眼で見て驚くだらう』」（政治と文学）

グラドフスキーは言った「詩人に騙されてはいけない」と。おかしな言葉だ。しかしこの言葉のおかしさに人は案外、気づかない。詩人が人を欺《あざむ》くとすれば、それは書いた詩によって欺くはずだが、この言葉は、絵画が人を欺く、音楽が人を欺く、といった言葉と同様に荒唐無稽《こうとうむけい》である。大体ホメーロスに騙されたとか、大伴家持《おおとものやかもち》に騙されたとかいった言葉があり得ないように、ドストエフスキーに騙された、本居宣長《もとおりのりなが》に騙されたと言った言葉はあり得ない。そして同様に、小林秀雄に騙されたという人も居ないであろう。では一体、人は何に欺かれるのか。それは「詩人に騙されてはいけない」という言葉に欺かれるのであり、その「欺き」の基本形はグラドフスキーの言葉に、そのまま現われている。簡単にいえばまず、ドストエフスキーの「言葉」は発言者が明らかだが、グラドフスキーの反駁には発言者がいないということである。

講演の内容はドストエフスキーが「これ迄さんざん説いて来た宗教的理想、個人の道徳的完成」であったのかも知れないが、それはあくまでもドストエフスキーがロシアに求めたのであってロシアが求めたのではない。それに反駁するなら、グラドフスキーは「それは違う、私がロシアに求めるのは」と言わねばおかしいのだが彼はそう言わず、「今日のロシヤの求めてゐるものは、そんなものではない」と断定する。この断定に「ロシア自身」が反駁することはあり得ないから、その「社会的理想」なるものを求めているのが、グラドフスキー個人なのかロシアなのかわからなくなる。そしてそれをわからなくするのが「政治的発言」であろう。明治のジャーナリストは「吾人《ごじん》をして言はしむれば」と言った。それなら発言者は明らかだが「世論が云々《うんぬん》」といえば発言者は匿《とく》名《めい》になる。人はそれに欺かれるが、詩人は欺かれまい。詩人なら、この「名前を明記したように見える匿名性」にすぐ胡散臭《うさんくさ》さを感じるはずだ。ジイドが『ソヴェト旅行記』の冒頭で「これは全く個人的感想であり、自分の観察は心理的角度から出ない」と断っていることを、小林秀雄は戦前の書評でも戦後の「政治と文学」でも取りあげ「作家としての無私な態度の率直な表明」としている。だが「批評家が摑《つか》まへたのは其処《そこ》なのです。其処さへ摑まへて了へば、ソヴェトに行つた事があらうがなからうが、そんな事はもう問題ではない。ジイドといふブルジョア作家の心理は、ソヴェトの新しい現実を歪《ゆが》めて映す鏡に過ぎまい……」」、つまりブルジョア作家に騙されてはならない、となる。そして、その言葉に欺かれる。というのはそういった匿名性の目が「歪めて映す鏡」でない証拠はどこにもないうえ、「目の在り処」さえ明らかでないからである。

こういう現象は将来もつづくであろう。なぜか。そこにあるのが「政治」と「民衆という巨獣」の問題である。

「政治家には、私の意見も私の思想もない。そんなものは、政治といふ行為には、邪魔になるばかりで、何んの役にも立たない。政治の対象は、いつも集団であり、集団向きの思想が操れなければ、政治家の資格はない。だから無論、彼等は、思想を自ら創《つく》り出す喜びも苦しみも知らない、いや寧《むし》ろ、さやうな詩人の空想を信ずるには、自分はあまり現実家だといふ考へを抱いてゐます。既に出来上つて社会に在る思想を拾ひ上げて利用すればよい。利用といふのは、各人の個性などにはお構ひなく、選挙権並みに、思想を集団の間に分配する事だ。幸ひにして出来合ひの思想といふものは、かういふ不思議な作業に堪《た》へますから、こゝに指導したい人種と指導されたい人種との間に、馴合《なれあ》ひが生じます。何故政治に党派といふものが必至かといふ事も、元はと言へば、思想のさういふ扱ひ方から来てゐると思ふ。幾人にでも分配の可能な、社会的思想といふ匿名思想には、無論、個性といふ質がないわけであるから、その効力は量によつて定まる他はない。例へば、ドストエフスキイの発明した人間の自由に関する思想は、彼のかけ替へのない体験の質によつて保証された現実性によつて、その効力を発揮するが、ある集団の各人に平均的な自由主義といふ思想は、頭数が増えるだけが頼みである。頭の寸法も計らずには帽子も買へないのが普通だが、政治思想といふ買物は、これは又格別である。政治家の変節を、人は非難するが、をかしな話で、政治思想といふものが、もともと人格とは相関関係にはないものなのである。さういふ次第で、同類を増やす事は極めて易《やさ》しい。だが、それは裏返して言へば、敵を作る事も亦《また》極めて易しいといふ意味になります。空虚な精神が饒舌《ぜうぜつ》であり、勇気を欠くものが喧嘩《けんくわ》を好むが如《ごと》く、自足する喜びを蔵しない思想は、相手の弱点や欠点に乗じて生きようとする。収賄《しうわい》事件を起した或《あ》る政治家がテーブル・スピーチでこんな事を言ふのを私は聞いた事がある。『私は妙な性分で、敵が現れるといよいよ勇気が湧《わ》く』。ちつとも妙ではない、低級な解り切つた話であります」（政治と文学、傍点筆者）

　この「低級な解り切つた」ことを、「獣性プラス独自性」と形で把握して、それを徹底的に押し進めたのがヒットラーやスターリンだが、ドストエフスキーはすでにその出現を予感していた。彼がグラドフスキーへの答弁で述べた不思議な予言の中にそれが現われている。そして自覚せずにその準備をしている者をグラドフスキーに見た。彼のいう「公民的制度を確立する為の社会的理想」などは、彼が「発明した」思想ではない。それは西欧からの輸入品、いわば「政治思想といふ買物」であり、その「買物」をなるべく広く「分配」して「頭数が増え」ればよいわけである。ではグラドフスキーは政治家なのか。政治家なら反駁などはせず「集団向きの思想を操」っているはず、そして利用できれば、ドストエフスキーの講演も利用するだろう。では思想家なのか、思想家なら「政治思想といふものが、もともと人格とは相関関係にはないもの」であり、「道徳的完成」に達した人間が、最も無能な政治家でありうることも、あり得た実例も知っているはず、それならばドストエフスキーが「これ迄さんざん説いて来た」ことと、「公民的制度を確立する為の社会的理想」なるものとは、「あれか・これか」の二者択一の関係にはないぐらいのことは気づくはずである。そして彼にこの関係を気づかせないものが「政治的イデオロギイ」に置く極端な優位性、それが人間の内心をもすべてを支配しうるかの如き錯覚だが、これについては後述しよう。

そのことは一先《ひとま》ず措《お》いて簡単に定義すれば、彼は「社会的理想に関する抽象的公式」の輸入業者であろう。抽象的公式は簡単に輸入できる。その輸入品を「自らの思想」と誤解したのはグラドフスキーだけではあるまい。明治以降の日本、特に戦後の日本は、あらゆる「社会的理想に関する抽象的公式」を輸入して分配してきたが、その「公式」は、ドストエフスキーの思想のように「かけ替へのない体験の質によつて保証された現実性によつて、その効力を発揮する」わけではないから、「その効力は量によつて定ミる他はない」。そしてこの公式は「人格とは相関関係にはない」から、その公式をとるか伝統的倫理観をとるかといった、二者択一の関係にはない。民主制といった政治思想が輸入されて全国民に分配されたからといって、宗教的理想や個人の道徳的完成が否定されるわけではあるまい。また否定したところで、過去が消えるわけではなく、また本当に消えたら記憶喪失症のように未来も消えてしまう。「古典を読むごとに考へる、といふよりも考へさせられる。過去に縛られるのを恐れるものが、どうして未来に援《たす》けを求める権利があるか、と」（手《て》帖《てふ》Ⅰ）

だが戦後は、グラドフスキーと同じように振舞い、そして「単に現代に生きてゐるといふ理由から過去を侮蔑《ぶべつ》するといふ殆《ほとん》ど無意味な己惚《うぬぼ》れをはびこらせた」（政治と文学）が、「社会的理想に関する抽象的公式」の輸入・配給が社会にどう作用するかは無関心だった。そこには己惚れはあっても「『理想的なもの』から『政治的なもの』への移行が、一種の『転落』を伴ふ事は避け難いのであらうか」という、『ソヴェト旅行記』でジイドが提出した疑問を忘れていた。疑問がない者に探究はない。そしてこの問題への解答を小林秀雄が提示するまで一世代を要したが、はじめから疑問のない者は提示されても気づかない。この問題は本居宣長にとってはすでに疑問の提示でなく自明のことであった。どれだけ「『学問よく、経済の筋にも鍛煉《たんれん》し、当世の事情にも通達したるも、とかくに儒者は又儒者かたぎの一種の料簡《れうけん》ありて、議論の上の理窟《りくつ》は、至極尤《もつと》もしてに聞えても、現にこれを政事に用ひては、思の外によろしからざる事もおほくして……』」（『本居宣長補記』）である。これについては「小林秀雄の『流儀』」で記そうと思うから詳説しないが、この「儒者」を「主義者」と読みかえて、その全文を読んで下されればよい。

だが少し先へ進みすぎたようだ。その前に、ドストエフスキーの予言が二度の大戦で現実のものとなった理由を探らねばならない。「ヨーロッパは、外的現象に救ひを求める人に満ちてゐる。道徳の根本の基礎が、もう崩壊してゐるのだから、社会的理想に関する抽象的公式が、幾つも叫ばれゝば叫ばれる程、事態は悪化するのだ……総決算の時は必ず来る、誰も想像出来ない様な大戦争が起るであらう……」。ドストエフスキーは予言などは好まなかったし、言いたいことはすべて一連の大作の中で言っていたが、彼はこう予言せざるを得なかった。「かやうに激しい調子の文章は、彼の全作品中、他にはないのであります」（政治と文学）と小林秀雄は記しているが、この時点で彼の予言を信じた者がいたであろうか。ヒットラーやスターリンの出現を予感した者が、スタヴローギンが権力を握ったらどうなるかと想像した者が、いたであろうか。いや、そんなことは詩人の空想だ、第一、ドストエフスキーの小説の中の人物など現実に居るわけがない、「詩人に騙されてはいけない」そう考えるのが普通であろう。そして、連合赤軍事件が起って、逆に、『悪霊』が現実に見えてくるのと同じようなことを、われわれには何度も体験しながら忘れていたのだ。

「ヒットラアは、十三階段を登らずに、自殺した。もし彼が縊死《いし》したとすれば、スタヴロオギンのやうに、慎重に縄に石鹸《せつけん》を塗つたに違ひない。その時の彼の顔は、やはりスタヴロオギンのやうに、凡《およ》そ何物も現してはゐない仮面に似た顔であつたと私は信ずる。……スタヴロオギンは、あり余る知力と精力とを持ちながら、これを人間侮蔑の為にしか使はなかつた。彼は、人を信ぜず、人から信じられる事も拒絶した。何事も信じないといふ事だけを信じる事を、断乎《だんこ》として決意した人物であつた。この信じ難い邪悪な決意が、どれほど人々を魅するものか、又どのやうな紆余《うよ》曲折した道を辿《たど》り、徐々に彼自身を腐蝕《ふしょく》させ、自殺とも呼べないやうな、無意味な、空虚な死をもたらすか、その悪夢のやうな物語を、ドストエフスキイは、綿密詳細に語つたが、結局、物語の傑作を出ないと高を括《くく》られた。作者のやうに、悪魔の実在を信ずるものはなかつたからである。自分は、夢想を語つたのではない、また諸君の言ふやうに、病的心理の分析を楽しんだわけでもない、正真正銘の或るタイプの人間を描いてお目にかけたのだ、と彼はくり返し抗弁したが無駄だつた」（ヒットラアと悪魔）

彼がくり返し抗弁しても無駄だったことを、人びとが一瞬にして覚《さと》る時が来る。その「覚る時」とは予言が成就《じょうじゅ》して現実になったときだが、それまでは決して信じようとも覚ろうともしない。これは旧約聖書の預言者以来のこと、預言者がいかに近づいて来る破滅を警告しようと、人はそんな言葉に耳を傾けない。傾けるとすれば預言者エゼキエルが言ったように「歌うたいの歌」に耳を傾けるような傾け方である。そして破滅が来て覚る。来た後で覚っても、文字通り後の祭りであり、もっともらしく論評すれば馬鹿《ばか》の後知恵である。馬鹿の後知恵はもう沢山だが、小林秀雄は決してそうでなく、ヒットラーの『我が闘争』を読んだとき、すでにその本質を見破っていたことは、『我が闘争』への短い書評を見れば明らかである。「私は、嗅《か》いだだけであつた」と、その二十年後に、「十三階段への道（ニュールンベルク裁判）」という実写映画を見、「ヒットラアと悪魔」を書いたとき、彼は記している。確かに『我が闘争』の中に何かを「嗅いだだけ」であったろうが、彼が正確に「嗅ぎ分けていた」ことは否定できない。まず映画への彼の印象を、次にその二十年前の「書評」を引用させていただく。

「残虐性《ざんぎやく》は今や現代人の快楽の重要な要素になつた、と論ずる映画批評家の文章も何処《どこ》かで読んだ事がある。しかし、『ニュールンベルク裁判』には、大ていの事には驚かぬ映画ファンも驚いた様子だ。理由は明瞭《めいれう》なやうである。それはマイクから流れ出す一つの声にあつた、『この映画のすべては事実に基くものである。事実以外の何ものも語られてはゐない』といふ声にあつた。

観客は画面に感情を移し入れる事が出来ない。破壊と死とは命ある共感を拒絶してゐた。殺人工場で焼き殺された幾百万の人間の骨の山を、誰に正視する事が出来たであらうか。カメラが代つてその役目を果したやうである。御蔭《おかげ》で、カメラと化した私達の眼は、悪夢のやうな光景から離れる事が出来ない。私達は事実を見てゐたわけではない。が、これは夢ではない、事実である、と語る強烈な精神の裡《うち》には、たしかにゐたやうである」

「私の心にはまだマイクの声が鳴つてゐる。『事実以外の何ものも語られてはゐない』——その中に、久し振りで見たヒットラアの写真があつた。あのぬらりとした仮面のやうな顔があつた。チョビ髭《ひげ》も附け髭に似てゐる。頭も頭蓋骨《づがいこつ》にぺつたりと貼《は》り附けた鬘《かつら》のやうだ。ドストエフスキイは、スタヴロオギンといふ悪魔を構想した時、その仮面のやうな顔附きを想像し、これを精細に描いて見せるのを忘れなかつた。彼の仮面に似た素顔は、彼の仮面に似た心をそのまゝ語つてゐる。彼は骨の髄まで仮面である。悪魔は仮面を脱いで、正体を現したといふ普通な言葉は、小悪魔にしか当てはまらない。ドストエフスキイはさう見抜いてゐた。これは深い思想である。——しかし、一体事実とは何んだらう、あの一切が後の祭りの事実とは。私は幻のなかにゐるやうな気がした。幻のなかで、チョビ髭の悪魔が、マイクを通じて言つてゐた。『事実以外の何ものにも、私は興味を寄せなかつた男だ』と」

　これが書かれる二十年前、小林秀雄はヒットラーの『我が闘争』について次のような書評を書いた。

「これは全く読者の先入観なぞ許さぬ本だ。ヒットラア自身その事を書中で強調してゐる。先入観によつて、自己の関心事の凡《すべ》てを検討するのを破滅の方法とさへ呼んでゐる。そして面白い事をいつてゐる。さういふ方法は、自己の教義に客観的に矛盾する凡てのものを主観的に考へるといふ能力を皆んな殺して了《しま》ふからだと言ふのである。彼はさう信じ、さう実行する。

これは天才の方法である。僕はこの驚くべき独断の書を二十頁《ページ》ほど読んで、もう一種邪悪なる天才のペンを感じた。僕にはナチズムといふものが、はつきり解《わか》つた気がした。それは組織とか制度とかいふ様なものではないのだ。寧《むし》ろ燃え上る欲望なのである。ナチズムの中核は、ヒットラアといふ人物の憎悪《ぞうを》のうちにあるのだ。毒ガスに両眼をやられ野戦病院で、ドイツの降伏を聞いた時のこの人物の憎悪の裡にあるのだ。

ユダヤ人排斥の報を聞いて、ナチのヴァンダリズムを考へたり、ドイツの快勝を聞いてドイツの科学精神をいつてみたり、みんな根も葉もない、囈言《たはごと》だといふ事が解つた。

形式だけ輸入されたナチの政治政策なぞ、反故《ほご》同然だといふ事が解つた。

ヒットラアといふ男の方法は、他人の模倣なぞ全く許さない」

この二つを読み比べると面白い。普通の人間なら「これが現実」だと思う映像の世界に「幻のなかにゐるやうな気がし」、普通の人間なら「煽動《せんどう》政治家のたわごと」と見るものに「憎悪のうちにある邪悪なる天才の燃え上る欲望」の現実を見、そこにナチズムなるものの中核があることを彼は見抜いていた。彼は『我が闘争』を「二十頁ほど読ん」だだけで正確にその真髄を嗅ぎとっている。今この書評を読んでもだれも奇異には感じまい。小林秀雄は戦前と戦後で、「ヒットラー観」を変える必要が少しもなかった。世人はこのことをどう評価するか知らないが、当時の記憶が鮮やかに残っている私には不思議である。というのは昭和十四、五年の、日独伊防共協定からさらに軍事同盟へと進んで行くころの日本の「ヒットラー熱」を覚えている者には、小林秀雄の嗅覚《きゅうかく》の正確さは少々信じがたい気持さえする。と同時に、こういうことが書けたことは、戦後より当時の方が「言論の自由」があったのかな、という妙な気もする。というのは当時の「ヒットラー熱」は、戦後の「文革熱」や「毛沢東熱」を上まわるものであったからだ。ジャーナリズムの狂態はいずれの時代でも始末の悪いものだが、これが政府と一体化すると手におえなくなる。確に戦後もさまざまな「熱」はあったが、騒々しかったのはジャーナリズムの世界のことで、総理乃至《ないし》は総理級の人物がたとえ仮装とはいえ、人民服を着て紅衛兵の腕章をつけたわけではない。しかし当時は、近衛文麿《このえふみまろ》がヒットラーに仮装をしている。『重臣たちの昭和史』でその写真を見、小林秀雄の前述の書評を読むと、「五摂家筆頭のお公卿《くげ》さん」には、結局、何もわかっていなかったのだと思わざるを得ない、もっとも私であれ、ジャーナリズムであれ同じではあったが――。仮装するほど惚《ほ》れ込んだのなら、近衛文麿も当然『我が闘争』を読んでいただろう。しかしたとえ読んだとて何も「嗅ぎとる」ことはできなかったであろう。それが普通であり、「嗅ぎとった」小林秀雄の方がむしろ例外者であったろう。

ナチスの勃興期《ぼっこうき》は、私が、少年期を脱して青年期に移行する時期、この一時期は、思索に於《お》いては未熟でも、感覚は妙に鋭敏になる。その時期に親善使節「ヒットラー・ユーゲント」が来た。これを迎えるマスコミの狂態ぶりは当時の新聞を見て下さればよい。何しろ「ヒットラー・ユーゲント歓迎の歌」まで作詞・作曲された。その歌のメロディーと結びの一節「万歳ヒットラー・ユーゲント、万歳ナチ」は今も記憶に残っている。新聞は彼ら全員の動静を写真入りで連日報じ、彼らのコメントがさまざまな形で載っていた。団長シュルツ、副団長レデッカー、何でそんな名前まで覚えているのか。私は彼らの何かのコメントに腹を立て、新聞の写真に向って「生意気抜かすな、馬鹿野郎」と言った覚えがあるからである。彼らは親善使節だから、日本人の気に障《さわ》るようなことは言うはずはない。だが「世界に冠たるドイツ国《ドイッチュラント・ユーベル・アルレス》」と「アリアン民族優秀説」を叩《たた》き込まれた彼らは、内心では有色人種の日本人などはユダヤ人以下の虫ケラのように思っていたであろう。もちろん親善使節の彼らは、そんなことはおくびにも出さなかった。だが、「感覚が妙に鋭敏」なある時期の私は、彼らの言葉の端から、何かを感じ取ったのであろう。それは少しも不思議ではない。「人間は侮蔑されたら怒るものだ、などと考へてゐるのは浅薄な心理学に過ぎぬ。その点、個人の心理も群集の心理も変りはしない。本当を言へば、大衆は侮蔑されたがつてゐる。支配されたがつてゐる」と「あの有名な

『大審問官』といふ悪魔と全く見解を同じくする」（ヒットラアと悪魔）ヒットラーは、ドイツの民衆を徹底的に侮蔑し支配したが、同時に民衆には他民族を徹底的に侮蔑し、これを支配することを叩き込んだから、何かでそれを感じたのであろう。明らかな「侮蔑」なら、群衆の一人にすぎない私は、所詮《しょせん》、同じ状態だったのであろう。だが「親善」らしき言葉の蔭にちらりと侮蔑が見えれば、逆に怒りを呼ぶ。このことはヒットラーも知っていた。「侮蔑されたがつてゐる。支配されたがつてゐる」という小林秀雄の言葉は決して反語ではない。私は、後述するように、帝国陸軍に入ってこのことを知った。

小林秀雄が「十三階段への道」という実写映画でヒットラーの映像を見る二十年ぐらい前、ということは『我が闘争』への書評が書かれたころに、私は、「勝利の歴史」という実写映画でその映像を見た。生涯に、数えるほどしか映画を見ていない私には、その印象が今でも鮮明に残っている。見た場所は軽井沢で、ドイツ大使の招待であった。そといえば何やら名士の子が招待されたように聞えるが、実は私は毎夏軽井沢でアルバイトをやって本代を稼いでいたのである。食料品店の住み込みで、御用聞きと配達をやっていたが、当時の軽井沢は今と違って「夏の首都」のような様相があり、私の担当地区にも政財界の大物や大使の別荘などがあった。同時に私服の特高や憲兵も入り込んでおり、店主の最初の注意が「特高や憲兵が沢山おりますから、お得意先で見聞きしたことは絶対に口にしないように」であった。ただ私は余りそんなことは気にしなかった。問題が起りそうな所はみな、本職店員がまわっていると聞いたからである。私はここで六年制の尋常小学校も満足に通えなかった人たち、いわゆる「インテリゲンチャ」ではない人たちと一ヵ月半ほど起居を共にしていたが、思えば貴重な体験であった。彼らは表現が露骨で、何でもあけすけに口にし、時には応答に困るようなことがあったが、本心を隠しながらお上品に振舞う「ざあます」族のようなことは決してしなかった。

ある日、一人の店員が言った。「ヤマさんよ、今晩、映画に行かないか。オット大使のカミさんから招待券もらったんだ。だけどあのカミさん、ひでえブスだよなあ」と。彼の名は覚えていない。われわれはみな一種の「呼び名」で呼び合っており、私が「ヤマさん」なら彼は「ベーさん」だった。彼は北関東の僻村《へきそん》に育ち、小学校もろくに行けず、卒業とともに「口べらし」のため小僧に出されたのであった。「もうすぐ検査（徴兵検査）だなあ」と言っていたから、十八、九だったのだろう。いわばすでに五、六年店員をやっており、問題の起りそうな所をまわっていたベテランで普通の標準語を話していたが、来たばかりのころは「ああだべ」「こうだべ」を連発したので「ベーさん」という呼び名になったという。だが彼はこの呼び名を少しもいやがっていなかった。

ベーさんは美男子というより色男と言った方がぴたりとする青年で、相当の「色事師」らしく、多くの「アマさん」と噂《うわさ》があった。どういうわけか当時の軽井沢では女中を「アマさん」と言っていた。配達量の多いときは互に手伝うから、私も彼についてオット大使の別荘に行ったことがあり、彼がそこのアマさんにもてているのを知っていた。というのは当時の日本はすでに相当に物資が欠乏していたが、大使館は別であり、彼の顔を見るとアマさんがすぐコーヒーを入れてくれたからである。私のお得意先にはそんな所はなかったが、彼はそれを不思議がり、「ヤマさん、腕がないんだなあ、今度、指導してやるよ」と言っていた。ある日、私の配達量が多かったので彼が手伝ってくれた。届け先のヴィネルマンという家は、あとで聞くとソヴェト大使館の参事官か何かの別荘であったらしい。アマさんが出て来て品物を受けとったが、ベーさんは常になく神妙であった。帰途彼はいった。「ソヴェトじゃコーヒーはだめだな。だけどあのアマさんはち《キ》れいだなあ。ヤマさんよ、早いとこひっかけて、スコン、スコンやっちまえよ」と。思いも寄らぬ言葉に私はどぎまぎして返事ができなかった。一つは私の担当地区にソヴェトの参事官らしき者の別荘があったこと、もう一つは余りに露骨な彼の表現である。彼は、私が返事ができないのをちらと見ていった。「学生さんは純だよなあ、だけどヤマさんもいずれ検査だろ」と。

　このベーさんがどうやって招待券を手に入れたのか。大使夫人からでなく恐らくアマさんからであろうと、私は推察した。どんな映画かと聞くと「勝利の歴史」という戦争の実写映画で、一般公開の前の、オット大使主催の特別試写会だという。そんな所へ食料品店の小僧がまぎれ込んで大丈夫なのかという危惧《きぐ》はあったが、彼の後について行くことにした。会場は映画館ではなく、何かの会館か講堂のような所で余り広くなかった。何しろ店を閉めてから行くのだから、映画はすでにはじまっており、館内はまっくらだが満席らしく、私たち二人は席のうしろでの立見ということになった。

一般公開前だから字幕はなく、説明はすべてドイツ語なのでよくわからぬが、それだけに画面の印象は鮮烈だった。この映画の主役はヒットラーであり、映し出された彼は、地図を広げて参謀たちと協議し、何やら指示を与えている。落ち着き払って微笑を浮べている彼は英雄らしく見えた。おそらく映画はすでにマジノ線突破になっていたのであろう。戦闘場面、驀進《ばくしん》する戦車、両手をあげて降伏する仏兵、やがて画面が、移動する戦線を描き込んだ地図になる。ドイツ軍の線にフランス軍は包囲され、イギリス軍はダンケルクに追いつめられていく。ついでパリ入城、目深いナチ型の鉄帽《ヘルメット》をかぶり、独特の鵞鳥足《グース・ステップ》で凱旋門《がいせんもん》を行進するドイツ兵、そしてコンピエーヌの森の客車が映る。第一次大戦のときこの客車の中で、ドイツ帝国は降伏文書に署名した。そのことを刻み込んだらしき碑の前で、感慨深げにヒットラーはそれを眺め、やがて客車に入る。映写は客車の外から行われているから、窓越しにしか様子はわからないが、今度はフランスが同じ場所で降伏文書に署名したのであろう。演出効果満点のこのクライマックスで映画は終る。パッと電灯がついたとき、坐《すわ》っていたのが殆《ほとん》ど外人で、彼らが一斉に立ちあがって手をのばし、「ハイル・ヒットラー」と言ったのには驚いた。観客は殆どドイツ人だったのだ。英仏人はもちろん招待されなかったであろうし、他の国でも、招待されても来なかった所が多かったのかも知れない。

私は事実を見たのだろうか。「十三階段への道」が実写なら「勝利の歴史」も実写である。それは「事実以外の何ものにも、私は興味を寄せなかつた男だ」といったヒットラーが主役を演ずるにふさわしい映画であったろう。その点ではこの「勝利の歴史」もまた「夢ではない、事実である」と語る精神の裡に私をおいたはずである。私は昔も今も映像を信用はしない。しかし目の前で立ちあがって、「伸手の礼」をしながら「ハイル・ヒットラー」と叫んだドイツ人男女はそこに実在していたのであって、彼らは映像ではない。ではそれは「事実」を示しているのであろうか。確かに『勝利の歴史』に反応するドイツ人の実像」は示しており、それは事実の一断片を示していたと言ってよいであろう。どのような断片を――。

「ヒットラアは、首相として政権を握るまで、世界一の暴力団を従へた煽動政治家に過ぎなかつた。大臣はおろか、議員にさへなつた事はなかつた。一切の公職は、彼に無縁であつた。政治家以前の彼も全く無職であつた」ということは「政治家か無職か」ということであり、その点彼は、政治なるものをある方向に極限化した一端を示している人間であろう。「彼の人生観を要約する事は要らない。要約不可能なほど簡単なのが、その特色だからだ。人性の根本は獣性にあり、人生の根本は闘争にある。これは議論ではない。事実である。それだけだ。簡単だからと言つて軽視出来ない。現代の教養人達も亦《また》事実だけを重んじてゐるのだ。独裁制について神経過敏になつてゐる彼等に、ヒットラアに対抗出来るやうな確乎《かくこ》とした人生観があるかどうか、獣性とは全く何んの関係もない精神性が厳として実在するといふ哲学があるかどうかは甚だ疑はしいからである。ヒットラアが、その高等戦術で、利用し成功したのも、まさに政治的教養人達の、この種の疑はしい性質であつた。バロックの分析によれば、国家の復興を願ふ国民的運動により、ヒットラアが政権を握つたといふのは、伝説に過ぎない。無論、大衆の煽動に、彼に抜かりがあつたわけがなかつたが、一番大事な鍵《かぎ》は、彼の政敵達、精神的な看板をかゝげてはゐるが、ぶつかつてみれば、忽《たちま》ち獣性を現した彼の政敵達との闇《やみ》取引にあつたのである。

人性は獣的であり、人生は争ひである。さう、彼は確信した。従つて、政治の構造は、勝つたものと負けたものとの関係にしかあり得ない。そして彼の言によれば『およそ人間が到達したいかなる決勝点も、その人間の獣性プラス独自性の御蔭だ』と」。いわば「敵が現れるといよいよ勇気が湧《わ》く」という「低級な解り切つた話」を極限まで押し進め、そこからすべてを逆算していったわけである。

「間違つてばかりゐる大衆の小さな意識的な判断などは、彼に問題ではなかつた。大衆の広大な無意識界を捕へて、これを動かすのが問題であつた。人間は侮蔑《ぶべつ》されたら怒るものだ、などと考へてゐるのは浅薄な心理学に過ぎぬ。その点、個人の心理も群集の心理も変りはしない。本当を言へば、大衆は侮蔑されたがつてゐる。支配されたがつてゐる。獣物達にとつて、他に勝たうとする邪念ほど強いものはない。それなら、勝つ見込みがない者が、勝つ見込みのある者に、どうして屈従し味方しない筈《はず》があるか。大衆は理論を好まぬ。自由はもつと嫌ひだ。何も彼も君自身の自由な判断、自由な選択にまかすと言はれゝば、そんな厄介な重荷に誰が堪《た》へられよう。ヒットラアは、この根本問題で、ドストエフスキイが『カラマアゾフの兄弟』で描いた、あの有名な『大審問官』といふ悪魔と全く見解を同じくする。言葉まで同じなのである。同じやうに孤独で、合理的で、狂信的で、不屈不撓《ふたう》であつた」（ヒットラアと悪魔）

日本にはヒットラーはいなかったが民衆はいた。昭和十七年、私が軍隊に入って何よりも驚いたのは軍人の地方人（民間人）蔑視であった。流行のナチスばりに似せようとした軍服の青年将校が音頭《おんど》をとって歌わせる「昭和維新の歌」には「盲目《めしひ》たる民、世に踊る」という一句があった。そして彼らは、この盲目たる民を侮蔑し支配するには、彼らの「他に勝たうとする邪念ほど強いものはない」のを利用することだと知っていた。朝日新聞の「南京《ナンキン》陥落大特集」の見開の提灯《ちょうちん》行列の漫画を見ればよい。その光景と目の前で「ハイル・ヒットラー」と叫んで「伸手の礼」をした光景とどれだけ違っていただろう。

私が目にしたのは上記の小林秀雄の文章を要約したその光景だったのであろう。大審問官の合図で、嬉々《きき》として火刑の火に炭を投げ入れる群衆のように、彼らは一斉に「ハイル・ヒットラー」と叫んで「伸手の礼」をした。私はすでに『カラマアゾフの兄弟』を読んでいたはずだが、この時点では、べーさんも私ももちろんそこまではわからなかった。だがべーさんは何かを感じており、重苦しい気持で、二人とも口をつぐんだまま店に帰った。それから一週間ぐらいたってからか、小柄な外人女性が店に来た。彼女は外人らしくもなく物静かであった、というより何か意気消沈しているように見えた。べーさんは早速彼女の相手をし、手ぶり身ぶりに妙な英語をまぜて、ありったけのサービスをしていた。その過剰サービスを横目で見ながら「やれやれ、べーさんは美女が来るとすぐこれだからな」と私は思っていた。彼女が帰るとべーさんは言った。「あの人、フランス人だよ。かわいそうになあ」。私は反射的に「勝利の歴史」からの帰途の、べーさんの無口を理解した。彼がもっていたのは、まことに伝統的で庶民的な「判官びいき」という感情だったのであろう。彼は「インテリ」ではなかったから、ナチスや軍部を正当化するいかなる論説も読まなかったし、イデオロギイなどには全く無縁であった。彼の関心は朝五時から夜七時までの長時間労働をなるべく労力少なく行うことと、きれいなアマさんにもてることだけだったかも知れぬ。その彼にはっきりとあったのは、伝統的感情にもとづく感覚的把握であったろう。それによれば、勝者は悪であり、悪であるがゆえに勝者になった、敗者は善であり、善であるがゆえに敗れた、という単純明快な庶民感情というより感覚であり、それをそのまま持っていたのだろう。彼の感覚はあの映画に「敗者の歴史」を見ても「勝利の歴史」を見なかった。それは「思想」ではない、いわゆる「思想」などとは無関係で、あくまでも、伝統に基づく「実生活」の中に生れた「感覚的事実」である。

妙な思い出を綴《つづ》ったのも外ではない。私は、小林秀雄が『我が闘争』について書評を書いた時代を回顧していたとき、ふと思い出したのがベーさんの「判官びいき」という感覚だったと言うことである。伝統に培《つちか》われた「判官びいき」という感覚がわれわれにあるという事実は否定できない。そして、ベーさんのように「判官びいきが当然」の感覚が下地にあるなら、「邪悪なる天才」が「獣性プラス独自性」で天下をとるのは当然のことであろう。ではこの事実を小林秀雄も分ち持っており、それが『我が闘争』への書評と「ヒットラアと悪魔」の基底に一貫して流れているのではないか。小林秀雄のいう通り、人間が過去に拘束されるのが当然なら、そのこと自体は少しも不思議ではないが、といってもそれは、ベーさんと小林秀雄が同じだということではない。小林秀雄の「流儀《つひ》」は、後述するように、「あらゆる思想は実生活から生れる。併《しか》し生れて育つた思想が遂に実生活に訣別《けつべつ》する時が来なかつたならば、凡《およ》そ思想といふものに何んの力があるか」であり、その考え方をつきつめれば「何も事実があつての思想であるといふ考へ方に固執する理由はない。事実に意味を附する思想あつての事実であるといふ全く逆の考へ方をしていけない理由はないではないか。私は、それが強く主張したかつた」となる。いわば実生活の中の「事実」から出発し、「極度の反省によつて純化」してそれを実生活から訣別させた思想は、『我が闘争』に記された事実に正確に「意味を附する思想」となる。小林秀雄が『我が闘争』を見抜き、ドストエフスキーがグラドフスキーの反駁《はんばく》文を見抜いたのは、そういった過程を経た思想があったからであろう。そしてヒットラーへの評価が戦前戦後とも一貫しているのは、小林秀雄の「流儀」が一貫していたからであろう。だがこのことは後述するから、これ以上は述べない。

ではそのような小林秀雄は政治をどう規定したか。彼は政治がすべてを支配するかのような錯覚、支配すべきであるかのような錯覚をはっきりと否定する。この「すべて」という言葉は最も広義の「文化」に置きかえてよい。日本文化は何も政治が創出するわけではない。小林秀雄が指摘するように政治は何一つ創出しはしない。それなら文化が、過去と断絶して、政治もしくは政治的イデオロギイによって新しく設計できるものであるはずがない。「文化は断絶的に反省され、計画的に設計されるものではない。文化は計算の目的などにはなり得ない。何を置いても先《ま》づ私達に持続的に生きられるものだ。この簡明な人間生活の根本の事実が、又、何と私達の意識の達し得られぬ程の深所にあるか。この事に関して畏敬《ゐけい》の念を失へば、もう文化といふ様な言葉をいつそ使はぬ方がいゝ。処《ところ》がさうなると、却《かへ》つて文化といふ言葉が濫用《らんよう》される。これは異様な事です。そして、これを異様な事だと感ずる文化感覚は、私達の内部の倫理感や審美感から発する他はないでせう。これは些細《ささい》な事ではない。文化を政治によつて意識的に支配しようとする大国家が現れたのも、有機的な統一を欠いて組織化された大集団が政治の対象として現れて来たのも、歴史上空前の事実である。その為に、現代文化に於《お》ける政治性の途《と》轍《てつ》もない優位が現れた。知識人の政治批評は、いよいよ華々しいイデオロギイ論議となつて行くでせう。これが、往年の床屋政談より、何か増しなものなのでせうか。私達の常識は、かういふ文化の不健全を感じてゐる筈だ。政治のイデオロギイによる自己主張を憎んでゐる筈です。政治は、私達の衣食住の管理や合理化に関する実務と技術との道に立還《たちかへ》るべきだと思ひます」(政治と文学)

彼はまた「私は如何《いか》なる政治形態にも政治家にもあまり信を置かぬ男である。だがさういふ男なみの倫理学はもつてゐる」(現代文学の不安)とも記している。考えてみればあたりまえのことだ。「社会的理想に関する抽象的公式」の輸入が、「『理想的なもの』から『政治的なもの』への移行が、一種の『転落』」を伴っても、それを「操作」して「衣食住の管理や合理化に関する実務と技術」に役立てうるなら、役立てればよいだけのこと、役立たなければやめればよいだけのことである。ということは、それに

「あまり信を置かぬ」ことだが、「信を置かぬ」からその人には倫理がない、ということではない。その人が「さういふ男なみの倫理学はもつてゐる」のはむしろ当然で、そうであるから、「社会的理想に関する抽象的公式」なるものに溺《おぼ》れはしない。ドストエフスキーがさんざん説いて来た「宗教的理想、個人の道徳的完成」は彼のいう通り、そこに「ある一つの動かすべからざる真理の力」がある。それは人びとを、「外的現象に救ひを求める」ように仕向けることではなく、溺れさすことでもない。では、なぜ人々は溺れるのか。「長いものに巻かれろ」となるからか、そうではない。「巻かれてゐる」という意識は、自己に抵抗力がないという意識であっても、溺れているわけではない。溺れるのは「世界観とかいふ美辞」に溺れるからだ。ここに、政治のイデオロギイ化による「政治性の途轍もない優位が現れた」理由がある。それは政治が人間の内的な規範まで、いわば「宗教的理想、道徳的完成」すなわち「倫理」まで支配しようということだ。ドストエフスキーがグラドフスキーの反駁文に見たのはこの問題である。

「大衆は議論を好まぬ。ドイツのマルクシズムの弱点は、それを見損つてゐる処にある。無邪気な客観主義は、新しい理論を生み出すに過ぎず、人心の扉を開けて、そこに眠つてゐる権力への渇望《かつぼう》に火をつける事を知らぬ。マルクシズムの革命の成功者は、科学的教義によつて成功したのではない。大衆のうちにある永遠の欲望や野心、怨恨《ゑんこん》、不平、羨望《せんぼう》に火を附ける事によつてである。これらは一階級の弱点ではない。人間の弱点だ。

問題は弱点の濃厚になつてゐる場所を捜す事だ。ドイツ共産党は、この利用すべき原動力を忘れてゐる。

だが、マルクシズムにも学ぶべき点がないわけではない。それは、ある世界観を掲げてゐるといふ事だ。ビスマルクの社会主義弾圧法以来の政治家どもの失敗は、世界観といふものを粗末にしてゐたからだ。

では、世界観とは何か。獣物の闘争といふ唯一《ゆいいつ》の人性原理を信じたヒットラアには、勿論《もちろん》、科学的であらうとなからうとあらゆる世界観は美辞に過ぎない。だが、美辞の力といふものはある。この力は、インテリゲンチャの好物になつてゐる間は、空疎《くうそ》で無力だが、一般大衆のうちに実現すれば、現実的な力となる。従つて、ヒットラアにとつては、世界観は大衆支配の有力な一手段であり、もつとはつきり言へば、高級化された一種の暴力なのである。暴力を世界観といふ形に高級化する事を怠ると、暴力は防禦《ぼうぎょ》力ばかりで、攻撃力を失ふ、と彼は明言してゐる。もつとはつきり、彼は世界観を美辞と言はずに、大きな嘘《うそ》と呼ぶ。大衆はみんな嘘つきだ。が、小さな嘘しかつけないから、お互に小さな嘘には警戒心が強いだけだ。大きな嘘となれば、これは別問題だ。彼等には恥しくて、とてもつく勇気のないやうな大嘘を、彼等が真に受けるのは、極く自然な道理である。大政治家の狙《ねら》ひは其処《そこ》にある……」。それをすれば国家には忠誠で民衆には信義そのものの人に見える。宋《そう》の呂誨《りよかい》は言ったではないか。「大姦《たいかん》は忠に似たり、大詐《たいさ》は信に似たり」と。これはもう一千年も前から明らかな公式だ。

　ヒットラーには野心、怨恨、羨望等に火をつける独得の「語勢」があった。まだ少数派のころ演説会に入場料をとったといわれる。多くの人は、他に影響を与える点で「語勢」とは何かを余り問題にしない。だが小林秀雄は、人を動かすのが「論理」より「語勢」または「文勢」であることに注目していた。「一体論文といふものが、論理的に正しいか正しくないかといふ事は、それほどの大事ではない、その議論が人を動かすか動かさないかが、常に遥《はる》かに困難な重要な問題なのだ」（アシルと亀《かめ》の子Ⅳ）と。そして『本居宣長補記』でまず記しているのも『秘本玉くしげ』の「文勢」なのである。ではこの「勢」は何によって生ずるか、「作者の誠実な実践的情熱による」（アシルと亀の子Ⅳ）と。もっとも「邪悪の天才」は「邪悪の実践的情熱」であろうが、力をもつのはこの点であって、理論の中に誤りがあるとかないとかいうことではない。世界観という高級化された暴力の実践への情熱、それが、民衆の弱点に火をつける。

　だが戦争といった大事件が必ずしも前記のような世界観を要請するわけではない。日露戦争時代の新聞を見る。そこには「世界観といふ美辞」はない。あるのは大国ロシアが南下してくる、大変だという意識、当時の言葉でいえば「恐露病」だけである。ところが日華事変から太平洋戦争になると、あらゆる世界観という美辞があふれ、東亜新秩序から八紘一宇《はっこういちう》に及んでいる。この世界観↓美辞↓大嘘↓高級化された暴力は、対外的にも対内的にも、あらゆる暴力を正当化して攻撃力を与える。このことは日本でもそのまま行われたわけだが、さらに徹底していたのはもちろんナチス・ドイツであったろう。なぜそうなったのであろうか。それは、そうならないために、政治をどう把握するかを見ていけばよくわかる。

「扱ふ材料に精通し、材料の扱ひ方に個性的方法を自覚し、仕事の成行きに関し、素人《しろうと》の覗《うかが》ひ知れぬ必然性を意識し、成就《じやうじゆ》した仕事に自分の人格の刻印を読む、さういふ事がどんな仕事にせよ、練達の人には見られるのであるが、さういふ健全な、又極めて人間的な仕事の性質は、政治といふ仕事には、現れやうがなくなつて来てゐる。そこで、どうしても政治の仕事には、組織化といふものが必要になつて来る、組織化とは機械化を意味します。イデオロギイの上で相反目する党派も、組織化された集団といふ一種のメカニスムの力で、仕事の能率を上げようとする傾向では歩調を合せてをります。かやうな傾向を阻止する力は誰にもない。そんな力を空想するのは馬鹿々々《ばかばか》しい事であるが、さういふ政治の傾向を、まさにさういふものだと徹底的に認識する精神は、現実の力です。政治の機械化が政治の自己防衛ならば、さやうなものと認識するのは人間の自己防衛である。社会人である限り非政治的人間などといふものはあり得ないが、反政治的精神といふものは在り得るのだし、なければならぬと思ひます。さういふはつきりした次第であれば、政治は徹底的に組織化され、さつぱりと一つの能率的な技術となつた方がいゝ。政治的イデオロギイといふ様な思想ともつかず、術策ともつかぬ、わけのわからぬ代物《しろもの》を過信する要はない。さやうなものは、政治組織の円滑な運転の為《ため》の油だと思へばよい。油の成分など簡単なほどよいのである。政治家は、社会の物質的生活の調整を専《もつぱ》ら目的とする技術家である、精神生活の深い処などに干渉する技能も権限もない事を悟るべきだ。政治的イデオロギイ即《すなは》ち人間の世界観であるといふ様な思ひ上つた妄想からは、独裁専制しか生れますまい」（私の人生観）

この認識を失わぬこと。われわれの側は、絶対に政治にも政治的イデオロギイにも、それ以上のものを求めるべきでないこと。だが人はこの点を誤解する。「政治があのような状態で何で正しい教育ができるか」などという新聞の投書は、裏返せば、政治および「政治的イデオロギイの過信といふ病」にすぎない。「民主主義とは、人民が天下を取る事だなどと喚《わめ》いてゐるうちに、組織化された政治力といふ化け物が人間を食ひ殺して了ふだらう。ムッソリーニはファッシスムを進歩した民主主義と定義してゐたのです」（私の人生観）。ヒットラーも「国家社会主義」というイデオロギイを組織化につかい、共に「民主主義とは人民が天下を取ることだ」という社会的風潮を前提に出現したが、その代物は確かに人間を食い殺した。だが一部の人間を「食い殺す」ことが、他を「血の団結」で結束さすことは、ネチャーエフもスタヴローギンもヒットラーも知っていた。「世界観」という名の「高級化した暴力」の、発揮の一形態である。

アウシュヴィッツやビュッフェンワルドが公開されたのは戦後のことだが、ユダヤ系ドイツ人への迫害はある程度、日本人の耳にも入っていた。彼らはユダヤ教徒であってもドイツ国家への忠誠な市民であろうとし、事実、第一次大戦ではユダヤ系の戦死率が最も高かったという。それなのに、彼らと結婚した女性を「私はブタと寝ました」という木札を首から下げさせて街頭に立たせたり、ユダヤ人商店を破壊掠奪《りゃくだつ》してその店主を撲《なぐ》り殺しても警官は見て見ぬ振りをしているといった話は、さまざまなルートを通じてわれわれの耳にも入ってきた。それは、ネチャーエフやスタヴローギンや赤軍派の、同士の一人を裏切る恐れがあるとか言って殺すことによって、その血で他を共犯者として団結さすのと同じ効果をもっていたであろう。ネチャーエフが自己の殺人を正当化するのは世界観という美辞であり、これが発展すれば「高級化された暴力」の組織的実施となる。しかし、それを行う者が自らの美辞を少しも信じていなくてもかまわない。スタヴローギンはからからと笑うが、ピョートルの「五人組」という革命組織の存在など、「根も葉もない囈言《たわごと》」だということを知っていた。「ユダヤ人排斥の報を聞いて、ナチのヴァンダリズムを考へたり、ドイツの快勝を聞いてドイツの科学精神をいってみたり、みんな根も葉もない、囈言だといふ事が解《わか》つた」（傍点筆者）と『我が闘争』への書評に小林秀雄が記したとき、すでにその背後に、スタヴローギンや「大審問官」を見ていたのであろう。

「ヒットラアをスタヴロオギンに比するのは、私の文学趣味ではない。私はそんな趣味を持つてゐないが、二人の心の構造の酷似は疑ふ余地がないやうに思はれる。スタヴロオギンが、タイラントでもプロパガンディストでもなかつたのは、彼の生活圏が、ヒットラアほど広くはなかつたからだ。それ以上の意味はあるまい。ザールの占領、インフレーション、六百万の失業者、さういふ外的事情がなかつたなら、ヒットラアは為《な》すところを知らなかつたらう。当り前な事だ。だが、それにもかゝはらず、彼の奇怪なエネルギイの誕生や発展は、その自律性を持つてゐた事を認めないのは馬鹿気てゐるだらう。ヒットラアは権力だけを信じたが、この言葉を深く感ずるか、浅薄に聞き流すかは、人々の任意に属する。

彼は政治家だつたから、権力といふ言葉が似合ふのだが、彼の本質は、実はドストエフスキイが言つた、何物も信じないといふ事だけを信じ通す決心の動きにあつたと思ふ。ドストエフスキイは、現代人には行き渡つてゐる、ニヒリズムといふ邪悪な一種の教養を語つたのではなかつた。しつかりした肉体を持つたニヒリズムの存在を語つたのである。この作家の決心は、一種名状し難いものであつて、他人には勿論、決心した当人にも信じ難いものであつたやうだ。その事を作者が洞察して書いてゐる点が、『悪霊』といふ小説の一番立派なところである。恐らくヒットラアは、彼の動かす事の出来ぬ人性原理からの必然的な帰結、徹底した人間侮蔑《ぶべつ》による人間支配、これに向つて集中するエネルギイの、信じ難い無気味さを、一番よく感じてゐたであらう……」

ヒットラーの出現を、ザール占領、インフレーション、六百万の失業者、さらに天文学的数字の賠償金、軍備の制限等々におくことは、だれでもする。しかしこういう前提が満されたとて、またそれよりひどい状態になったからと言って、必ずしもヒットラーは出現しない。第一次世界大戦後のドイツの惨状は、第二次大戦時の戦禍に比べれば言うに足りないことだった。原爆はおろか、戦略爆撃機もなく、戦争は専らくねくねと曲りつつ並行する戦線の間で行われ、その後方へ行けば、普通の生活があった。私はレマルクの『西部戦線異状なし』を読み、自らが戦った第二次大戦との余りの違いに驚いたことがある。第二次大戦後のような、殆《ほとん》どすべての大都市が灰燼《かいじん》に帰し、家を失った人びとが〝壕舎《ごうしゃ》〟で雨露をしのぐという状態ではなく、一軒の家も一個の橋も一棟の工場も破壊されたわけではない。戦線ははるかにドイツ国境の外にあった。私が写真で見た第一次大戦の最もひどい惨状はベルギーで、完全に廃墟となったブリュッセルの商工会議所の写真であった。おそらく国土の殆どを占領されたベルギーのほうがドイツよりひどい戦禍を蒙《こうむ》ったであろう、また第二次大戦後の日本は言うまでもない。だがそういった状況はそのままヒットラーの出現につながらないし、同時に、そういった状況にならないから、ヒットラーは出現しないともいえない。問題は小林秀雄が言ったことを、「深く感ずるか、浅薄に聞き流すか」にあるであろう。

戦争がなくとも、戦争以上の生活苦に襲われることはある。天明の大飢饉《だいききん》は第一次大戦後のドイツよりひどいものであったろう。ザール占領、インフレ、六百万の失業者がいたとて、彼らは松の皮を食べ、屍体《したい》まで剝《は》ぎとって食べたわけではない。これに対して『秘本玉くしげ』で本居宣長が何を述べたかは、「小林秀雄の『流儀』」で記すが、〝進歩〟した現代は小林秀雄の言う通り「宣長の曖昧《あいまい》な論の如《ごと》きを、今日の論者等は、勿論、歯牙《しが》にかけまい」。しかし、宣長の「通俗の平話」を知ってか知らずか、ほぼその通《こわ》りに「手近な事共」を実施して、領内に一人の餓死者も流浪《るろう》人も出さず、一揆《いっき》も打ち毀しも起さなかった者が現にいたことも忘れてはなるまい。それは上杉鷹山《ようざん》である。彼は何をしたか。宣長の「筆者の文勢が、そのまゝその肉声であり、又肉声は直ちに思想を現してゐる」ように、鷹山の態度、生活、施策がそのまま思想を現わし、「百姓一揆は、『いづれも下の非はなくして、皆上の非なるより起』る」ことを知っていたからである。これについては『日本資本主義の精神』で記したから再説しないが、抵抗できぬ天災という苦難によって生ずる状勢が、そのままヒットラーを出現さすものではない、という点では、昔も今も変りはあるまい。そしてそういう危機の際に宣長の言ったこと、鷹山の行なったことは、簡単にいえば「政治は、私達の衣食住の管理や合理化に関する実務と技術との道に立還るべきだ」ということであった。もちろん、このことは徳川時代の「実務と技術の道」が現在と同じだということではない。だがそれは時代によって当然に異なる「方法論の違い」だけであろう。第一次大戦後のドイツにも、昭和初期の一大不況の時にも、政治の前記の定義が明確に意識されていれば、それぞれそれなりの「方法論」が発見できたはずである。

だが人は言うかも知れない。すべてそれは過去のことで、現代の日本は、有史以来最大の繁栄を誇る民主主義の時代だと。そうかも知れぬ。民主主義は輸入された「社会的理想に関する抽象的公式」の実施だが、ジイドのいわゆる「転落」の問題を一先《ひとま》ずおいても、その「公式」はその原型であるペリクレスの時代から絶えず「僭主《タイラント》」出現の可能性を秘めていたことを忘れてはなるまい。そしてペリクレスの時代はまさにアテネの黄金時代だったはずだ。それはあらゆる人間が欲望を解放する諸集団と化することを意味する。「さういふ人間が集つて集団となれば、それは一匹の巨大な獣になる。みんな寄つてたかつて、これを飼ひならさうとするが」この「獣はちと巨《おほ》き過ぎて」「善悪も正不正も、この巨獣の力に奉仕し、屈従する程度によつて定まる他はない」

「プラトンは、社会といふ言葉を使つてゐないだけで、正義の歴史的社会的相対性といふ現代に広く普及した考へを語つてゐる。今日ほど巨獣が肥《ふと》つた事もないし、その馴《な》らし方に、人々が手を焼いてゐる事もない。小さい集団から大国家に至るまで、争つてそれぞれの正義を主張して互に譲る事が出来ない。真理の尺度は依然として巨獣の手にあるからだ。たゞ社会といふ言葉を思ひ附いたと言つて、どうして巨獣を聖化する必要があらうか」（プラトンの「国家」）

グラドフスキーの「社会的理想」とは、言葉を変えれば「巨獣の聖化」だが、「邪悪の天才」はさらに巧みにこの「巨獣」に媚《こ》びる。媚びるとは相手を心底では侮蔑しているから出来るのだが、媚びつつ巨獣のうちに「永遠の欲望や野心、怨恨、不平、羨望に火を附ける」ならば、自らの心底を見破られることは絶対にない。「彼の意見は民衆の意見だからだ」。これは経済的困窮のときにも繁栄の時にも変りはない。そして相手が知識人か経験豊かな者か否《いな》かにも関係はない。「ソクラテスの話相手は、子供ではなかつた。経験や知識を積んだ政治家であり、実業家であり軍人であり、等々であつた。彼は、彼等の意見や考へが、彼等の気質に密着し、職業の鋳型《いがた》で鋳られ、社会の制度にぴつたりと照応し、まさにその理由から、動かし難いものだ、と見抜いた」。「邪悪の天才」も別の意味でそれを見抜き、フリードリッヒ大王以来という自惚《うぬぼ》れの鋳型に鋳られた軍人も世界最高を誇る科学者も懐柔した。これが、富裕な民主主義の社会で起らないという保証はどこにもない。

「人民の支配、といふ今日流行の言葉を、ペリクレスはよく知つてゐた。そんな馬鹿げた事は永遠にあり得ない、と」。確かに、毛沢東治下の人民民主主義なるものが「人民の支配」であったと今日なお信じている人はいないであろう。「彼（ペリクレス）が思ひを凝らしてゐたのは、羊飼と羊との問題であつた」。この問題とは「民衆といふ大問題とは何か。それをソフォクレスの羊飼が基本的な形に要約する。彼は羊の群れに向つて言ふ、『俺達は、こいつらの主人でありながら、奴隷《どれい》のやうに奉仕して、物も言はぬ相手のいふ事を聞かなければならない』。デマゴーグになるのもタイラントになるのも、この難問の解決にはならない」というその問題である。「邪悪の天才」が羊を滅しても真の解決は何ももたらさない。ペリクレスの問題は「いつも真実なこの矛盾に、どう処するかといふ術《すべ》であつた。言はば、相反する二つの力が、どこでどう折れ合ふかを計る事だつたが、それは、今日計れば、明日はまた計り直さねばならぬといふ目立たぬ努力の連続であつたから、世評には到底乗り難いものであつた」。当時、新聞はなかったが喜劇の合唱隊はこの「ワンマン」を痛罵《つうば》し、「民主制は滅びる、実状を見よ、民主制は単なる名目となり、彼一人が支配者ではないか、と非難した」。そして民会の投票で彼を失脚させ、後釜《あとがま》に口のうまい無能者を得て失望した。

「『ペリクレス伝』は、『英雄伝』のなかの傑作である。それは、作者が、ペリクレスを、アテナイの黄金時代を創《つく》つた人としてではなく、むしろペストの大流行と戦つた如く、黄金時代と戦つた人として描いてゐるからだ。そして恐らくそれは真相だつたと思はれる。作者は質問してゐる。逆境にあつて卑下し、必要に迫られて、識者の言葉を聴く国民を扱ふのは、幸運に思ひ上り、得意になつてゐる民衆の傲慢《がうまん》と威勢に轡《くつわ》を嚙《か》ませるより難かしい事か、と。国力が発展するにつれて、人心も発展する。といふ事は、ペリクレスの観察によれば、アテナイが豊かになればなるほど、人心の腐敗も豊かになるといふ事であつた。彼は、この熟慮された現実主義に立ち、理想派の言にも、実際家の言にも動かされなかつた。

ペリクレスの、民主主義制度を名目に過ぎぬと見るのは造作のない事だ。それよりも、彼の考へを押し進めれば、あらゆる制度は名目に過ぎなくなる筈である。彼は、いろいろな制度を越えたところに、或《あるい》は制度のあらゆる革新を不断に要求されてゐるところに、そこだけに真に政治の現実的な秩序を見てゐた、と言へよう。彼の民主主義の政体のうちに、もし見ようとするなら、貴族主義的制度も社会主義的政策も、共存してゐた様が見えるだらう」（「プルターク英雄伝」）

そこには自らの限度を心得、イデオロギイにとらわれない政治があった。「政治は、私達の衣食住の管理や合理化に関する実務と技術との道に立還《たちかへ》るべきだ」、それなら政治は、国民をイデオロギイに奉仕さすものであってはならないし、固定化した制度への隷従《れいじゅう》を強要するものであってはならない。それは本末転倒である。前記の言葉が小林秀雄の政治への原則なら、豊富な繁栄の民主主義の時代に、どのように現実の場でその原則を実地に移すべきかの模範的原型は上記に示されているであろう。政治はそれ以上のことをすべきではない、また人びともそれ以上の期待も要求もすべきではない——困窮の時代にあっても、富裕の時代にあっても。彼の言葉はそれに尽きるであろう。

# 六　小林秀雄の「流儀」

「処女作にすべてがある」と果して言えるのかどうか私は知らない、また『様々なる意匠』が評論家小林秀雄の処女作と言えるのかどうか、それも知らない。だが一応双方とも「言える」と仮定しよう。だがそう仮定したところで、この「言える」は、その「すべて」を何と解するかによってはせいぜい、「序文にその本の内容のすべてがある」と言えば言える、という程度のことかも知れない。だが私の経験では多くの場合、「序文」は「悪文」である。では、その作家の最後の作品は、彼の全著作の「結論」だと言えるであろうか。「言える」という場合もあるであろうし、蛇足的な「あとがき」にすぎないと言える場合もあるであろう。これも「結論」という言葉の受取り方によるが、「蛇足」が逆に蛇の本体を明確に見せてくれる場合もあるという意味では、この場合も「言える」と言ってよいであろう。ちょうど小林秀雄がアルマン・リボオの言葉を引用して言ったように「人体の内部感覚といふものは、明瞭《めいれう》には、局部麻酔によつて逆説的に知り得るのみ」なら、「序文」と「あとがき」とその他数ヵ所以外への局部麻酔は小林秀雄の「内部感覚」を逆に明らかにしてくれるかも知れない。本稿はこの「麻酔」が切れぬうちにつっ走らねばなるまい。

　怠惰な書評家は「序文」と「あとがき」を読み、「目次」を眺めてこの辺が「論点」だろうと思われるところを二、三ヵ所ひろい読みして書評をする。もちろん精読する人もあろうが、ひろい読みか精読かは書評の価値を決定してはくれない。創作であろうと批評であろうと、その作品の価値は努力の累積《るいせき》で決定するわけではない。さらに動機の純粋さなどは、何ら価値決定の尺度にはならない。ドストエフスキーが「博打《ばくち》の借金」のために書きとばそうと、モォツアルトが「演奏に間にあわないから」と練習の必要がない曲を作ろうと、癪《しゃく》にさわる「あん畜生ぶったたいてやれ」で批評をしようと、そんなことは、出来てしまった作品の価値には無関係であろう。関係があるのは「……人々の才と不才とによりて、其《その》功いたく異なれども、才不才は、生れつきたることなれば、力に及びがたし」であろう。『本居宣長補記《もとをりのりなが》』から、ここの部分を少し引用しよう。

「文中に、人々の『才不才は、生れつきたることなれば、力に及びがたし』とあるが、これは、宣長が、学問する上で、人々の個性、生れつきをどう考へるかといふ問題に直面してゐる事を示す。不才も学ぶに越した事はあるまい。しかし、不才を変じて才となすといふ事になると、これはもう学問の手にはおへなくなる。考へて行くと非常な難題となるが、今日、教へる人にも、学ぶ人にも、これを徹底して考へる人が何と少いか。宣長は、それが言ひたいのである。こゝには、徂徠《そらい》の影響が顕著にうかゞへる。宣長は徂徠から、この難題をそつくりそのまゝ受取つたと言へるからだ。難問を避ける事は出来ないが、簡明な解などあらう筈《はず》がない事を、二人はよく承知してゐたから、めいめい自分の流儀でこれを切り抜けた」

まことに始末の悪い「難問」だが、さらに始末の悪いことは、「才」のある人が心血をそそいだからそれが傑作だなどとも言えないことだ。専門家は別であろうが、『皇帝とガリラヤ人』と言われて、咄嗟《とっさ》にその作者の名が浮ぶ人は少ないであろう。「『人形の家』の作者と同じ人だよ」といわれ、「ヘエー」という顔をする人もいる。が、イプセンが心血をそそぎ、自己の代表作とするつもりだったのは『皇帝とガリラヤ人』の方である。イプセンの「才不才」を論ずる人はいない。また『皇帝とガリラヤ人』を契機に方向転換をしたから『人形の家』が生れたのだ、という批評も正しいのかも知れぬ。だがそう考えると『本居宣長』より『本居宣長補記』の方が後世に残ることもあり得る。もちろん『本居宣長』がなければ『補記』は生れるはずはないし、『宣長』を読んだからそう言えるのだと言えば言えようが、私には『補記』の方が面白かった。だがこれは「小林秀雄」という膨大な書物の最終章であっても「あとがき」ではあるまい。「あとがき」はこれまた〈未完〉の「正宗《まさむね》白鳥の作について」である。

　何やら妙なことを書き連らねて来たが、不知不識のうちに、自己の怠惰と不才の弁明をしていたのかも知れぬ。というのは小林秀雄について書くことは「書評集」の「書評」をやるような一面があり、途《と》轍《てつ》もない難事業になる。「ドストエフスキー全集」を読み返さないで小林秀雄の『ドストエフスキイ』について記すことはできないし、本居宣長の主要な著作を読み返さないで『本居宣長』について何かを書くわけにいかない。だがこの伝で、彼の取り上げた内外の作家の全著作を読んでその上で小林秀雄の「批評」を読んで何かを書く。そんなことをすれば、「不才」の駄文が延々とつづくだけになってしまう。何とかこれを切り抜けたい。徂徠も宣長も、そして小林秀雄もそれぞれの問題に対して「めいめい自分の流儀」で「切り抜けた」のなら、私も私の流儀でこれを切り抜ける以外に方法があるまい、と思ったことが以上の駄文となった。

「処女作にすべてがある」ということは「めいめい」の「自分の流儀」がすでにそこにあるということ。その「流儀」を決定するものは彼の「才」であろうから、作品の方向がどちらに向おうと、「流儀」が変わるわけではあるまい、変えれば、その「才」は「不才」に転ずるかも知れぬ、となれば「流儀」だけはその人の「処女作」から「あとがき」までつづくであろう。そう理解すれば「処女作にすべてがある」という言葉は「なるほど」と思わせる言葉だ。そしてその「流儀」は彼の「才」が育《はぐ》くんだ「内部感覚」、これを小林秀雄のいう『補記』の「志」と解するなら、「局部麻酔によつて逆説的に（それを）知り得る」であろう。

「吾々《われわれ》にとつて幸福な事か不幸な事か知らないが、世に一つとして簡単に片付く問題はない。遠い昔、人間が意識と共に与へられた言葉といふ吾々の思索の唯一《ゆいいつ》の武器は、依然として昔乍《なが》らの魔術を止めない。劣悪を指嗾《しそう》しない如何《いか》なる崇高な言葉もなく、崇高を指嗾しない如何なる劣悪な言葉もない。而《しか》も、若《も》し言葉がその人心眩惑《げんわく》の魔術を捨てたら恐らく影に過ぎまい」。今さら紹介する必要もあるまいが、これは『様々なる意匠』の冒頭である。そして「心の現実に常にまつはる説明し難い要素は謎《なぞ》や神秘のまゝにとゞめ置くのが賢明」という「正宗白鳥の作について」の中断で、彼の人生は終る。だがこの言葉はヤッフェの記したユングの「自伝」の解説の引用であって、この言葉がそこからどう展開して行くのか、もう永久にわからない。この言葉については後に触れることにして、この作の冒頭を読んでみよう。この文章は「講演」の筆記に手を入れた——と言っても彼の場合は殆《ほとん》ど書きなおしたらしいが——もので、冒頭に「……この文章は、講演の速記を土台として作つたものであるから、引用が多くなる」で始る挨拶《あいさつ》めいた言葉があり、ついで「だが、引用文はすべて私が熟読し沈黙したものである事に留意されたい。批評（傍点筆者）は原文を熟読し沈黙するに極まる。作品が優秀でさへあれば、必ずさうなる。近頃はそればかり思ふやうになつた。批評しようとする意識が原文の熟読を妨げるといふ評家の悪癖を、あんまり重ねて来たせゐであらうか」とつづく。この言葉はある意味で『補記』の「パイドロス」への彼の態度を思わせる。ここで、彼は「熟読し沈黙」したことを語っているのであって批評をしているのではない。

そしてここでまた取り上げられているのが、いわゆる「トルストイの家出問題」である。「また」などと言ったのは、この問題をめぐって小林秀雄が正宗白鳥と論争をしたのが昭和十一年であり、「正宗白鳥の作について」が単行本として発行されたのが昭和五十八年だから、実に四十七年の歳月が流れている。それだけではない。この問題はまず小林秀雄が「作家の顔」で取り上げ、そこで正宗白鳥との論争となり、「思想と実生活」「文学者の思想と実生活」と論争がつづいたのをまた取り上げたのだから、都合四回目と言うことになる。「また」と言いたくなっても致し方あるまい。このことはこの四十七年間、小林秀雄が抱きつづけて来た問題が「思想」と「実生活」であったことを示している。「実生活」を「現実生活」「現実」と言いかえてもよい。また少々問題があるが、「言葉」と「実感」と言いかえてもよいであろう。確かに「世に一つとして簡単に片付く問題はない」が、この二つの関係を探り、同時にこの二つから対象に迫って行くのが彼の「流儀」だったと言ってよい。そう考えるなら、『様々なる意匠』の冒頭には「青年の客気」といったものが感じられるが、「劣悪を指嗾しない如何なる崇高な言葉もなく、崇高を指嗾しない如何なる劣悪な言葉もない。而も、若し言葉がその人心眩惑の魔術を捨てたら恐らく影に過ぎまい」に、彼の生涯の「序文」を読んでも誤りではあるまい。ではこの「序文」から「思想と実生活論争」に入って行こう。生涯持ちつづけた問題意識に「流儀」が隠されているはずだから。まず「作家の顔」から。

「正宗白鳥氏が、トルストイに就いて書いてゐた。

『廿五年前、トルストイが家出して、田舎の停車場で病死した報道が日本に伝つた時、人生に対する抽象的煩悶《はんもん》に堪《た》へず、救済を求めるための旅に上つたといふ表面的事実を、日本の文壇人はそのまゝに信じて、甘つたれた感動を起したりしたのだが、実際は妻君を怖がつて逃げたのであつた。人生救済の本家のやうに世界の識者に信頼されてゐたトルストイが、山の神を怖れ、世を怖れ、おどおどと家を抜け出て、孤往独邁の旅に出て、つひに野垂れ死した径路を日記で熟読すると、悲壮でもあり滑稽でもあり、人生の真相を鏡に掛けて見る如《ごと》くである。ああ、我が敬愛するトルストイ翁《をう》！』

あゝ、我が敬愛するトルストイ翁！　貴方《あなた》は果して山の神なんかを怖れたか。僕は信じない。彼は確かに怖れた、日記を読んでみよ。そんな言葉を僕は信じないのである。彼の心が、『人生に対する抽象的煩悶』で燃えてゐなかつたならば、恐らく彼は山の神を怖れる要もなかつたであらう。正宗白鳥氏なら、見事に山の神の横面《よこつら》をはり倒したかも知れないのだ。ドストエフスキイ、貴様が癲癇《てんかん》で泡を噴いてゐるざまはなんだ。あゝ、実に人生の真相、鏡に掛けて見るが如くであるか。

あらゆる思想は実生活から生れる。併《しか》し生れて育つた思想が遂《つひ》に実生活に訣別《けつべつ》する時が来なかつたならば、凡《およ》そ思想といふものに何んの力があるか。大作家が現実の私生活に於《お》いて死に、仮構された作家の顔に於いて更生するのはその時だ。或《あ》る作家の夢みた作家の顔が、どれほど熱烈なものであらうとも、彼が実生活で器用に振舞ふ保証とはならない。まして山の神のヒステリイを逃れる保証とは。かへつて世間智《ち》を抜いた熱烈な思想といふものは、屢々《しばしば》実生活の瑣事《さじ》につまづくものである」

では次に「思想と実生活」へ移ろう。その冒頭には「廿五年前……」ではじまる前掲の正宗白鳥の文章が再び引用され、次の文章がつづく。

「右の正宗白鳥氏の文章（『読売』紙）を駁《ばく》した拙文（『読売』紙）に、氏は答へてゐる（『中央公論』三月号）。僕には、氏の説くところが意に満たなかつたのである。尤《もつと》も、これは、半ば僕の文章の不備によると思つてゐる。出来るだけ明瞭に述べようと考へる」。

これにつづいて「あゝ、わが敬愛するトルストイ翁！　貴方は果して山の神なんかを怖れたか……」の冒頭の部分と「あらゆる思想は実生活から生れる……」から「……凡そ思想といふものに何んの力があるか」まで引用があって、次の文章がつづく。「以上の文を、正宗氏は僕の文から引用し、必ずしも愚説ではないが、トルストイが細君を怖れた事には変りはない、といふのである。彼の思想を空想に終らせなかつたのも、細君のヒステリイといふ現実の力の御《お》蔭《かげ》なので、『つまり、抽象的煩悶は夫人の身を借りて凝結して、翁に迫つて来て、翁はゐても立つてもゐられなかつたのである。……それ故《ゆゑ》、この二つの日記が偽書でない限りは、トルストイが現身《うつしみ》の妻君を憎み妻君を怖れて家出をしたことは、断じて間違ひなしである。鏡に掛けて見る如し。《無一文で流浪《るらう》しろ》といふ大学生の手紙は、かねての卜翁の思想に意義を認めた上の忠告であつたが、その思想に力が加はつたのは、夫婦間の実生活が働きかけたゝめである。実生活と縁を切つた様な思想は、幽霊のやうで案外力がないのである』。

僕が、『日記など信じない』と書いたのは、『一九一〇年の日記』(八住、上脇訳)を読まないで書いたのでもなし、無論あれが偽書だと疑つた為《ため》でもないのである。たゞ細君を怖れたなぞといふ事が一体何んだと思つたからだ。そんな事実を鏡になんぞ掛けて見るのが馬鹿々々《ばかばか》しかつたからである。あの『日記』には、彼の家出といふ単なる事実を絶する力が感じられるのであつて、その力が僕の暴露的興味を圧する事を感じたが為であつた。

人類救済の本家の様に世界の識者から思はれてゐたトルストイが、細君を怖れて家出するとは滑稽である。彼自身も、この滑稽を自認してゐる。『この滑稽さ加減はどうだ。いかにも重大な立派な思想を、教へたり説いたりしながら、同時に女達のヒステリイ騒ぎに巻き込まれて、これと闘ひ、大部分の時間を潰《つぶ》してゐるのだ』(九月廿七日)。一体これが何か面白い事柄なのであらうか。ヒステリイといふ様な一種の物的現象は、ソクラテスの細君以来連綿として打続いてゐるものの様に思はれる。後世批評家に、『自分一人のための日記』を見附けられるなぞ、トルストイも迂闊《うくわつ》な事をしたものである」

「実生活を離れて思想はない。併し、実生活に犠牲を要求しない様な思想は、動物の頭に宿つてゐるだけである。社会的秩序とは実生活が、思想に払つた犠牲に外ならぬ。その現実性の濃淡は、払つた犠牲の深浅に比例する。伝統といふ言葉が成立するのもそこである。この事情は個人の場合でも同様だ。思想は実生活の不断の犠牲によつて育つのである。たゞ全人類が協力して、長い年月をかけて行つた、社会秩序の実現といふこの着実な作業が、思想の実現といふ形で、個人の手によつて行はれる場合、それは大変困難な作業となる。真の思想家は稀《ま》れなのである。この稀れな人々に出会はない限り、思想は、実生活を分析したり規定したりする道具として、人々に勝手に使はれてゐる。つまり抽象性といふ思想本来の力による。

『抽象的思想は幽霊の如し』と正宗氏は言ふ。幽霊を恐れる人も多すぎるし、幽霊と馴《な》れ合ふ人も多過ぎるのである」

引用はここまでで十分なのかも知れぬ。というのはこれが書かれたのは昭和十一年だが、ここにすでに、『本居宣長』へと進む道が用意されているからである。だが二人の執拗《しつよう》な論争の跡をもう少したどってみよう。

「文学者の思想と実生活」――

「正宗白鳥氏が、トルストイの家出問題に端を発した実生活と思想との問題を、又論じてゐる（『中央公論』五月号）。これは僕の文章（『文藝春秋』四月号）に対する駁論の態であるから、僕も亦《また》書かうと思ふ。この問題が、度々の論議に堪へるだけの複雑な面を持つてゐるのは、氏の所謂《いはゆる》評論家魂にとつて幸ひな事なのである。

『実生活を離れて思想はない。併し、実生活に犠牲を要求しない様な思想は、動物の頭に宿つてゐるだけである。社会的秩序とは実生活が、思想に払つた犠牲に外ならぬ。その現実性の濃淡は、払った犠牲の深浅に比例する。……思想は実生活の不断の犠牲によつて育つのである』

これは僕の文章の結末の一部であるが、正宗氏はこれを引用して、『当り前ぢやないか』と言ふ。僕がこの様な常識を一歩も出てゐないやうな見解を抱き乍ら、『卜翁の家出は、人生に対する抽象的煩悶に燃えてゐたゝめの所行で、山の神を怖れたゝめといふやうな、俗人的現実問題に依《よ》るのではなかつたと放言し、実生活から生れ育つた思想も遂に実生活に訣別する時が来なかつたならば、凡そ思想といふものに何の力があるかと力説したことが、意味のない空言になるのではあるまいか』と言ふ。『最初の意気込みから私は判断して、この論者の批評家魂は一層磨《と》ぎすまされ、実生活無視、抽象的思想讃美《さんび》を強調し、《この世は仮りの住ひにして、永遠の住ひは天の彼方《かなた》にあり》と信じてゐた中世紀人にでも類似した境地に達し、その優越的態度で文学でも政治でも見下すやうになるのかと、ぼんやり期待してゐたのに、最初《家出》について、明白々たる《日記》の記事をも痛快に蔑視《べつし》し、異様な批評家魂をちらつかせた甲斐《かひ》もなく、その態度を持続けて思考の道を進み得ないで、次第に考へ方が、昭和の現代文士らしい常識に成下つてしまつたらしい。人間は現代を超越し能《あた》はざる一例とすべきか』と断じてゐる。一見下らぬ皮肉と思はれるが、言外の意を察すれば、半可通な理窟《りくつ》を言つて、無暗と人を侮《あなど》るものではない、といふ教訓があるので、さう思へば解《わか》らぬ事はない。併し正宗氏の教訓は甘受するとしても、誤解もこゝに至つては極まれりといふ可《べ》きである」

「たゞ、僕が正宗氏に理解して戴《いただ》きたい点は、『思想が実生活に訣別するに至らなければ、思想といふものに何んの力があるか』といふやゝ奇矯な言を弄《ろう》した所以《ゆゑん》のものは、結局喋《しやべ》つてゐるうちに思想と実生活とは切つても切れぬ縁があるといふ以外の結論に到達し得なかつたといふ事とは自ら別だと言ふ点なのだ。思想を実生活から絶縁させようといふ様な狂気の沙汰《さた》を誰が演ずるか。結論は最初に在つたのである」

「問題は、トルストイの家出の原因ではない、彼の家出といふ行為の現実性である。その現実性を正しく眺める為には、『我が懺悔《ざんげ》』の思想の存在は必須《ひつす》のものだが、細君のヒステリイなぞはどうでもいゝのだ。どうでもいゝといふ意味は、思想の方は掛替へのないものだが、ヒステリイの方は何にとでも交換出来るものだといふ意味だ。彼の思想は子供の病気に凝結してもよろしいし、犬の喧嘩《けんくわ》で生動しても差支《さしつか》へないのである。若し細君のヒステリイが、トルストイの偉大を証する上に掛替へのないものとするなら、そんな深い意味を、この単なる事実に附与したものはまさしくトルストイの偉大さではないか。即《すなは》ち思想ではないか。伯夫人のヒステリイだからと言つて何か変哲があつたわけはない。世の幾千万の女の十五分間で永遠に消失する可憐《かれん》なるヒステリイを尻目《しりめ》に掛けて、独りトルストイ夫人のヒステリイだけが高名になるのも亭主の思想のお蔭ぢやないか。トルストイの思想が後世に遺《のこ》る為には、必ずしも細君のヒステリイを必要としなかつたのだが、細君のヒステリイが名誉あるものとなる為には、亭主の掛替へのない思想が要つたのである」

極力、要点だけを摘記したのだが、相当の長さになる。ということはこの論争の双方の全文は、実に延々たるものだということである。それから四十七年、約半世紀の歳月が流れる。その末尾「中断」の最後の作「正宗白鳥の作について」で小林秀雄の言っていることは、老成した八十歳の思想家の、円熟した回顧といった感じは全くない。語調は半世紀前と同じように鋭く、内容は全く同じだと言って過言ではない。ただ多少違う点があるとすれば、何が「私を強く刺戟《しげき》した」かを記している点だけであろう。従ってこれを引用すれば、読者はまた同趣旨のことを読まされることになるが、この間に、戦前・戦中・戦後という激変がありながら、彼の「流儀」は全く変っていないことを示すため、敢《あ》えてこれも引用しよう。まず最初に「廿五年前、トルストイが家出して……」の引用があり、次の文章がつづく。

「このやうな物の言ひ方になつたのも、『文壇的自叙伝』によれば、自分は、鷗外露伴などよりは、一時代新しい文壇人であるといふ意識、自然主義作家と言はれてゐるものの一人として、新しい文学観を意識して打出さうとしたところに由来してゐる。正宗氏の言葉は、私を強く刺戟した。と言ふのは、私には私で、正宗氏より一時代新しい文壇に出たといふ意識があり、それが、正宗氏の言ふところに反撥《はんぱつ》させたからである。論戦が始まつた。半歳《はんとし》に渉《わた》つて激論の応酬がつゞき、『トルストイの家出問題』として文壇を騒がせたのであつた。

トルストイほどの人でも、十九世紀の芸術界や思想界の巨匠と謳《うた》はれた甲斐もなく、お終《しま》ひには、一介の凡夫として、細君の強度のヒステリイに苦しめられ、惨《みじ》めな最期《さいご》を遂げる事になつた。その通りに違ひない。しかし、其処《そこ》から人生の真相鏡に掛けて見る如しと断ずるのは、随分勝手な説ではないかといふのが私の言ひ分であつた。最後の『日記』に如実《によじつ》に語られてゐるトルストイの家出の経緯を、滑稽であると言つてみたり、悲惨であると言つてみたりして何が面白いのだらう。さういふ余計な手前勝手な思はくなど、トルストイ自身が己れの家出につき、しかと体得してゐたに違ひないところに、何の係はりがあらうか。事件をそのまゝ素直に受取る人の眼には、トルストイはいかにもトルストイの姿で死んでゐるのだ。誰の死にざまでもない、トルストイだけが出来る死にざまで死んだ事を誰が疑はう。そのあるがまゝの現実性に深く係はり、これを保証してゐるものは、トルストイ自身の芸術や思想の力である。他に何が考へられようか。

正宗氏は、事件をさうは受取らなかつた。トルストイの家出事件は、自然主義の実物第一といふ徹底したリアリズム思想を照し出す事件として受取られてゐた。従つて、氏の主張によつて明るみに出たのは、人生の真相ではない。むしろ自然主義の文学観の真相である。ト翁の荘厳《さうごん》な思想も、『日記』に照して見れば、殺生石《せつしやうせき》のやうな匂《にほ》ひがする、豹《へう》の背のやうに無気味であるといふ風に働く自然主義的と言つていゝ発想の型が、私には気に入らなかつた。何も事実があつての思想であるといふ考へ方に固執する理由はない。事実に意味を附する思想あつての事実であるといふ全く逆の考へ方をしていけない理由はないではないか。私は、それが強く主張したかつた。実生活に犠牲を要求しないやうな思想は人間の抱く思想とは言へない。遂には実生活に訣別するに至るといふ希《ねが》ひを秘めてゐるところに、思想本来の生命があるといふ言ひ方までした」

小林秀雄がここで取り上げているのは「思想と実生活」だが、私がまず問題にしたいのは彼の「言葉」と「実感」である。私は「思想」と「実生活」をそう言いかえてもよいと言った。しかしこれは相当不正確な言い方で「言葉」はそのまま「思想」なのか、「実感」はそのまま「実生活」なのかと問われれば、そうだともいえるし、そうでないとも言える。小林秀雄の一見「歯切れが悪い」ように見える反論の背後にはこの問題があるであろう。この少々厄介な問題を『本居宣長補記』から取り上げてみよう。「ソクラテスの話し相手のパイドロスは、民主制下にあつた当時のアテナイの一般知識人の風として、議会や法廷の演説を通じて発達した弁論術雄弁術（レトリック）といふものを重んじてゐた。だが、どんな雄弁家も、聴衆の思はくに無智《むち》でゐては、その説得など思ひも寄るまい。それなら、相手の思はくに通じて、これに上手におもねれば、説得など訳はないとも言へるわけで、上手に人を説得するのと物事を正しく考へるのとは、ひどく違つた事だ」。ひどく違つたことなら、パイドロスの重んじていた弁論術雄弁術の「言葉」は「思想」ではあるまい。一種の「実生活」の道具にすぎないが、これを可能にしている「現実」は「伝統」が造り出したものだ。そしてこの伝統のない世界ではパイドロスは存在しない。と同時にこの伝統のある世界ではこれ以外に方法がないのである。そこで「ソクラテスは、説得と思惟《しゐ》とを、根本的に異つた心の働きとするまで、考へを進めるのである。しかし、国政を論じ、世論を動かし、成功の道を人々に開いて見せてゐる雄弁術に慣れた人々には、ソクラテスの洞察は、容易には眼に這入《はい》らない」のである。確かに「上手に人を説得するのと物事を正しく考へるのとは、ひどく違つた事だ」。しかし、「物事を正しく考へる」のもまた「言葉」なのである。

　まことに伝統とは奇妙なものだ。フラウィウス・ヨセフスの『ユダヤ古代誌』の校正をしていたとき、少々驚いたことは、ヘロデ王が延々たる大演説を何回もやっていることである。いや彼だけではない、旧約聖書の登場人物もまた演説をしているのである。旧新約聖書を読めば、人を説得するための「弁論術雄弁術」などが彼らの世界にあったとは信じがたい。小林秀雄にもそれは信じがたいであろう。前にも引用したが彼は次のように記している。「旧約聖書に登場する最大の人生観察家は、人間に理解し得る限りでは、人生とは荒唐不稽《くわうたうふけい》なものであると断言してゐる。生きてゐるよりいつそ死んだ方が増しだ、死ぬより初めから生れて来ない方が増しだと言つてゐる。予言者等の行ふ残《ざん》虐《ぎやく》や不徳や狡猾《かうくわつ》など、何んの事でもない。彼等は、皆自分のする事が、本当には解らぬのである。たゞ解らぬといふ事を知つてゐるといふ奇怪な意識を燃やして、まつしぐらに生きる。『エホバの言葉、我心にありて、火のわが骨の中に閉ぢこもりて燃ゆるが如《ごと》くなれば、忍ぶに疲れて堪《た》へ難し』、理由はと言へば、それだけなのである……」。これは小林秀雄の「中断の絶筆」に通ずる言葉だが、その世界は、「どんな雄弁家も、聴衆の思はくに無智でゐては、その説得など思ひも寄るまい。それなら、相手の思はくに通じて、これに上手におもねれば、説得など訳はないとも言へる」世界ではない。そしてその世界に生きていたユダヤ人ヨセフスはこんなことは百も承知のはずである。ではなぜ、ヨセフスは旧新約聖書の諸人物にパイドロスがその効果を信じ切っているような演説をさせたのか。

　私はこの疑問を訳者の秦《はた》剛平氏に問うた。氏は本職ラビを養成するドロプシー大学で、ヨセフス学者故ツァイトリン教授の薫陶《くんとう》を受けた唯《ただ》一人の日本人である。氏の答えは明快であった。ヨセフスはヘレニズムの世界にユダヤ人の歴史を紹介しようとした。その場合は、ヘレニズム世界の歴史記述の伝統に従う以外に方法がない。その方法を取らぬ限り彼らに理解さすことはできないであろうし、第一、読みもしまい。そしてこの世界は「演説を編年史的につづって行けば、それがそのまま歴史になる世界ですからな」と氏は言われた。なるほど、それが伝統というものか。この伝統は日本にもない。安積澹《あさかたん》泊《ぱく》がたとえ逆立ちしても、「編年史的演説集」で『大日本史』を編纂《へんさん》するわけにはいくまい。大体「演説」などという言葉も存在しない世界にわれわれは生きていた。では『大日本史』をヘレニズム世界の人びとに理解させようとすればどうなるか。後醍醐《ごだいご》天皇も頼朝《よりとも》も家康《いえやす》も大演説をぶたねばならなくなってしまう。それを滑稽《こっけい》だ、ニセモノだと言ったところで意味はあるまい。というのは、それは、たとえば「家康の現実」を「演説という形式」で表現したに過ぎないからである。だが、そう思ってみると、ヨセフスのやったことは、とんでもない大変な仕事だったという気がする。

パイドロスの言葉はこういう世界でその現実に対処するための道具にすぎない。それは「思想」とはいえまい。しかし「現実に対処」するため「弁論術雄弁術」が道具になるという世界をつくりあげた伝統なるものを造ったのも、また思想であり、その「思想」を形成するための「思考」が言葉によって行われたのも事実であろう。「実生活を離れて思想はない。併《しか》し、実生活に犠牲を要求しない様な思想は、動物の頭に宿ってゐるだけである。社会的秩序とは実生活が、思想に払つた犠牲に外ならぬ。その現実性の濃淡は、払つた犠牲の深浅に比例する。伝統といふ言葉が成立するのもそこである」。昭和十一年の「流儀」は昭和五十八年になっても変らないのだが、もう少し先に進んでみよう。

パイドロスは「実生活の瑣事《さじ》につまづく」ことはあるまい。しかしソクラテスもトルストイもつまずく。二人ともヒステリイの細君に悩まされ、一方が死刑に処せられれば、もう一方は白鳥の表現によれば「山の神を怖《おそ》れ、世を怖れ、おどおどと家を抜け出て、孤往独邁の旅に出て、つひに野垂れ死」した。二人とも細君を「上手に説得」するパイドロスではあり得なかったが、「上手に人を説得するのと物事を正しく考へるのとは、ひどく違つた事だ」ということは知っていた。だがこの「ソクラテスの洞察は、容易には（パイドロスの）眼に這入らない」。

「そこで、雄弁術を高く評価してゐるパイドロスの誤りが、ソクラテスによつて、次々に論破されるやうに、『パイドロス』の対話は進行する事になるのだが、もつとよく見てみよう。この『対話』で、ソクラテスは、決して相手を説得しようとはしてゐないし、第一、相手の思はくなど眼中にはないのである」。だが、ここでソクラテスは何も特別な哲学用語を使っているわけではない。実生活で使われている普通の言葉を使っており、その点では決してパイドロスと差があるわけではない。「彼（ソクラテス）は、日常使はれてゐる対話、問答といふ言葉の、誰にも親しい語感から、決して離れようとはしなかつた」。その点からも確かに「あらゆる思想は実生活から生れる」がしかし、それは当時のアテネの実生活で使われた「弁論術雄弁術」の言葉ではないという意味で「生れて育つた思想が遂《つひ》に実生活に訣別《けつべつ》」するのである。そして「訣別する時が来なかつたならば、凡《およ》そ思想といふものに何んの力があるか」であって、そうでなければパイドロスの言葉を論破するもう一つのパイドロスの言葉であるにすぎない。そしてパイドロスの言葉が思想でないならば、それを論破するもう一つのパイドロスの言葉もまた思想であるはずがない。なぜそうならずに「訣別」して「思想」となりうるのか。その経過を小林秀雄はどう捕えているか。少し長いが次に引用しよう。まず彼は、なぜこの作品が読者の心を捕えてはなさないか、という問題から入っていく。

「それは、作者プラトンから、劇の主役を振られたソクラテスといふ人間、その考へ方、生き方に行着くと感ぜざるを得まい。繰返して言はう。どんな主義主張にも捕はれず、ひたすら正しく考へようとしてゐるこの人間には、他人の思はくなど気にしてゐる科白《せりふ》は一つもないのだ。彼の表現は、驚くほどの率直と無私とに貫かれ、其処に躍動する一種のリズムが生れ、それが劇全体の運動を領してゐる。どの登場人物も、皆、何時《いつ》の間にか、このリズムの発生源に引き寄せられてゐる。言ひ代へれば、プラトンの思想劇は、ソクラテスとの問答といふ単位から構成されてゐるが、この単位も、考へ詰めて行けば、その極限で、ソクラテス自身の自問自答といふ純粋な形を取るやうになるところに、劇の生命力がある。さう見てゐゝと思ふ。対話篇の真実さなり、力強さなりに引かれる読者は、知らずして、この生命力に倣《なら》ふ、さう考へるより他はないだらう。

このやうに言つて来れば、言葉に対して取る態度の上で、雄弁家とソクラテスとでは、根本的な相違があるのが、はつきりして来ると思ふ。修辞をこらして、相手の説得に成功した雄弁家には、言語表現の上で、自在を得てゐるといふ考へが生れるだらうが、それは、雄弁といふ偶像を信じ、指導者になれたといふ当人だけの自負を出まい。ソクラテスの場合は、言葉の力は、遥《はる》かに深く信じられてゐたと言つてよい。言葉を飾るといふやうな事は、彼には思つてもみられぬ事であつた。何故かといふと、言葉とは、彼には、自分の外部にあつて、外部からどうにでも操れる記号ではなかつたからだ。それは、己れの魂に植ゑつけられて生きてゐるものだ。プラトンの対話篇を通じて扱はれてゐる真の主題は、正しく思索する力といふもの、正しく語る力以外のものではないと極言して差支へない。劇の主役としてのソクラテスに即して言へば、対話劇の進行とは、人と人との間に対話の喜びを生み出し、これを生かしてゐるもの、言はば対話の魂と呼ぶべきものにめぐり会ひ、これを信じ、その自然な動きに随《したが》へば足りるとした、さういふ風に言つてゐゝと思はれる。

『パイドロス』では、恋(エロース)が論じられてゐる。だが、解決なり、結論なりに達するわけではない。生きてゐる対話の魂の生長は、止《とど》まるところを知らないからだ。恋(エロース)といふ具体的な話題の姿が、彫像でも仕上げられるやうに、たゞ物を正しく考へるといふ力により、対話の進行の中に、その鮮明な輪郭を次第に現はして来る。読者は、これに心惹《ひ》かれる。それで充分だと感ずる。さういふ次第をはつきり心に想《おも》ひ浮べれば、現代の教養人の間で、非常に面倒な使はれ方をしてゐるディアレクチックといふ言葉が、ソクラテスにあつては、驚くほど簡明な使はれ方をしてゐる事に気附くだらう。彼は、日常使はれてゐる対話、問答といふ言葉の、誰にも親しい語感から、決して離れようとはしなかつた。たゞ、この体得されてはゐるが、反省はされてゐない豊かな語感を、極度の反省によつて純化すれば足りると信じたのである」

　ここで小林秀雄が二度使っている「語感」という言葉は「語」の「実感」と解してよいであろう。ここでもう一度昭和十一年にもどるが、もう引用はやめよう。前述の「実生活を離れて思想はない……。伝統といふ言葉が成立する……」以下を読んで下さればそれでよい。そしてこの「実感」のある言葉は、確かに実生活から生れるが、ここで述べられているような過程を経て「極度の反省によつて純化」されれば、それはもうパイドロス的な実生活から「訣別」してしまう。従って「思想と実生活とは切つても切れぬ縁」があるが、思想はそれと「訣別」しなければ「思想」ではない。正宗白鳥との論争で小林秀雄がくどいほど言っているのはこのことである。そしてこの「流儀」で思考していた彼が、本居宣長に行きつくのは当然のことだが、その転機となったのが、翌十二年の「『悪霊』について」であろう。同じ年に彼は「『日本的なもの』の問題」と『福《ふく》翁《をう》自伝』」を書いている。これを一種の〝転換〟と見てもよいが、この〝転換〟と以後の経路は一先《ひとま》ず措《お》き、「あとがき」につないでみよう。「あとがき」とも言うべき「正宗白鳥の作について」は『文壇的自叙伝』『自然主義文学盛衰史』への批評という形になっているので、取り上げられているのはもちろん「トルストイの家出論争」だけではなく、次いで藤村にうつる。そしてこの文章の冒頭がモデル問題で、氏は次のような言葉ではじめている。まず藤村への批評があり――

「さて、このやうに言つて来たところで、話を元に戻さう。『文壇的自叙伝』『自然主義文学盛衰史』を通じて、その主題を成すものは、小説家のモデル問題だつたといふ事で、私の話は始まつたが、この問題がまことに執拗《しつえう》に徹底的に考へ抜かれた事を、こゝで思ひ返してみて欲しいと思ふ。モデルを扱ふ小説家にしたところが、誠実な仕事をしてゐる人達なら、遂に行き着くところでは、言はば皆自画像を描いてゐる画家なのである。画家は、自己の客観像を見る為《ため》に、鏡を一枚用意すれば足りるとするであらうが、鏡の中の対象を、一層よく見る為に、画筆を動かさうと努力すれば、ガラスの鏡は、忽《たちま》ち己れの心の鏡と変ずるだらう。さういふ不思議は必ず起る。作家はモデルに忠実たらんとする道の果てで、己れの天性に出会ふと言つてもよからう。この不思議を容認せざるを得ず、その容認の仕方が作家の作風を定める。正宗氏が藤村の創作動機のうちに入り込んで見守つてゐたのは、さういふ事であつた。この見地に立つなら、作家藤村とその解説者白鳥との間には、作風の相違が見られるだけで、両者の間に常套《じやうたう》的な意味合では、作家批評家の別はない筈《はず》だ」ということは、批評家としては「批評は原文を熟読し沈黙するに極まる」という点にまで到《いた》っており、語られていることは一体化した言葉であって、いわゆる「批評」ではない。

これは決して単純な問題ではないが、これを「トルストイの家出問題」と結びつけてみる。前述のように氏はあの執拗な論争を回顧し、自分の受取り方を要約した後で次のように記しているではないか、「正宗氏は、事件をさうは受取らなかつた。トルストイの家出事件は、自然主義の実物第一といふ徹底したリアリズム思想を照し出す事件として受取られてゐた。従つて、氏の主張によつて明るみに出たのは、人生の真相ではない。むしろ自然主義の文学観の真相である」。いわばトルストイをモデルにして「正宗白鳥の（文学観いわばその）自画像を書いているにすぎないではないか」と。さらに言えば、その結果「作家批評家の別はない筈だ」となっても、同じ日本の自然主義作家藤村ならそれはそれでよく、「『自然主義文学の回顧は、藤村を中心として回転しつゞけ』るほど、藤村を熟読し熟知した為に、この作家に袂《たもと》を分たねばならなかつた。藤村の制作態度に同調し同道しつゝ、この作家の天性を明らめて行く事は、解説者としての己れの天性を見定める道でもあつたからだ。モデルを見るとは己れを見る事だといふ一種のジレンマが、藤村に誘はれて純化し、しつかりした像《かたち》を結ぶに至つたと言つてもよい」という結果になってよい。だが「トルストイの家出問題」はそうは言えないはずだ。いわば、鏡にうつったのは白鳥の自画像で、彼がその「真相」と見たのは「自然主義の文学観の真相」ではないか。

この問題も決して単純ではない。だがこれを「言葉と実感」「思想と実生活」という問題と結びつけてみれば、藤村と白鳥はそれを共有している。それを共有しているが故《ゆえ》に、それが「己れの天性を見定める道」にもなりうる。だがそれを共有していない対象への態度が同じであってよいとは言えまい。これは常に小林秀雄にあった「内部感覚」であったろう。氏の旧約聖書の読み方と万葉集の読み方は決して同じでないし、ドストエフスキーの読み方と本居宣長の読み方も決して同じではない。そして同じでないが故に一種の併行現象がつづく。いわば、ヴァレリイ、アラン、「当麻《たえま》」「西行」「実朝《さねとも》」「モオツァルト」「ゴッホの手紙」「ベルグソン論」「徂徠」「弁名」「福沢諭吉」……あとは年表を参照していただきたいが、前述の昭和十二年の〝転換〟後、一種の併行現象を継続しつつ『本居宣長』に行きつく。

「言葉と実感」、「思想と現実」という関係は「作品と生活」という形でも現われうる。そこでまず『ドストエフスキイの生活』があり、それが終ったところで、すなわち「……彼の死といふ一事件とともに。今は、『不安な途轍《とてつ》もない彼の作品』にはひつて行く時だ」となる。『本居宣長』ではこういう方法がとられていないとはいえ、これを『本居宣長の生活』『本居宣長の作品』と分けて編集してみろと言われれば、決して出来ないことはない、と言っても、たとえその手術が成功しても作品を殺してしまうであろうが、殺す覚悟なら出来るし、その屍体《したい》を解剖すれば何か発見できることもあり得ないわけではない。それをやったと仮定しよう。白状すれば、実は、ちょっとそれをやってみたのである。だがすぐやめた。理由は簡単で、小林秀雄の双方への対し方が、全く違うことがすぐにわかるからである。と同時に、なぜドストエフスキーでは分けられ、宣長では一体化しているかもわかる。というのは、宣長が極力「上代人になつて上代人の目」で見ようとしているように、小林秀雄は「宣長になつて宣長の目」で見ようとしている。いわば、宣長と小林秀雄の間には「常套的な意味合では、作家批評家の別はない」という状態を目指す。確かにこれも批評の方法である。そしてそれが出来るのは「言葉と実感」「思想と現実（生活）」を共有しうるからだが、ドストエフスキーでははじめからそれが不可能なことを彼はよく知っている。知っているが故に『生活』と『作品』という腑《ふ》分《わ》けをしているわけであろう。そして「病者の光学」を採用してこれを標定し、この腑分けをその座標にしようとしている。そのやり方は「小林秀雄とラスコーリニコフ」で記したから再説しないが、端的にいえばそれは「敵を狙《ねら》う」という態度であっても、決して「宣長になつて宣長の目」で見ようという態度ではない。小林秀雄の聖書やドストエフスキーに対する接し方は非常に用心深く、氏自身の言葉を借りれば、あらゆる方法で正確に狙い、対象を「射止めよう」としているのである。この違いは理論や方法論の違いというよりむしろ、彼の「内部感覚」のなせるわざであろう。

この「内部感覚」は『様々なる意匠』にすでに胚胎《はいたい》しているとはいえ、決して研ぎすまされているとはいえず、初期の作品では必ずしも明確ではない。それが研ぎすまされて行ったのは、主として昭和十二年の『ドストエフスキイの生活』の完結と『悪霊』について」(未完)の出発から、昭和二十七年「『白痴』についてII」までの間であろうか。いや、もっと長く生涯、研ぎつづけていたのであろう。その研ぎつづけの過程を示すのが前述の併行現象であろうか。もちろん彼は「狙う」ことも生涯やめなかったが、「狙う」を砥石《といし》にして「極力その対象になってみる」べく研ぎすまし、徐々にその方へ比重が傾いて行ったことは否定できまい。もちろんその間に、さまざまな別の方向への関心も氏は持ちつづけているが、それは「麻酔」でとめておいて、なぜその方向へ比重が傾いて行ったかを考えてみるために、少々長いが「文化と文体」という文章を引用しよう。

「現代の文化が非常な混乱に陥つてゐるとは誰も言ふ事だ。しかし、この混乱した文化の裡に生活してゐる人々の処世法といふものと、混乱した文化から何かを表現しようとしてゐる人々の技術といふものとは、大変違つたものだ。一般生活者には、どんなに文化が混乱しても、そのなかでともかくも、日々を暮して行かなければならぬといふ事が眼目なのだから、その日その日を実際にやりくりして行くといふ立場から、文化の混乱を眺めざるを得ない。といふことは言葉を代へれば、文化の混乱を、その日その日の実生活に溶かし込んで考へてゐる。一体、実生活に溶け込んでゐない文化といふやうなものは、病的な文化である。文化といふものが健全なら、いつでも実生活にしつくり合つた着物のやうなものである筈だ。ところが、現代の文化の混乱は、決して、さういふものではない。実生活なぞを無視して、何処《どこ》まで混乱を続けるかわからぬやうな有様である。さういふ現代文化の病的な性格に関しては、一般の生活者達は、常に消極的な態度をとつてゐる。それといふのも実生活を土台として文化を考へなければならぬ以上、彼等の文化の見方は、健全たらざるを得ないからであつて、どんなに文化が混乱して映らうとも、それと一緒に実生活まで混乱させては、生活が成り立たぬところから、彼等は文化の混乱に対してつねに己れを守るのである。従つて、彼等は、どんなに文化が混乱しても、主観的に何等かの統一された文化の像を知らず識《し》らずのうちに持つて生きてゐるわけだ。しかし、文学者はさうは行かない。一応は生活人として混乱した文化に関して主観的に統一した像を持つてはゐるが、さういふ実生活から来る混乱した文化への抵抗だけでは文学者は生活出来ない。彼等は作品といふもので、文化像を客観化しなければならぬ必要を、いつも感じて生活しなければならない。いきほひ、文学者は、現代文化の混乱をいつも監視してゐる必要上、これに対して特に鋭敏でなければならぬ立場に置かれてゐる。

このことは言語を例にとつてみるとすぐ解《わか》る。現代の言語は非常に混乱してゐるといふ事には誰も異論はないのだが、一般生活者はこの言語の混乱といふ問題で決して苦労はしない。苦労しないばかりではない、混乱した社会に生活するためには、混乱した言語を使用してゐるのは最も都合がよいのである。処《ところ》が、文学者には大いに不都合だ。生活の上で混乱した言語を使用するのがどんなに都合がよくとも、作品といふものは混乱した言語では作れない。さうかと言つて、秩序ある言語でも社会的に死んだ言語では又作品は作れない。だから現在混乱しながら生活のうちに生きてゐる言葉を土台にして、秩序ある言語の世界を創《つく》り出さねばならぬ。そして一方、生活上言語の混乱には極めて鈍感な人々も、文学作品の読者となると忽ち言語の秩序に神経質になる。……」

そしてこの文章は、「今日新しい作家達は本質的な意味での文体の確立を迫られてゐる。混乱した文化を文学に客観化するために、作家各自が内的に独力で新しい思想を生み出す必要に迫られてゐるのだ」で終っている。この問題は「言語の問題」という文章でも論じられているが、この中にすでに『本居宣長』への胚芽《はいが》があると言ってよい。だが小林秀雄自身がその「新しい思想を生み出す」方法論を発見していたとは思えない。しかしここで問題としたいのは、『様々なる意匠』のあの冒頭の文章と末尾の間で、彼が論じている問題である。それがむしろ主題なのだが、そこで彼が論じている「材料」が、リアリズム、プロレタリヤ文学、新ブルジョア文学、転向文学等、当時の文壇的関心が主題となっているため、おそらく現代では過去の「時評」ぐらいにしか受けとられないであろう。だが、「実感」なき言葉を輸入して「舶来上等」とそれを物神化することと、そこにその原因があることを、小林秀雄は、はっきり意識していた。ゾラを生み出すのは、ゾラを生み出す伝統があり、それに基づく「言葉と実感」があったのだが、それがリアリズムだ、自然主義だという形で輸入されて物神化されれば、「意匠」になるだけのことだ。そこにさらに始末が悪いことにプロレタリヤ文学なるものが入って来た。氏はまずその「政治的困難」を認め、「文学者等は、破れるまで出来る限り戦つた」という事実は認める。だが本当の困難はそんなところにはなかったのである。「併《しか》し、かういふ明らかな困難を別にして、思想小説の確立といふ仕事には、本質的な意味での文学技術上の困難があつたので、こゝに現れた戦ふべき敵の姿は、当事者には決して明瞭《めいれう》だつたとは言へないのである。眼に這入《はい》り難かつた困難の一つは、この運動は大体に於《お》いて、インテリゲンチャの啓蒙《けいもう》的文学運動であり、プロレタリヤ階級の心臓から、直接に湧《わ》き上つた文学運動ではなかつたといふ処から生じた困難で、なるほど西洋から学んだ階級対立の思想は、理論的には大変明瞭なものであつたが、近代的階級対立といふものの伝統は、民衆の実生活の意識の上では薄弱な、曖昧《あいまい》なものであつた。つまり学んだ思想の根を下す社会的地盤が薄弱だつたところから、作家等はいきほひ、思想を個性のうちに人間化し、血肉化する必要に迫られた。しかし、作家等はこの必要も明瞭に自覚する事が出来なかつた……」。それは結局、『様々なる意匠』に新たに一意匠が加わったということにすぎない。もちろん『意匠』が増えるということは別に悪いことではないし、小林秀雄も「何物かを求めようとしてこれらの意匠を軽蔑《けいべつ》しようとしたのでは決してない。たゞ一つの意匠をあまり信用し過ぎない為に、寧《むし》ろあらゆる意匠を信用しようと努めたに過ぎない」ことは、その後の彼の文学的遍歴にも現われている。だがこの言葉は皮肉でなければ反語であろう。すべてを軽蔑しないために、すべてを信用しようと「努め」ることは、何も信用していないことと変りはなく、「意匠」が「意匠」として存在するという事実はそのまま認めるということである。だがその方向に「作家各自が内的に独力で新しい思想を生み出す必要」に対応するものがあるわけではあるまい。（転向文学と新ブルジョア文学については省略させていただく。）

ではどうすればよいのだ。日本の社会にだって「実感」できる「言葉」はあるのだ。なければ社会が成立つはずはない。「現代の言語が非常に乱れてゐるのは周知の事だが、一般生活者には言語が乱れてゐようがゐまいが問題は起らぬ筈である。何故かと言ふと言語といふ社会の共有財産は、幾時《いつ》の時代でも社会の生活秩序と喰ひ違はない様に出来てゐるからだ。混乱した社会に生活する人々は混乱した言葉を使つてゐるのが一番便利なのである。それでは現代の言語の混乱が文学者をそんなに悩ましてゐるだらうか。これも僕にはやゝ疑問である」（言語の問題）。実生活上の道具としての言葉は、その社会で便利に使えるように出来てしまって当然である。弁論術雄弁術が実生活上の最も便利な道具なら、パイドロスが実感をもってその存在と有効性を信じて当然だが、同じように文化が混乱しているなら、実生活者はそれを逆用して行かなければ生きて行けない。そこで「どんなに文化が混乱しても、主観的に何等かの統一された文化の像を知らず識らずのうちに持つて生きてゐる」わけである。そしてそれで生きているなら、文壇や論壇で論じられているような問題は、自らに直接に関係なき空論として聞き流し、彼らを「社会の余計者」乃至《ないし》は「厄介者」と見たとしても少しも不思議ではない。「実生活を離れて思想はない」ことを、彼らは「知らず識らずのうちに持つて生きてゐる」「主観的に何等かの統一された文化の像」に基づいて知っている。しかしそこからはそのまま「思想」は生れはしない。前述のべーさんの「判官びいき」は「主観的に何等かの統一された文化の像」に基づいているであろうが、それはそのまま思想であるわけではない。確かに「あらゆる思想は実生活から生れる。併し生れて育つた思想が遂《つひ》に実生活に訣別《けつべつ》する時が来なかつたならば、凡《およ》そ思想といふものに何んの力があるか」なのである。そしてこの問題意識をもっていない文学者を「現代の言語の混乱」が「そんなに悩ましてゐる」であろうか。「僕にはやゝ疑問である」で当然である。

だが、この問題の解決は容易ではない。この容易でないことを安易に行おうとすれば、実生活者のもつ、「主観的に何等かの統一された文化の像」などは存在しないことにしてしまえばよい。これは「日本的実生活」すなわち「日本人の各自主観的な文化像」、言いかえれば「日本など存在しない」と言ってしまえばそれですむことである。そしてその上に、輸入の「思想」という「衣裳《いしやう》」を保持する。だがその「衣裳である言葉」には「実体=実感」がないから、何も存在しないに等しくなってしまう。

「四月号の雑誌には、所謂『日本的なもの』に関する論文が非常に多かつた。

先《ま》づ大森義太郎『日本への省察』（中央公論）を読んだが、これは『日本的なもの』の一覧表を掲げ、その指すところの『日本的なもの』の無意味さの証明に論文の大半を費してゐる。

ヴィタミンAといふ薬がある。利《き》くには利くが一体どういふものかその構造は恐らくはつきり解つてゐないのだらうが、ともかく肝油から、利かないもの、つまりヴィタミンAでないものを出来るだけしやくひ出して了《しま》つた残り物といふ事でいゝらしい。

大森氏もこの方法にならつて、日本歴史を遡《さかのぼ》つて、外来的なものつまり日本的なものでないものを出来るだけしやくひ出したが、残念な事には『茫々《ばうばう》たる神話の世界』だけしか残らなかつた。尤《もつと》も氏としては目的を達したわけだ。考へてみれば妙な実験で、実世間では決して行はれない実験だが、言葉の上だからこそさういふ操作も一応は出来るやうに見えるのだ。では手品の種は何処にあるかといふと、日本歴史のなかから日本的でないものをしやくひ出す毎《ごと》に、ちよつぴり（或《あるい》は沢山かも知れぬ）日本的なものも混ぜてしやくひ出すといふ所にある。

大体、日本的なるものの曖昧さをよく承知してゐる人が日本的でないものの曖昧さを承知してゐない筈《はず》はないぢやないか。そんなら初めからしやくひ出し様もない筈のものだ。モルモットの助力の仰げる肝油の場合とは余程事情が違ふ様である」(「日本的なもの」の問題)

これから先はもう余り引用の魅力を感じない。結局大森氏はこの方法に巧みに失敗して見せて、「日本的も外来的も問題にせず、共通者としての日本」というものを論理的に規定できるかどうかを調査する。そして「共通者日本の概念」は「空虚な形式」に過ぎないとする。この論文は「空虚な形式」の中には「内実たる日本」なるものは存在しないことになるから、いずれにせよ「日本的なもの」などは存在しないと、一心不乱に証明しようとしているにすぎない。そんな理窟《りくつ》は理窟としては成り立つであろうが「世の常識が困却する」だけのことだ。話は簡単ではないか、「共通者日本」を規定する、これは、共通者人間を規定するようなもの、だがたとえそうしたところで、「大森義太郎はどこに出しても大森義太郎で小林秀雄ではない」。ではこんどは、そうならない「所以《ゆゑん》の概念を、論理的に規定」しようとして、こういうばかげた論文をもう一度書く興味が氏にあるのか。これは相当に辛辣《しんらつ》な批評だが、そこから氏の鉾先《ほこさき》は向坂《さきさか》逸郎氏に向う。だがこれは今では、もう紹介しても余り意味はないであろう。小林秀雄の言っていることは、「あたりまえ」のことだが、日本ではこの「あたりまえ」がしばしば通用しないのである。これは戦後とても変りはない。最近のあるシンポジウムで高名な最高学府の教授が「和魂洋才などということは、つまり何もないから和魂などという意味不明の言葉を使ったのだ」といったとき、私は思わず跳び上りそうになった。だが驚くにはあたらない、明治のはじめに、われわれは歴史がないといってベルツを驚かした学生がいるそうだから——。この考え方もまた一世紀以上の歴史をもっているのだ。

何度も言うが小林秀雄が言っていることはあたりまえのことだ。だがこの「あたりまえ」のことをいうと、途端に変な反論が返ってくる。この歴史もまた長いのであって、決して昨日今日のことではない。

「先日本紙（報知新聞）に載つた戸坂潤氏の『本年度思想界の動向』について僕の文章が非常に誤つて読まれた事を残念に思ふ。残念に思ふとともに何か狐《きつね》にでもつまゝれたやうな気がした。朝日紙上の文芸時評で伝統と文学について書いてから二週間もたゝないうちに、伝統主義者、復古主義者、日本主義者にされてしまつてゐるには、いさゝか驚かざるを得ない。狐につまゝれたやうな気にならなければ余程どうかしてゐるのである。僕があの十五枚ほどの原稿で一体何を書き何を書かなかつたか注意して読んでくれゝば明瞭な筈だ。僕は今日の文化批判者の間に見られる一種高踏的な態度に関する疑惑と、伝統とか民族とかいふ言葉を明瞭に発音出来ない不生産的な知性の存在に関する不満とをやゝあわたゞしいスタイルで述べたに過ぎない。

だが実際の処は戸坂氏は僕の文章を誤読なぞしなかつたのであらう。話しの辻褄《つじつま》を合はせるために僕の文章を故意に曲解することが必要だつたのだと思ふ。そして僕を正解した上で堂々と僕を論破してゐる態の文章の格好をこさへるのにいろいろ苦心をしてゐる。さういふ苦心はつまらぬ……。

戸坂氏にいはせると社会思想における日本主義の体系は文学外で恥をかいてゐたが、近頃一部の文学者達の裡に処女地を開拓し、かゝされた恥の復讐《ふくしう》を遂げようとしてゐるのだといふ。『日本型ファッシズムの個有のイデオロギイたる日本主義は、駸々乎《しんしんこ》として文学主義の土壌の上に繁茂し出した』のださうだ。一体何んの必要あつてこんな大げさな物のいひ方をするのかわからぬ。でなければ一体何が恐ろしくてこんな被害妄想症然たる言を弄《ろう》するのかわからない。さういふ危険な文学者等の僕は代表者であり、身を以《も》つて支配階級の幇間《ほうかん》的存在たらんと努力し始めたから諸君警戒したまへ、なぞに至つては開いた口がふさがらないのである」（戸坂潤氏へ）

まるでステパン・ヴェルホヴェーンスキー氏がドストエフスキーをスラヴォフィルで、ツァーリの「幇間的存在たらんと努力し始めた」と言っているようなわけだが、この時点で小林秀雄が関心をもっていたのが一般生活者が「どんなに文化が混乱しても、主観的に何等かの統一された文化の像」を不知不識のうちに持って生きているという厳然たる事実だ。大森義太郎が彼らから、非日本的なものをいかに「しやくひ」出そうと、そんなことには何の関係もなく生きているし、今に至るまで生きつづけている。そしてそれを可能にしている「主観的に何等かの統一された文化の像」が相互に連関して一つの統一体として「日本」なるものを機能させているのが伝統であり、それが「現実」なのだ。それをもっていれば、「実生活の瑣事《さじ》につまづく」ようなことにはならない。

そして「実生活を離れて思想はない」「思想と実生活とは切つても切れぬ縁がある」なら、ここから出発していないものはすべて「思想」ではない。そしてこの「思想」ではない「思想」の用いる言葉は、このような実生活者にとって大凡《おおよそ》「実感」がなくステパン氏の「警句《ボンモ》」と変らない。昭和十二年の「福翁自伝」から、さらに「福沢諭吉」の「私立」、藤樹の高弟蕃山《ばんざん》の「天地の間に己一人生てありと思ふべし」、さらに「徂徠」から『本居宣長』へと進む道にあるものは常に「言葉と実感」「思想と現実」である。そしてこの問題を離れて「思想」を生み出すなどということは、あり得ない。いや「思想の存在」さえあり得ないはずである――「あらゆる思想は実生活から生れる。併し生れて育つた思想が遂に実生活に訣別する時が来なかつたならば、凡《およ》そ思想といふものに何んの力があるか」「何も事実があつての思想であるといふ考へ方に固執する理由はない。事実に意味を附する思想あつての事実であるといふ全く逆の考へ方をしていけない理由はないではないか」。約半世紀離れて同じように記されているこれらの言葉を並べてみると面白い。そしてこれを「定義」のように記せば、もちろん「力なき思想ははじめからその名に価《あたひ》しないからこれは問題外としよう。その上でこの言葉を簡単に記せば、思想は実生活から生れる、そして実生活と訣別してはじめて力ある思想となる。その力ある思想は今度は事実を規定する」。そしてこれを全人類的ともいうべき協力と長い年月でくりかえし行われた結果出て来たのが、「社会秩序の現実」つまり「伝統的文化的秩序」だが、この「着実な作業が、思想の実現といふ形で、個人の手によつて行はれる場合、それは大変困難な作業となる」。しかしそれをしない限り「思想の創出」などということはあり得ない。借り物の『様々なる意匠』などは、こういう「思想」とは無関係である。無関係ならば「一つの意匠をあまり信用し過ぎない為《ため》に」せいぜい「あらゆる意匠を信用しようと努めた」らそれでよいことだ。西欧的な輸入の「意匠」を「思想」と「信用し過ぎ」ている者は本居宣長を「意匠」とは認めまい。しかしソクラテスやプラトンなら、それをどう誤解しようと「意匠」としては認めるであろう。『本居宣長補記』にソクラテスが登場する。それは「思想と現実」との基本である「言葉と実感」の問題を、小林秀雄はソクラテスにも宣長にも認め、「二人の考への中心部は、しつくり重なり合つてゐるのが見えて来る」からである。所々を引用させていただく。

「『対話篇』(『パイドロス』)は、パイドロスがソクラテスに向ひ、本当のところを打ち明けて戴《いただ》きたいが、あなたは、このやうな神々の物語を、事実あつた事とお信じになるかといふ質問と、これに対するソクラテスの答へから始まつてゐる。ソクラテスは、もし私が当今の利口者なみに、そのやうな伝説は信じないと言へば、妙な男と思はれないで済むだらうがと言葉を濁し、このやうな面倒な問題を、あまり単純に受けとつてゐるパイドロスの、無邪気な問ひをはぐらかすのだが、その婉曲《ゑんきよく》なはぐらかし方に、全篇を形成する種が宿つてゐる。対話は、さういふ仕組になつてゐる。尤も、プラトンが実らせた果実の吟味まで、私の手がとゞくわけではない。こゝでは、先づ何がソクラテスの気に入らなかつたかを言ふ事にする。それは宣長と全く同じ考へだからである。

　気に入らなかつたのは、当時のアテナイの知識人の風潮、神話に托《たく》された寓意《ぐうい》を求めるといふ、学問めかした神話解釈であつた。宣長は、『神代の伝説《ツタヘゴト》の神《アヤ》しさ』を『つたなき寓言』と解した熊沢蕃山の説を、きつぱりと斥《しりぞ》け、貴下のやうに、『理《コトワ》リ深げに見え聞えたる』言を操つてゐるやうでは、神書の『そこひなき淵《フチ》のさわがぬことわり』には到達出来ないとした（玉かつま、五の巻）。『パイドロス』には、『美について』といふ副題が附いてゐるが、プラトンも、宣長のやうに、美神を信じたホメロスの語る『神代の伝説《ツタヘゴト》』に盛られた深い思想を味はふのには、ホメロスの心ばへに倣《なら》ふ道から物語に這入らねばならぬとした」

　ついで話はエジプトの文字を発明した神様の話になる。これで、文字の発明こそ知恵と記憶力の増進だとその神がエジプトの王に自慢する。だが王は技術の発明とその害益は別問題だとする。「文字の発明の御蔭《おかげ》で、誰も記憶力の訓練が免除されるから、皆忘れつぽくなる。書かれたものに頼る人々は、物を思ひ出す手段を、自分達の外部を探つて、自分達には何の親しみもない様々な記号に求めてゐる」。そうなると文字とは、忘れた物に気が附くきっかけを提供するに過ぎまい。「君の弟子達に与へる智慧《ちゑ》にしても、たゞ智慧らしいもので、本物の智慧ではないといふ事にならう」。それは物識《ものし》りにはなるが、何も知らないのに知っているとうぬぼれるえせ学者をつくるようなものであり、「さういふ連中との附合ひも、容易な事ではあるまい、云々《うんぬん》」。さて、そういう文字が、それをつくり出した「神様」のいない国に行って、その文字で形成された思想なるものが「意匠」になったらどうなるか。だがそんなことを考える前にこれにつづく文章を引用しよう。

「このやうな話は、文字の出現に関する宣長の見解を、極めて自然に聯想《れんさう》させる。宣長の考へも亦、文字の効能を頼みにし過ぎる物識り達に抗するところから発想されてゐる。――『古《イニシ》へより文字を用ひなれたる、今の世の心をもて見る時は、言伝《コトヅタ》へのみならんには、万《ヨロヅ》の事おぼつかなかるべければ、文字の方はるかにまさるべしと、誰も思ふべけれ共、上古言伝へのみなりし代の心に立かへりて見れば、其《ソノ》世には、文字なしとて事たらざることはなし。……文字は不朽の物なれば、一たび記し置つる事は、いく千年を経ても、そのまゝに遺《ノコ》るは文字の徳也。然《シカ》れ共文字なき世は、文字無き世の心なる故《ユヱ》に、言伝へとても、文字ある世の言伝へとは大に異にして、うきたることさらになし。今の世とても、文字知れる人は、万の事を文字に預くる故に、空にはえ覚え居らぬ事をも、文字しらぬ人は、返りてよく覚え居るにてさとるべし。殊《コト》に皇国は、言霊《コトダマ》の助くる国、言《コト》霊《ダマ》の幸《サキ》はふ国と古語にもいひて、実に言語の妙なること、万国にすぐれたるをや』（くず花）」

さらに文章はつづく。

「以上の文を、ソクラテスの言ふところと注意して比べてみると、二人の考への中心部は、しつくり重なり合つてゐるのが見えて来るだらう。双方の物の言ひ方は、言はば同心円を描きつゝ動いてゐる。宣長は、『中古迄、中々に文字といふ物のさかしらなくして、妙なる言霊の伝へなりし徳』を想《おも》つたのだが、その点、ソクラテスも同様であつた。ひたすら知を愛し求めるといふ、彼の哲学者としての自覚からすると、出来るだけ率直に、心を開いて人々と語るのが、真知を得る最善の道であつた。周知のやうに、彼は、生涯、一行も書かなかつたのである。彼の考へによれば、書かれた言葉は、絵にでも描いたやうに、いつも同じ顔を、どんな人の前にでも、芸もなく曝《さら》してゐるだけのもので、語るべき人には語り、黙すべき人には口をつぐむといふ自在な術《すべ》を、自ら身につけてゐる話し言葉とは、まるで異つたものだ。話し言葉も、いづれ、書かれた言葉と兄弟関係にはあらうが、父親の正嫡《せいちやく》の子といふ事になれば、やはり話し言葉だといふ考へなのだ。それでは、この嫡子が持つて生れて来た、宣長の言ふ『言霊』について、ソクラテスは、どのやうに語つてゐるか。それを見つけようとすれば、直《す》ぐ見つかる。――この相手こそ、心を割つて語り合へると見た人との対話とは、相手の魂のうちに、言葉を知識とともに植ゑつける事だ、――『この言葉は、自分自身も、植ゑてくれた人も助けるだけの力を持つてゐる。空《むな》しく枯れて了《しま》ふ事なく、その種子からは、又別の言葉が、別の心のうちに生れ、不滅の命を持ちつゞける。――』」

考えてみれば、ある意味ではソクラテスの言っていることも、宣長の言っていることも、小林秀雄の言っていることも、あたりまえのことなのである。簡単にいえばわれわれはそれを今も日常生活でやっていることなのだ。しかしそれはあくまでも「ある意味において」であって、パイドロスの弁論術雄弁術でも、これと同じ面はある。ただしそれは「相手の魂のうちに、言葉を知識とともに植ゑつける事」ではなく、相手の心にすでにある「思はくに通じて、これに上手におもね」ることだ。違いはその点だが、「言葉」と「実感」は一体化している点では変りはない。両者の方向は全く違うが、この出発点は同じであり、この出発点にすら到達していなければ、それはもう問題外であろう。どのようにして言葉と知識とを相手に植えつけていくかは、『パイドロス』で恋（エロース）について論じられている部分の引用ですでに述べたから再説しない。そして、相手の魂に「言葉を知識とともに植ゑつけ」うることによって、はじめて思想は現実に作用しうる。もちろんそれは、プラトンの場合であれ、本居宣長の場合であれ、「文字」

を通じて行われているが、それは文字化された「肉声」であり、それが表わすのは人間の頭脳の中の知識の量を増す「言葉」ではなく、人の魂に植えつけられる言葉によって力をもちうる知識なのである。そこには必ず現実から出た「肉声」があるが、現実とは「訣別《けつべつ》」している。あの文章の次の部分だけもう一度記しておこう。「……長い年月をかけて行つた、社会秩序の実現といふこの着実な作業が、思想の実現といふ形で、個人の手によつて行はれる場合、それは大変困難な作業となる。真の思想家は稀《ま》れなのである」

そしてこの作業は真の思想家が行っても、「大変困難な作業」になる。その困難さは、ソクラテスも宣長も同じであった。そしてそのことを理解していた小林秀雄にとっても、また同じであった。それは『補記』を読めばわかる。

このソクラテスと宣長と小林秀雄の連関という問題、これは安直に読みとばせば、奇矯な言辞を弄しているとも受けとられよう。だが『補記』の「真暦考」を注意深く読んだ読者はそうは思わぬはずだ。小林秀雄に『補記』を書かせた動機の一つはこれにあると思う。というのは「私が、『本居宣長』で、これを持ち出さなかつたのは、これを併せ論ずると、書きざまがあまり煩《わずら》はしくなる、それを恐れたからだが、『真暦考』の文章に触れなかつたのは心残りであつた。……」と。確かにこの「真暦考」は相当に扱いにくく、用心しないと誤解されるだけである。これを記した『補記』Iの三は「宣長の

『古学の眼』は、世の識者達には、大変評判が悪く、論争の種となつたが、その最も著しい例は、『呵刈葭《カガイカ》』下篇の上田秋成との烈《はげ》しい論争であつた……」ではじまる。「これについては、『本居宣長』の中で詳しく述べた。秋成は、『ゾンガラスと云《い》ふ千里鏡で見たれば、日は炎々たり、月は沸々たり』、宣長先生は、日神月神などと仰《おつしや》るが、『そんな物ではござらしやらぬ』と笑つたが（胆大小心録）、もうこの頃になれば、それくらゐの事は誰も知つてゐたのである……」。そしてそういう時代になればパイドロスの時代同様、「神話に托《たく》された寓意を求めるといふ、学問めかした神話解釈」もまた常識であつた。貝原好古のように、寓意を求め、合理的解釈を施して読まねば害があるかのように言った人もいた。「西洋天文学に熱中した将軍吉宗《よしむね》が、禁書の令を緩めて以来、阿蘭陀《オランダ》天文学は、非常な勢ひで普及したと見ていゝやうだ。宣長が『古事記伝』を書き上げたのは寛政十年の事だが、その二年後には、伊能忠敬《いのうただたか》の日本全土測量の大業は始まつてゐるのだ。『古学の眼』が突破しなければならなかつたのは、当時既に動かせぬものとなつてゐた識者の常見だつたわけだが、それよりも、宣長の学問を研究する者がはつきり知つて置かなければならないのは、宣長は天文学には精《くは》しく、その点では、論敵秋成の智識《ちしき》などとは同日の談ではなかつたといふ事だ」。ところが、秋成以上に天文学に精しい宣長の反論は反論になっていない。いわばソクラテスがパイドロスを論駁《ろんばく》すれば、そこにはパイドロス以上のもう一人のパイドロスが出現するだけなので、反論のように見えて実は自問自答なのだが、宣長の場合も「秋成以上の秋成」にはならず、そこにあるのは「自反」だけである。そしてこの論争と同じころ、天文学者川辺信一を論駁している。そしてここの論旨の重点もまた「古学の眼」なのである。では一体、問題の種《たね》、宣長のいう「真暦」とは何なのか。

「『真暦考』で、今日の研究者達が、等しく注目するところは、『書紀』の紀年は、後世の作為であるといふはつきりした論断である。わが国で、中国の制度にならつて暦法が漸《やうや》く行はれ出したのは推古の御代《みよ》以後の事である」。それなのに書紀には神武以来、「『すべて上つ代の事にも、皆年月をしるし、又甲子にうつして、日次《ヒナミ》までをしるされたるは、いとも〳〵心得がたし』」と。そして「『古事記』本文には、紀年は記されてゐない。たゞ、旧印本によつては、崇神《すじん》天皇の御代以後には、紀年の細註がある」。だがそれは「書紀」と一致しない、ということはこの〝細註〟が後世の作なら必ず「書紀」に合わせたであろう。「さうでないのは、他の古書に、その根拠があつての事と断ぜざるを得ない……安麻呂《やすまろ》ノ朝臣が、或《あ》る書に拠《よ》つて自ら加筆したと推察して悪い理由もないと言ふ。『然《シカ》れども今これを取ラざる故は、稗田《ヒエダ》ノ老翁《ヲヂ》が誦伝《ヨミツタ》へたる、勅語の旧辞《フルコト》には非《アラ》じと見ゆればなり』という次第であつた」

　まことに「科学的・学問的」だから、研究者たちが注目するのは当然のことだが、これは「『真暦考』の末尾に、まるで事のついでと言つた形で触れられてゐるに過ぎない」。

彼にとっての真の問題は、すなわち「『真暦』とは何かといふ問題は、凡《およ》そ暦法といふものを全く知らぬ、人間の心にも、おのづから暦の観念は備つてゐる筈《はず》だ、といふ面倒な考へをめぐるものであつた」。研究者が注目する「書紀」の紀年の作為などは「飽くまでも研究余談」で、彼自身は「真暦」とは何かに、「まともに眼を向けて欲しかつたに違ひないのだが、さういふ事には、なかなかなりにくい。何故か。『真暦』の定義を読んでみよう、――『この天地《アメツチ》のはじめの時に、皇祖神《スメロギノカミ》の造らして、万の国に授《サヅ》けおき給《タマ》へる、天地のおのづからの暦にして、もろこしの国などのごと、人の巧《タク》みて作れるにあらざれば、八百万千万年《ヤホヨロヅチヨロヅトシ》を経《ヘ》ゆけども、いさゝかもたがふしなく、あらたむるいたつきもなき、たふときめでたき真《マコト》の暦には有ける』――」。やれ、やれ、全く神がかりだな、一読そう感ずるのは現代人だけではない。徳川時代人もすでにそうであった。これだからやんなっちゃう、「書紀」の紀年問題であれほど科学的・学問的であった彼が「いざなぎの大神、いざなみの大神の造らし給うた真《マコト》の暦など信仰して、折角の科学的認識を、自ら進んで曇らせたとは……」

　だが天文学者川辺信一への論駁を見ると、彼の「科学的認識」は少しも曇っていない。「宣長は、相手の天文暦数の大家に向つて、唐国の暦法の定まりに泥《なづ》む愚を説いてゐる。近頃のオランダの暦法など見てはどうか、驚いて目を廻はすであらうと言つてゐる。……陰陽五行説と馴《な》れ合つて渡来した暦法などに比べれば、余程純粋な科学的認識に基いたオランダ暦の方が、遥《はる》かに自分の信じてゐる『真暦』に近いと、彼は見てゐたと言つてもよい。原始の体験は、これを知的に整へる末梢《まつせう》の経験を包みこそすれ、これに制圧はされまい。両者の衝突の如《ごと》きは、宣長の思考の上では起り得なかつた、それもよく感じられると思ふ」

一体、一見「神がかり的」な宣長の「真暦」の定義と、中国の陰陽暦よりオランダの暦法の方がはるかにすぐれていると見た彼の「科学的認識」とは、どうつながるのか。

「宣長は、暦といふ文字の渡来を、凡そ文字といふものさへ知らぬ人々が、『こよみ』といふ訓読によつて受止めたといふ大事実こそ、わが国にはわが国固有の暦の観念のあつた事の疑ひやうのない証拠であると見た。『こよみ』といふ倭言葉《やまと》については、——『万葉などに、け長くとおほくよめるも、来経《キヘ》長くにて、そのほどの久しきをいふ古言《フルコト》、又日を数《カゾ》へていくかといふも、幾来経《イクケ》、暦をこよみとつけたるも、来経数《ケヨミ》にて、一日《ヒトヒ》一日とつぎ〳〵に来経《キフ》るを、数《カゾ》へゆく由《ヨシ》の名なり』と言ふ」。ここで氏は「真暦考」の冒頭にもどり、年の始めは「……大穴牟遅少名毘古那《オホナムヂスクナビコナ》の神代より、天《ソラ》のけしきも、ほのかに霞《カスミ》の立《タチ》きらひて、和《ノド》けさのきざしそめ、柳などももえはじめ、鶯《ウグヒス》などもなきそめて、くさ〴〵の物の新《アラタ》まりはじまる比《コロ》をなむ、はじめとはさだめたりける」を引用し、次のように記す。

「この文では、明らかに立春正月が説かれてゐるのだが、それはあくまでも『こよみ』

といふわが国の古言が語る立春正月であつて、『暦』といふ文字の現す唐国の暦法の定めた立春正月とは、直接には何の関係もない。宣長は、周囲の気配から、再び春がめぐつて来た事を、素早く感じ取つた古人の心情《ココロ》の動きを、其処《そこ》に端的に摑《つか》めば足りるとした……」そして「……宣長には、春夏秋冬といふ文字以前に、『はる』『なつ』『あき』『ふゆ』といふ倭言葉があつた事の方が遥かに大事なのである」宣長は季節を詠み込んだ古歌をいくつもあげているが、ここで「明らかに、彼の言ひたいのは、たゞ歌の上の事ではない。著しい季節感が浸透した生活に育《はぐく》まれた、わが民族の個性である」

ここでも問題なのは、「こよみ」という「言葉」と、「季節感」という「実感」である。『補記』を読む大分前のこと、中東に旅行をしたらちょうど断食月《ラマダン》であった。「イスラーム暦は、太陽暦よりも一年の日数が十一日少ないので、毎年少しずつずれていく。したがって、この断食月が酷熱の夏にあたったり、快い冬にあたることもあるわけである」。これはアラブ学者片倉もとこ氏の酷暑の断食月に砂漠の真中で車が流砂に車輪を落して動かなくなったときの話、それを何とかしようとする運転手が、水一滴どころか唾液《だえき》さえのみこまぬ、異教徒の彼女は水を飲み西瓜《すいか》をほおばる、そして「誰も見ていないし。お願いだから私のためだと思って――」と運転手にすすめる、運転手は好意は喜んでうけるが、無言で拒否を示す、という記述に出て来る言葉だが、私はこの「移動する断食月」に思いを致したとき、ふと妙な空想をした。簡単にいえば「西行の命日をイスラム暦で定めたらどうなるのかなあ」ということである。小林秀雄の「西行」は「願はくは花の下にて春死なんそのきさらぎの望月《もちづき》のころ／彼は、間もなく、その願ひを安らかに遂げた」で終っている。西行の命日が何年何月何日か彼は記していないし、私も知らない。また知る気もない。この歌が最もよく実感できる日、その日が命日のはず。だがもしその日をイスラム暦で定めたら、その日は酷暑になったり、厳冬になったりする。それはもはや、西行がその歌で自ら定めた「命日」ではない。これに日本人は承服できない。われわれにとっては季節感という「実感」に「こよみ」が対応していなければ、それは「こよみ」ではない。だがアラブ人は人為的な——いや「アラーが定めたまいた」——イスラム暦の方が絶対でそれに基づく規範に従う。それはアラーが「実感」できるからで、そこへ西行をもってくるという妙な連想は、もちろん砂漠の蜃気楼《しんきろう》のように一瞬にして消えた。そして『補記』を読み、次の文章でそのことを思い出したわけである。

「ある人とひけらく、もし日次《ヒナミ》のさだまりなからむには、たとへば親《オヤ》などのみまかりたらむ後なども、年々いづれの日をか其日とは定めて、しのびもしなむ。こたへけらく、上つ代には、さるたぐひの事共も、たゞ某季《ソノトキ》のそのほどと、大《オホ》らかにさだめて、ことたれりしなり。後の代のごと、某月《ソノツキ》の某日《ソノヒ》と定むるは、正《タダ》しきに似たれども、凡《スベ》て暦の月《ツキ》次《ナミ》日次《ヒナミ》は、年のめぐりとはたがひゆきて、ひとしからねば、去年《コゾ》の三月《ヤヨヒ》の晦《ツゴモリ》は、今年は四月《ウヅキ》の十日ごろにあたれば、まことは十日ばかりも違《タガ》ひて、月さへ其月にあたらぬをりもあるなれば、中々に其日にはいとうとくなむあるを、かの上つ代のごとくなるときは、某人《ソノヒト》のうせにしは、此樹《コノキ》の黄葉《モミヂ》のちりそめし日ぞかし、などとさだむる故に、年ごとに其日は、まことの其日にめぐりあたりて、たがふことなきをや。さればこは、あらきに似て、かへりていと正《タダ》しく親《シタ》しくなむ有ける」

「大《オホ》らかに」はいい加減ということではない。むしろその逆「あらきに似て、かへりていと正しく」であることを宣長は強調しているのだが、この文章を、まことにその通りだと納得する人は少ないであろう。少なくて当然である。徳川時代人でさえ納得しないのが普通で、宣長は、なんで妙な理屈をこねるか、と受取られても不思議ではない。私も、「イスラム暦と西行」という妙な連想をした経験がなければ、同じだったであろう。「暦」という漢字が入ってくる前に、日本人には日本人の季節感に基づく「こよみ」という「実感」がすでにあったということ、そしてそれが日本人の今に至るまでつづく「真暦」である。宣長は日本人が実生活でも使う「こよみ」という言葉から出発して、それを「極度の反省によつて純化」させ、世のいわゆる実生活上の「暦法」から「訣別」してしまう。ここでまた『パイドロス』に戻れば「真暦」とはいわば「こよみ」という「肉声」であり、人間の頭脳の中に「暦法」という知識を増す「言葉」ではなく、人の魂に植えつけられる言葉によって力をもちうる知識なのである。いわば宣長にとって「こよみ」という言葉は、日本人にとって「外部にあつて、外部からどうにでも操れる記号ではなかつたからだ。それは、己れの魂に植ゑつけられて生きてゐるものだ」。「訣別」によつてこの「純化」に到達し、ここから逆に事実に向う。そこではじめて「何も事実があつての思想であるといふ考へ方に固執する理由はない。事実に意味を附する思想あつての事実であるといふ全く逆の考へ方をしていけない理由はないではないか。私は、それが強く主張したかつた」。それゆえ宣長はオランダの暦法に中国の陰陽暦以上の「意味を附する」ことが出来た。言いかえれば、「真暦」という思想があり、これを基にしてはじめて、オランダの暦法と中国の暦法のいずれがまさっているかという発想が出来たわけである。こう見ると宣長の主張は「あたりまえ」のことだと言わねばならない。ではこの「あたりまえ」を主張するのがなぜ困難なのか。

「こよみ」という「肉声」にもどり、その「肉声」が「事実に意味を附する」、それが出来れば真の思想であろうが「真の思想家は稀《ま》れ」なのであり、この真の思想家が行っても「個人の手によつて行はれる場合、それは大変困難な作業となる」からである。なぜか。小林秀雄を援用していえば「暦法」という「社会秩序とは実生活が」「こよみ、真暦」という「思想に払つた犠牲に外ならぬ。その現実性の濃淡は、払つた犠牲の深浅に比例する。伝統といふ言葉が成立するのもそこである」。当時の東アジアの全人類ともいうべき人びとが「長い年月をかけて行つた」暦法という「社会秩序の実現といふこの着実な作業が、思想の実現といふ形で、個人の手によつて行はれる」、それの困難は当然であろう。そしてこの困難な作業は、現実から出た「肉声」であるが、純化によって現実とは「訣別」した、人の魂に植えつけられる言葉によって力をもちうる知識を、人々の魂に植えつけていってはじめて可能なはずである。

だが「肉声」があり、「力」があるということは即効性があるということではない。一見、力ありげに見える即効性なら、ソクラテスの言葉よりパイドロスの雄弁術の方がはるかに即効性があるように見えるであろう。ただそれは相手の思わくに、「上手におもねれば、説得など訳はない」という即効性であり、相手に与える影響は本質的には皆無である。そしてそういう意味でも、ソクラテスと宣長は共通点があるし、小林秀雄の『本居宣長』にも共通点がある。ソクラテスが当時のアテネの社会をどうにも出来なかつたように、宣長も当時の日本をどうにもできなかった。同じように小林秀雄も――。

「天明七年、宣長は、藩主より、治道経世につき、意見を徴されて答へた。宣長の没後、『秘本玉くしげ』と題されて出版されたものが、それである。学者の任務は、『道をおこなふこと』にはなく、『道を考へ尋ぬる』にあるといふ、彼の根本思想には、無論、少しも変りはなかつた。考へ尋ねて、道の『大本』を得るについては、『秘本玉くしげ』に次のやうに書かれてゐる、――『始めにその大本のわけを先ヅ《マ》申しては、甚迂遠に聞え、国政に無益なるいたづら事の如く聞ゆべければ、看《ミ》む人たちまち巻をすてて、末をも見給ふまじきことをおそるゝが故《ユヱ》に、これをばしばらく末へまはし、別巻として、本書には手近き事共をのみ申す也』――この別巻は、寛政元年、横井千秋の序文が附され、『玉くしげ』と題されて刊行された。

天明七年は、有名な天明の大飢饉《だいききん》がつづき、ついに全国的な一揆《いっき》打ちこわしへと発展した年である。藩主が「治道経世」について意見を求めた理由はここにあるのであろう。そこで宣長がいわば具体的な「政治論」を行なったわけである。本書は「手近き事共をのみ申す也」の「処方箋《しょはうせん》」で、説き方が具体的現実的だから、彼の「古道思想」なるものの具体論の要約的解説として、「もっともわかりやすい説だ」と受取られても不思議ではない。だが、そう思って読むと、彼の「思想」は実際問題への対処という「試験」に遭遇すると所詮《しょせん》こんな程度のことだったのか、という気もしてくる。凡人ならそう読むのがあたりまえであろう。だがここで小林秀雄はこういった読み方「気楽なと言つていゝ見解、言ひかへれば、その内容だけを見て、形式を看過して了《しま》ふ読み方についての深い」疑念をもっていた。少々妙な連想かも知れない。しかしここで私は、実は「トルストイ家出論争」をまた思い出したのである。もちろん両者が同じだということではない。細君のヒステリーという事実、飢饉による一揆打ちこわしという事実、こういう事実に対して、あるいは一家族内の、あるいは一藩の「治道経世につき、意見を徴され」る。それに対する即効性のある解答など、二人とも、すぐ出て来るはずはない。もっともパイドロスなら、すぐ「弁論術雄弁術」で対応できるかも知れない。というのは、それは相手が聴衆であれ殿様であれ細君であれ、「相手の思はくに通じて、これに上手におもねれば、説得など訳はない」といえるわけで、ここでも藩主の「治道経世」の「思はく」を知り、それに適合することを言えば、相手は「なるほど」と納得するであろう。さらに、当時の「治道経世」の道はこうであったという歴史的前提なるものを頭に入れてこれを読めば、「なるほど、さすがは……」とわれわれ凡俗を感心させる応答になるであろう。多少、徳川時代に関心がある私、「現人神《あらひとがみ》の創作者」のつぎに「現人神の育成者」としての宣長という目で彼を見たいという「私心」のある私などとは――この私心は「私の流儀」であるから捨てる気はないとはいえ――全く別な目でこの『玉くしげ』を、小林秀雄が読んでいるのは事実であった。大体、宣長は「治道経世」などは「儒者」のやることで自分には関係ないという立場にいるはずである。いやこの「立場」などという言葉が問題なのだが――。というのは後述するが小林秀雄にいわせれば「これはもう彼の悪い読者なのである」。だが少し先へ飛ぼう。

「『根本の所に眼をつけて、諸事の料簡《れうけん》を立べき』事は、昔から『聖人の道』を言ふ儒学者等の説くところであり、これを、頭から軽んずる理由はなし、又、確かに『当座の利益にのみわしる俗吏の料簡よりは、はるかにまさる』ものだと、宣長は言ふのだが、論を進めるうちに、注目すべき物の言ひ方が、顔を出す、――『然れども、又いかほど学問よく、経済の筋にも鍛煉《たんれん》し、当世の事情にも通達したるも、とかくに儒者は又儒者かたぎの一種の料簡ありて、議論の上の理窟《りくつ》は、至極尤《もつと》もに聞えても、現にこれを政事に用ひては、思の外によろしからざる事もおほくして、云々《うんぬん》』――こゝで、顔を出すといふのは、普通『料簡』と言はれてゐるものと、『儒者かたぎ』と言つてゐる『一種の料簡』とは、全く異つたものだといふ、宣長の考への表現を指す。学者は、表向きに主張する、誰にも理解出来る『料簡』を精《くは》しくするのにかまけて、その裏側では、これに寄り添つて、『学者かたぎ』といふ、型にはまつた『一種の料簡』に過ぎないものが、育つてゐるのに、一向気が附かない。当今、『世にもしられたるほどの学者』は、皆この手合であると言ふ。『まことにあつぱれと聞えて』、俗人の及ぶところにあらずと言はれてゐるが、『俗人かたぎ』などといふものは、あり得ない事には気附かないといふ考へだ」

ここでいう「『儒者かたぎ』と言つてゐる『一種の料簡』」という言葉を「儒者には儒者という『立場』なるもの」があるから、「議論の上の理窟は、至極尤もに聞えても」「政事」という実際問題に応用すれば、「よろしからざる事もおほくして」と読んでみるといい。

まことに昔も今も変らぬものだ、いや今の方がはるかにこれがひどいと言えるであろう。「今日の政治理論は、政治形態の合理化とか、政治情勢の分析とかいふ尋常な枠を、遥かに超えて暴走してゐるやうに見える。理論の発達による多様化といふ正常な言葉は、もはや使へないやうだ。その急速な伝播《でんぱ》による過剰と、分裂による対立があるだけであらう。而《しか》も、様々な権勢と結んだところに行はれる理論の実験は、殆《ほとん》ど狂気の気味さへ現してゐる。このやうな事態になつても、評家達の活潑《かつぱつ》な論義は、客観的政治情勢の正確な展望は自分達の手で握られてゐるといふ自負を、いさゝかも崩さない。『玉くしげ』本巻の文勢の裡《うち》に在つて、これを眺めてゐると、ひどく訝《いぶか》しいものと映じて来る。その疑はしさにつき、大言壮語を、ことごとく締め出した宣長の『通俗の平話』の静かに語るところには、あらがへぬ説得力があるのを覚える」

「通俗の平話」とは何か。それは「肉声」いわば「実感のある言葉で語つた話」であろう。そしてこの「実感のある言葉」で描出されている世界には「『学者かたぎ』といふ、型にはまつた『一種の料簡』」に対応するような「『俗人かたぎ』などといふものは、あり得ない」、「そのあり得ないことに気づかないから、「今日の政治理論」は「狂気の気味さへ現してゐる」。政治であれ、文化であれ、言葉であれ同じことだ。そして「俗人かたぎ」などない一般の生活者は、それらがどんなに混乱しようと「一緒に実生活まで混乱させては、生活が成り立たぬところから、彼等は文化の混乱に対してつねに己れを守るのである。従つて、彼等は、どんなに文化が混乱しても、主観的に何等かの統一された文化の像を知らず識《し》らずのうちに持つて生きてゐる」。当然のことだ。これが破壊されれば彼らは生きて行けぬから抵抗するのが当然である。その原因が何にあろうと、それを壊されぬ限り、彼らは断固たる生活者である。そしてそこから出発しない限り何の「治道経世」もないわけだが、それは「通俗の平話」でしか語れなくて当然であろう。

「領内から、経世の意見を徴した藩主には、騒然たる物情は、何を措《お》いても百姓の一揆、打こはしに著しいと思はれたであらう。これにつき、宣長は、憚《はばか》るところなく、極めて率直に具申してゐる。――『同輩どちの物語の心持の詞《コトバ》を以て書つゞり、惣体《ソウタイ》の文もかざることなく、たゞ通俗の平話を以て申す也』と言ふ彼の文勢に、先づ直《ぢ》かに触れて欲しいと思ふ。

『抑此事《ソモソモコノ》の起るを考ふるに、いづれも下の非はなくして、皆上の非なるより起れり。今の世百姓町人の心も、あしくなりたりとはいへ共、よく〳〵堪《タヘ》がたきに至らざれば、此事はおこる物にあらず。たとひ起さむと思ふ者ありとても、村々一致《イッチ》することはかたく、又悪党者ありて、これをすゝめありきても、かやうの事を一同にひそかに申シ合す事は、もれやすき物なれば、中中大抵の事にては、一致はしがたかるべし。然《シカ》るに近年此事の所々に多きは、他国の例を聞て、いよ〳〵百姓の心も動き、又役人の取はからひもいよ〳〵非なること多く、困窮も甚しきが故に、一致しやすきなるべし。然れ共又近来世間に此事多きに付ては、何《イヅ》れの国も、上にもつね〴〵その心がけおこたらず、起しがたきやうのかねての防《フセ》ぎもあることなれば、下はいよ〳〵一致しがたく、起しがたき道理也。上のかねての防ぎは、隠《カク》すべき事にあらざれば、いかやうにも議しやすく、表向にてとりはからふ事なれば、行ひやすく、又たとひ下へ隠してはからふ事も、上はもとより一致なれば、いかやうにもなる事なるに、下のかやうの事を起さんとするは、上へ隠して、至て密々に談合すべき事にて、殊《コト》に世間ひろければ、かならず中途にて漏顕《モレアラ》はるべき道理なるに、近年たやすく一致し固まりて、此事の起りやすきは、畢竟《ヒツキヤウ》これ人為にはあらず、上たる人深く遠慮をめぐらさるべきこと也」

　引用はまだまだ続くがこの辺で打ち切らしていただく。小林秀雄は「引用が長々しくなつたが、実を言へば、いつそ全文を引きたい気持でゐる。それと言ふのも、このやうな姿をした論文の味ひ、筆者の文勢が、そのまゝその肉声であり、又肉声は直ちに思想を現してゐる、さういふ政治論文の感触に、現代の読書人は、全く馴染《なじ》みがなくなつて了つた事を、私は痛感してゐる」

　ここで記されている宣長の政治論の稚拙など、今なら、だれにでも指摘できることであろう。だが、その指摘を「肉声」で語ることができるか。「肉声」で語ることは、ある限定された場所で、ある人びとの内だけで、いわば「主観的に統一された」政治文化の「像を知らず識らずのうちに持つて生きて」いて、その「像」を共有している者の間だけで秘《ひそ》かに語り合われ、その「言葉」は互に相手の「魂に植ゑつけ」られて政治が動いているかのように見える世界なのかも知れない。それは伝統の形成という共同作用の中に成立してきたもので、そこはお互に相手の「思はくに無智《むち》でゐては、その説得など思ひも寄るまい」の世界なのであろう。その説得はもちろん日本的パイドロス的であるにすぎない。だがそれに対応する「今日の政治理論」の状態は「殆ど狂気の気味さへ現して」いながら「評家達の活潑な論義は、客観的政治情勢の正確な展望は自分達の手で握られてゐるといふ自負を、いさゝかも崩さない」のが実情であろう。

それに対して小林秀雄の言葉は何の即効性もないであろう。それは、本居宣長の言葉がその時代に何の即効性もなかったのと同じである。いや、そんなことを言えばソクラテスの言葉も何の即効性もなかった。また彼らは、何らかの即効性を求めようともしなかった。前にも記したが、小林秀雄の宣長への出発点は中江藤樹であった。『補記』の中の藤樹の記述に次の言葉がある。「答へを予想しない問ひはなからう。あれば出鱈目《たらめ》な問ひである。従つて、先生の問ひに正しく答へるとは、先生が予め《あらかじ》隠して置いた答へを見附け出す事を出ない。藤樹に言はせれば、さういふ事ばかりやつてゐて、『活潑融通の心』を失つて了つたのが、『今時はやる俗学』なのであつた。取戻さなければならないのは、問ひの発明であつて、正しい答へなどではない」と。小林秀雄は自分の「問ひ」を発明して行った。『様々なる意匠』はすでに「問ひ」の発明であり、選考委員が予め予想している「答へ」に答えようなどという気は全くないのである。そしてその「流儀」は一貫してつづく。「トルストイの家出論争」もまた「問ひ」の発明であり、当時の文壇や論壇や一般社会などが予想している「答へ」などははじめから念頭にない。自ら「問ひ」を発明し、その答えを発見しようとし、「独り『自反』」し、それにまた「新たな問ひを心中に蓄へる」。それは際限がない。「もう、終りにしたい」が、『本居宣長』の末尾の文章の冒頭なら「もうお終《しま》ひにする」が、『補記』の末尾の文章のはじめである。というのは、この作業は終らないのだ。終るはずはあるまい。人びとの予期する「模範解答」を提出するところで終るというのが彼の「流儀」ではないからだ。そして主題が何であれ常に発せられるのが、「言葉と実感」「思想と現実」という「問ひ」だ。

だが人は問うだろう。「では小林秀雄の思想とは何なのか、それが社会にどういう影響を与えたのか、彼には思想と言えるものがあったのか」。こういう「問ひ」の中にも、問う者の心には「予め隠して置いた答へ」があるのであろう。それを予見してパイドロスのように答えれば相手は満足するかもしれない。「今時はやる俗学」にはすでに、小林秀雄についてさまざまな「答へ」が出ているのであろう。その「答へ」に、この小論で、もう一つの答えをふやしても意味はあるまい。そんな問いは、ソクラテスの思想とは何なのか、ドストエフスキーの思想は何なのか、本居宣長の思想は何なのかという問いと同じで、答えなぞありようはずはあるまい。またこれらの人に即効性ある解答を求めても何も出て来ないであろう。だが、こういう人が後代にある種の大きな影響を与えたことも事実である。プラトンがシュラクサイに三度も行き「民主主義」なるものを樹立しようとして危うく殺されかけたり奴隷《どれい》に売られそうになった、そういうこともあった。また、死後入門の平田篤胤《あつたね》が実に大きな社会的影響力を行使し、「現人神の育成者」の一人となったこともよく知られている。プラトンが後の西欧の思想に決定的な影響を及ぼした功罪、篤胤が日本の進路に与えた功罪は、さまざまな点から論じられるであろう。小林秀雄がそういう役割を演ずる結果になるかどうか私は知らない。それは「問ひ」としては残るが「答へ」は、ない。『本居宣長』については、二十年たてば何か書けるかもしれぬと最初に記したのは、その点への「自反」から何か「答へ」が出てそれが新たな「問ひ」となるかも知れないというだけのことである。それが直接に小林秀雄につづいているかどうか、も「問ひ」になり得よう。

「もうお終ひにする。彼は急迫した政情に関し意見を求められても、直かに物が見えて来る物静かな（冷静なではない）歌人の眼差《まなざ》しを少しも崩さなかつた。これは彼の学問の一番深いところに隠れてゐた彼の志と言へるので、彼の学風を学んだ彼の後継者も、この志を受継ぐ事は、容易ではなかつたゞらうと、私は思つてゐる」。同じことは、いずれの場合にもいえるのであろう。小林秀雄の「志」、私はそれを一応「内部感覚」と名づけてみた。『本居宣長』が私に教えてくれたものは、「内部感覚」への「問ひ」という方法であった。それを探ってみたかった。この点で、書きたいことは尽きない。私は「真暦考」を読み、「常見の識者」がおそらく嘲笑《ちようしよう》するであろうその末尾の文章、「『天地のありかた』は、何処《どこ》から何処まで一様で、純粋な計量関係に解体され、物理学が要請する客観性と同義の言葉となる。時間単位を光速度といふ虚数で現さねばならない、さういふ思想史の成行きの裡で、『来経数《ケヨミ》』と呼ばれてゐた古人の時間の直かな体得につき、宣長がその考へを尽したところは、どういふ照明を受けるであらうか。それを考へてみることは空想ではない」という言葉を、「空想」ではなく、考えてみたいという誘惑はある。この誘惑は当然、小林秀雄にもあったであろう。だが彼は「もうお終ひにする」で打ち切った。そこで――

私もこれでおしまいにする。といっても理由は外ではない、麻酔が切れはじめると、つっ走るように進んできたメスならぬ筆先が急に鈍って狐疑逡巡《こぎしゅんじゅん》し、動かなくなってしまった。理由はそれだけだが、私は小林秀雄が「お終ひ」にしたのもそれが理由であったと勝手に思っている。

# 解説　真剣勝負

小川榮太郎

熱い本である。

混沌の書と言つてもいい。

山本七平には珍しく、ユニークな発想を単刀直入に読者にぶつける「山本節」は、ここにはない。

始めの章が、摑みのいい文章でテンポよく運ばれるので、この調子が二章以降も続くのかと思ひきや、寧ろ、章を重ねる度に、山本の筆は逡巡し、蛇行し、飛躍し、逆行し、まるで迷路のやうになつてゆく。いや、時には、まるで迷路の中にまた迷路を置くやうな趣さへある。

通読された読者は、読後、迷路のどこかに出口がありさうで、結局、出口のないまま本文だけが終つてしまつたやうな、少し茫然たる感想を抱いたまま、今、この解説に目を走らせてをられるのではあるまいか。

では、本書は失敗作なのか？

さうとも言へる。

単純にはさう言つた方がいつそさつぱりした答へかもしれない。

だが、混乱は手抜きとは全く違ふ。

山本七平ほどの人間が、小林秀雄に体当たりで物を書かうと思ひ、それが混乱を呈してゐるのであつてみれば、それには、それだけの意味がある、さう積極的に受け取つて悪い理由はないだらう。

いや、寧ろさう受け取つて、懸命に文意を辿ることこそが読書本来の面白さなのではあるまいか。

今や、書店に並ぶ本の殆どは、著者が仕入れた知識を、読者の口当たりいい体裁に仕立て上げ、一冊読めばある知識を習得できるやうな本――教養本と言はれる分野でさへ、多くはさうなつて既に久しい。

それが悪いと言ふつもりはない。科学技術の暴走的な発展、グローバリゼーション、ポスト冷戦、ポストアメリカ一極支配、経済現象の複雑化などが輻輳する状況に、知識で対処するのは、どの道必要なことである。私も、信頼する外交・経済・軍事を専門とする友人たちの出すさういふ本には、随分世話になつてもゐる。的確な知識を持つ専門家らの最新の知見を明快に読者に届ける書物が有益でない筈はない。

しかし、又、変化の激しい時代だからこそ、表層に流されずに原点にこだはり、自分が何にこだはつてゐるかにこだはり、こだはつてゐるものを見失はぬ為に、それを必死で追跡する――さういふ知のあり方に接する事が、一層深く必要でもあるのだ。

何故か。

幸か不幸か、我々の時代は、激変こそが恒常的な生きる条件になつてしまつてゐるからである。ドッグイヤーといふ言葉が流行したのは、もう二十年以上前の事だ。犬は人間の七倍の成長速度を持つが、最近の人間社会の成長は一昔前に較べれば、犬並のスピードで進化してゐるといふ意味だ。変化はそれから更に、累乗的に加速した。五年前に較べ、いや三年前に較べてさへピッチを上げてゐる。

今や、我々は巨大な加速器の中で攪拌されながら生きてゐる有様なのである。するとどういふ事になるか。そこまで変化が恒常的で、加速し続けてゐるとなれば、実は、もう、変化に対して一々知識の俄仕込みで対抗したところで、本当は何一つ間に合つてもないし、本当に理解したといふ訳でもないといふ事にはならないか。

今年出版された「世界情勢早分り」は、来年になれば、紙屑に過ぎない。世界情勢だけなら毎年買ひ替へればいいだらうが、それが、ハイテク、アベノミクス、歴史認識、マイナンバー、移民、テロ、日本の安全保障……一渡りの知識をその都度、早分り本で補ふやうな物の知り方をしてみても、所詮、すぐに古臭くなる知識が、頭の中で次々に置き換へられてゆくだけに過ぎない。しかも変化の速度は上がり続けるのである……。

もし、あなたが、さういふ「知」のヴァリエーションの一つとして、本書を手に取られたとしたら——『「空気」の研究』の山本七平が、小林秀雄を料理してゐるなら、さぞや、難解を以てなる小林の輪郭が、要領よく理解できるに違ひないといふつもりで本書を手に取られたのだとしたら、まことに幸ひだ。

何故ならば、本書は、山本ならば簡単にできた筈の「小林秀雄早分り」の道を徹頭徹尾取らずに、読者の前で、小林に対して、知的な真剣勝負を挑んでゆく、その生々しい思考の現場をあへてさらけだすことで、あなたを激変する知識の渦から救出する格好の道場たり得てゐるからだ。

＊

本書は、昭和五十八年、小林秀雄の死を受けて書かれた追悼文から起稿され、それを機に書き継がれて、一冊になつたものだ。

山本は小林秀雄の死の直後、文藝誌『新潮』から追悼文を依頼され、二つ返事で引き受ける。

読者が本書冒頭に見られる通りである。

そして引き受けた後にはたと気付く。

何故、小林秀雄を一度も論じたことがない自分に、小林の追悼文の依頼がきたのだらう、と。

何かの間違ひではないか。

しかし、一方でそれを当然のことのやうに引き受けた自分に、驚いてみせる。

さうした彼に向かひ、内なる声が、ささやく。

「お前はなんでそんな衝撃をうけている。見ず知らずの人、今まで本当に無関係な人なら、路傍の人の死の如く全く心動かされずにいたはずだ。衝撃を受けていないとは言わせない。今まで原稿の依頼をうけて、そんな状態になったことが一度でもあったか。」(九頁)

『私の中の日本軍』に明らかなやうに、軍の「下っ端の下っ端」として行軍した経験によつて、我々の中に潜む、最も醜悪な部分への強烈な憎悪と反発抜きに、「日本人」を語ることができなくなつた山本にすれば、これは「日本人」への異例の素直さ、異例のオマージュだ。

だが、何故、山本には、小林秀雄の死がそれほど衝撃だつたのか。

それもはつきりと書かれてゐる。

「人がもし、自分に関心のあることにしか目を向けず、言いたいことしか言わず、書きたいことだけを書いて現実に生活していけたら、それはもっとも贅沢な生活だ。そういう生活をした人間がいたら、それは、超一流の生活者であろう。もう四十年近い昔であろうか、私が小林秀雄の中に見たのはそれであった。そして私にとっての小林秀雄とは、耐えられぬほどの羨望の的であった。」（一〇頁）

何故小林は書きたいことだけを書き、好きなことだけをして、かつ現実に生活者としても破綻しないで生きてゐられるのか。

そして、若き日の山本は、この堪へ難い羨望の秘密を探るべく、小林全集の熟読に励んだといふのである。

その結果、何が見えてきたか。山本によれば、それは、結局のところ、小林に於ける「常識」と「したいこと」との関係の取り方だつた。

「常識に溺れず、常識を把握して自覚的な生活で常識という原石を磨く」――小林にはそれができた、それが小林の流儀の秘密だ、山本はさう言ふ。

だが、それなら、常識といふ原石を磨く生き方とは何なのか。常識に溺れず常識を磨くといふが、溺れると磨くとは一体どう違ふのか。

山本はここで絶妙の筆の返りを見せる。

小林の『考えるヒント』から、福澤諭吉の「怨望は衆悪の母」といふ言葉を孫引きして、「怨望、恨みや不平が小林秀雄にはまったくない」と話を転じてみせるのである。

言ふまでもなく、「本当にしたい事」が、「もし、や、れ、る、な、ら、やりたい事」ではなく、

「本当にしたい事」ならば、断念といふ選択肢はない筈だ。「やりたいが出来ない」といふ選択は、そこには生じない筈だらう。そしてその時、その人の意識は、自分がやりたい事をどう成就するかだけに集中してゐるだらう。条件の不足や周囲の悪条件、悪意、無理解などに対する「恨みや不平」を持つ暇など、彼には無論ない。もし、やれなければ、周囲や条件がどうあれ、所詮、自分がそれをやれなかつたといふに過ぎない。さうならぬ為に、彼はあらゆる工夫を傾け尽くす事だらう。

こうして、「本当にしたい事」に領された時、人は、「恨みや不平」を持つ暇なく、したい事の成就に心を集中するのであり、一方で、無思慮に世の常識をぶち壊す生き方をも採らない。いふまでもなく、常識をぶち壊せば「本当にしたい事」ができる環境もまたぶち壊しになるからである。

かくて、これが山本七平が小林から偸《ぬす》んだ、「超一流の生活者」たることの三角関数だつたのである。

ところで、この話はこれだけで終らない。

山本七平は、小林秀雄が何故そのデビューから最後の大作『本居宣長』まで、半世紀にわたつて、社会に対する衝撃であり続けられたのかをも問ひかける。この問ひは、文藝評論家の書く小林秀雄論には余り持ち出される事のない主題である。しかし、考へてみれば、これは重大な問ひなのである。

小林秀雄は、生涯、彼自身が開拓した文藝評論の世界から、より広い世間に身を乗り出した事など、一度もない人だ。政治は愚か、ジャーナリズムの流行や自己宣伝とは全く無縁に、その時自分がやりたい主題のみに没頭するだけだつた。

その小林が、何故、生涯社会的な衝撃であり続けたのか。

小林秀雄の後を追ふ者は無数に現れ、極めて優秀な人達が、小林の後継者たらんとしながら、結局、誰にもそれは果たせなかつた。それどころか、小林秀雄の名声によつて、文化の花形にさへなつた文藝批評は、逆に、小林の死後たつた三十年で、今や、ジャンルそのものが消滅の危機に瀕してゐる始末である。

その意味で、小林秀雄を社会的衝撃の側から読み解かうといふ山本の試みは、予言的な問ひだつたのだと言つていい。

もつとも、彼が与へた答へそのものは、一見単純なものだ。

それを山本は小林の内的感覚に求める。

山本は、敗戦後、再軍備問題で意見を聞かれたときの小林の言葉を引用する。

「敗戦といふ大事実の力がなければ、あゝいふ憲法は出来上がつた筈はない。（略）戦争放棄の宣言は、その中に日本人が置かれた事実の強制で出来たもので、日本の思想の創作ではなかつた。私は、敗戦の悲しみの中でそれを感じて苦しかつた。」（三三三頁）

そしてかう続ける、「戦後、己を奪われた戦後に対して苦しいと言ったのは、私の知る限りでは小林秀雄だけである」と。

明治であれば、例へば、福澤諭吉は単なるヨーロッパ輸入論者などではなく、強制された開国といふ事実を、自分の足で立ちながら受け止める思想家だつた。それが福澤の「私立」だつた。

遡つて、江戸時代初期も、徳川幕府によつて戦国時代の「下剋上」の終焉といふ事実が強制されたわけだが、そのとき、やはりその事実を受け止め、己の思想に育て上げる大きな一歩が、中江藤樹によつて歩み出された。

では、アメリカによつて強制された事実に対して、「私立」の思想の営みはどこにあつたか。

山本は、戦後日本にそんなものがあつたかどうか、甚だ疑はしい、小林秀雄の『本居宣長』を除けば、とまで極言する。

そして、与件として強制された「事実」に対して、精神の足で立ち続けたがゆゑに、小林秀雄は、「事実」に押し流され、「常識」に溺れ続ける戦後日本社会にとつて、「衝撃」であり続けたのだ、山本七平はさう言ふのである。

山本による小林秀雄の摑み方のユニークさはここにある。

「常識に溺れない」小林秀雄の私生活者の智慧と、「強制された事実に抵抗する」文学者としての小林の「私立」の強さ、そして小林の「社会的な衝撃」とが、実はバラバラな現象なのではなく、切り離しやうのない小林の個性の本質だと喝破した。小林の社会的衝撃を追ふ者は、ジャーナリスティックな肖像を切り取りたがり、文藝批評家としての小林を追ふ者は、小林の影響力の大きさは測らない。この、全人として打ち出された小林像は、オーソドックスなやうでゐて、実は、稀なのである。

*

ところが……。

調子がいいのは、何とこの最初の章だけなのだ！

二章に至るや、筆は早速、蛇行を始める。

二章では、小林秀雄の「分る」についての押し問答風のやり取りの中から、山本の筆は美術に向かひ、その筆は、小林が最も力を入れたゴッホに落ち着く。ゴッホの《鴉のゐる麦畑》の有名な描写の中から「旧約聖書の登場人物めいた影」を目ざとく見つけたのは、如何にも聖書研究者の山本らしいが、事を、ゴッホが熱烈な神学生だつた事に絡め始めると、話は、際限もない事にならざるを得ない。小林は「旧約聖書の登場人物めいた影」についてどのやうな形であれ明示的な責任を取る書き方はしてゐないし、ゴッホが取り憑かれたのは旧約の登場人物ではなく、イエスだからである。実際、《鴉のゐる麦畑》から旧約の人物、ゴッホといふ神学生へと辿る筆は、すぐに行き詰まり、一旦退却となる。

が、とにかく、ここで、努めて聖書に踏み込まうといふ山本の小林論の一つのスタイルが示されたことになる。

さうなれば、当然、本命はドストエフスキー論といふ事にならう。

実際、支離滅裂な第二章の後、筆はドストエフスキーに向かふ。

そして、今度は、ゴッホの時とは違ひ、山本の筆は畳みかけるやうに執拗だ。議論は確かに分りにくい。しかし、彼が何かを摑んだのは間違ひないやうだ。

三章冒頭、山本は、小林の『ドストエフスキイの生活』がパウロの引用に終る事に、読者の注意をまづ向けてみせる。そして、そのまま、話は、パウロから、イエスの復活へ、イエスの復活から、今度は何と、ドストエフスキー自らが処刑の寸前に、特赦によつて刑死から「復活」する経験へと、連想の環を繫ぐ。

そして、その先に、恐らく、『小林秀雄の流儀』中、最も刺激的な場面が登場する。

小林秀雄が、『死人の家の記録』で、「作者の隠したのは、聖書熟読といふ経験であつた」と述べてゐるのを踏まえ、山本はかう書くのである。「聖書の中で、ドストエフスキーに最も強い衝撃を与えたのは使徒パウロのはずである。だがドストエフスキーは、それを隠した」。

驚くべき独断といふ他ないだらう。

そもそも私は、小林の言ふやうに、『死人の家の記録』で作者が聖書熟読の経験を隠してゐるとは全く読まないが、山本の断定に至っては論外である。ドストエフスキーの聖書体験の中核にあるのは生きたイエスだ。『白痴』を持ち出し、大審問官を持ち出すまでもない。そのドストエフスキーが、イエスを教義化したパウロに、獄中で、改めて「衝撃」を受ける筈がない。

ところが、不思議な事に、この完全に確信犯的な山本の「独断」は、なかなかどうして、三章、四章辺りを繰り返し読んでゐると、天才的な着想でもあると思はざるを得なくなる。

山本が、あへてパウロに固執する時、冷酷なキリスト教の弾圧者から、復活したイエスの霊体にまみえて改心し、今度は事実上キリスト教の創始者となつた男の、独自の不安定さは、確かに、イエスの静かで真つ当な佇まひよりも、ドストエフスキーの世界の住人たちの狂気と不安に、深く同調し始めてくるからだ。

この辺から、「プネウマティコン」、ラスコーリニコフ、ネチャーエフ事件、スタヴローギン、ジョージ・オーウェルの『一九八四年』、あさま山荘事件などへと連想を繋ぐ場面は、最早、解説が追ふには煩雑過ぎ、本文について丹念に理解していただく他はないが、ここでの山本の筆も、決して何かを探り当てたり妥当な結論に辿り着いたりはしてゐない。

あつちの道を掘つては、進む所まで進めて、突如放り投げ、今度は別の穴倉にそそくさと潜り込む。小林ともドストエフスキーとも関係ないなあと思ひながら読んでゆくと、本当に関係ないまま終つて、著者は、とんでもない方角から地上に這ひ上がつてくる。それを又放り散らして、別の穴を……、一見筆はそんな風に進み続ける。

最初は度肝を抜かれるが、第三章、第四章だけは二度、いや、三度は繰り返し読み直されるやうに。

すると何が見えて来るか。

いや、少なくとも、私には何が見えて来たか。

……神の使徒だと確信した者に罪はあるのか？　キリスト者ならば罪にならぬが、それが革命家ならば罪になるのか？　善を目的とするやうでゐて、実は善悪を越えた力としてのプネウマティコンに人間が取り憑かれる、この旧約から現代の革命に至るまで、人間社会を吹き荒れる神の風といふ「実在」、合理主義が覆ひをかけても隠しきれないこの実在は一体何なのか――ドストエフスキーと聖書と小林の言葉が燦爛と照らしあひながら、さうした問ひを言葉で演じてゐる様が、私の眼に、ありありと……

最後に。

この、甚だ黙示的な一著を苦労しながらも読破された読者の為に、上質のデザートをご紹介しておきたい。

山本が繰り返し引用に使つてゐる小林の『「罪と罰」についてⅡ』（『小林秀雄全作品第16集　人間の進歩について』）と『「悪霊」について』（『小林秀雄全作品　第9集　文芸批評の行方』）の全文である。

本書と格闘された読者なら、通読する小林秀雄の論文が、世に言はれるやうに難解なものでないことを実感されるだらう。

それは小林自身が熟読を重ね、分つたところまでを書いた、極めて明晰な文章だ。さすが達意の名文である。

山本七平は、あへて逆に出た。

この御仁、わざと、分らないことを、分らないまま書き続けたのである。

何と面白い人だらう。

かういふ渡り合ひを面白がらずに、何が読書だらう。

そこで読者諸賢に借問――時代の表層を解説する本をあれこれ齧るよりも、かういふ言葉の修羅場で脳を揉む方が、世界を見る眼も、世間を生きる智慧も、余程、磨かれると私は思ふが、如何？

（文藝批評家）

山本七平（やまもと しちへい）

1921（大正10）年12月18日、東京に生まれる。青山学院中等部から高等商業学部を卒業。昭和17年徴兵され、フィリピンで敗戦を迎える。収容所生活ののち22年復員。33年山本書店を創立、主に聖書関係の本を出版。45年にイザヤ・ベンダサン名で出した『日本人とユダヤ人』が大ベストセラーになり、第2回大宅壮一ノンフィクション賞を受賞。以後、雑誌やマスコミの求めに応じ、自らの戦争体験や独自の日本人論を展開、多数の著作を残す。56年、「日本人の思想と行動を捉えた『山本学』」の功績に対して、第29回菊池寛賞を受賞。1991（平成3）年12月10日永眠。主著に『「空気」の研究』『私の中の日本軍』『「常識」の研究』『指導者の条件』『徳川家康』『ある異常体験者の偏見』『一下級将校の見た帝国陸軍』『洪思翊中将の処刑』『日本資本主義の精神』『論語の読み方』『日本教徒』『聖書の常識』など。

文春学藝ライブラリー
雑22

小林秀雄《こばやしひでお》の流儀《りゅうぎ》

2015年（平成27年）12月20日　第1刷発行

著　者　　山　本　七　平
発行者　　飯　窪　成　幸
発行所　株式会社　文　藝　春　秋

〒102-8008　東京都千代田区紀尾井町3-23
電話（03）3265-1211（代表）

定価はカバーに表示してあります。
落丁、乱丁本は小社製作部宛にお送りください。送料小社負担でお取替え致します。

印刷・製本　光邦

Printed in Japan
ISBN978-4-16-813056-4

本書の無断複写は著作権法上での例外を除き禁じられています。
また、私的使用以外のいかなる電子的複製行為も一切認められておりません。